深空卷

VARIANT OF THE WAR

战争变种

刘慈欣 等著

北京理工大学出版社
BEIJING INSTITUTE OF TECHNOLOGY PRESS

1

大雪纷飞之后。

下了吊椅，肋坂龙实弯腰扣上了后脚的固定器，就这样迅速滑了起来。一个人来滑雪的好处就是不必等其他人都准备好就可以快速地进入主题。

热身运动做完，“是时候了。”龙实向他经常去的地方滑去。

龙实先是左脚在前的Regular Stance，后又换反脚，这样轮流转换着姿势。他就这样一边调整着，一边滑到了雪面较好的中级雪道。这里虽然是享受卡宾转弯最适宜的地方，却极少能看到单板和双板滑雪者的身影。可能是因为大家知道，再往前面一点儿就是高级雪道，高级雪道上的雪并没有经过人工轧实，如果不是刚刚下完雪，雪道几乎就是九十度的斜坡。

当然，龙实也很清楚这一点。他之所以去那里有他自己的目的。

经过了人工轧过的雪道路段，雪面变得难以驾驭。虽然也有柔软易滑路段让人感觉心情很不错，但是这样的路段并不长。因为昨天刚下过雪，如果这样滑下去，肯定会撞上那个陡坡吧。其实他并不是想挑战那个斜坡才特意早起，还一个人开车来到这里的。

目标地点就在眼前了。龙实一边滑一边向周围张望，幸好，没有人。其实即使有人，只要不是烦人啰嗦的巡逻员，也没有必要担心，但是做出违反常理的事，不想被人看见也是人之常情。

斜坡的左侧是一大片森林。林子边上绑着红色的绳索。不用说，这是禁止游客入内的区域。但是，龙实还是向着红绳内的区域滑去，并且加快了速度。

等马上接近红绳的时候，龙实放低身体，迅速地低下了头，顺利地从红绳底下穿了过去。顺势，龙实又顺利地上了坡。但是，现在还不能大意，要更加小心。他不得不一边躲过密集的树木，一边积极地向前冲刺。在这里最忌讳因为过于慎重而降速过多。因为有的地方坡度突然消失，森林中的雪又是未经人工轧过的，如果滑雪板插进雪中，就完全动弹不得，束手无策。

顺利通过茂密的丛林区域之后，龙实眼前开阔起来。脚下是广阔易滑的粉雪雪场，真是鲜有人知的好地方啊。

龙实并没有放慢速度，他继续飞驰着。厚厚的雪承载着龙实的滑雪板，他毫不费力地将自己交给重力加速度，向下飞驰。一时间，龙实感觉自己像孙悟空乘上筋斗云一样，快速地游走在空中。雪，雪，雪；风，风，风。他自由飞驰在呼啸声中。此时，

如果有小伙伴同游，肯定会兴奋地喊出声音吧。这就是不能放弃单板的原因啊，粉雪中滑行的感觉实在太棒了。

但是，这种天堂般的感觉并没有持续很久。因为即使在空旷山野，也不是一马平川，况且没有密集树木的区域只是很小的一部分。因此，龙实又开始了在密林中穿梭。不过，这样会让人有一种紧张感，也别有一番乐趣。

前面仿佛有个人影。那人穿着红白双色的上衣，戴着一顶黑色的安全帽。龙实看到她没有拿滑雪杆，想必是单板滑雪者吧。看身形像是一位女性。她站在树林里，在干什么呢？是出了什么意外吗？

但是，当龙实走近一点儿才知道，什么意外都没有发生。她只是在拍照，而且是在自拍。

她拿着相机，努力地向前伸着胳膊，不知道是不是因为没有拍到喜欢的角度，频频侧头。

龙实慢慢靠近她，说道："我帮你拍吧。"

这位女性转向龙实，满脸惊讶："啊？"

龙实摆出拿着相机的姿势，用稍微大一点儿的声音再次说道："快门，我来帮您按吧？"

"啊，真的可以吗？"她稍微停顿了一下说道，能听出来是个年轻的女孩子的声音。

"当然，您想拍什么感觉的呢？"

听到龙实这样说，女孩手拿相机，单脚穿着滑雪装备滑到了龙实面前。

“后面，从这个角度看有个镜头是呈现心形的，您能看出来吗？”说着，女孩向后转过身指着远处说道。

“啊？心形？”

“你看不远处的大树，树的上半部分不是有大的分支吗？再加上对面远处的山脊线，看起来正好就是一个心形。”

“嗯……”女孩看向她所指的方向。虽然龙实并不能马上看明白，但是随着她的描述转换着视线，竟然也看到了所谓的心形。心形的下半部分是树枝，上半部分是山脊线。“啊，真的是呢。有意思啊。原来是这样看的啊。”

“我就想以这个心形为背景拍张照，但是怎么也拍不好。”

“明白了，我帮你拍吧。”

龙实卸下右脚的固定器，拿起了相机。因为戴着护目镜，看不清显示屏，龙实便把护目镜推到了安全帽上。

“我站在哪儿比较合适呢？”女孩问。

“您再稍微向后一点儿吧，这样拍到全身比较好。”

“不，只拍上半身就可以了。”女孩一边回答一边向后退去。

“好的，那您站在那里就可以了，我要拍了，好的，茄子。”

女孩用右手比画出了剪刀手，但是因为她戴着护目镜和面罩，所以看不到表情是怎样的。

“我再多给您拍一张吧。”龙实说着重新举起了相机。

“啊，那请您等一下……”说着，女孩将护目镜推到了安全帽上面，拉下了面罩。

龙实感觉自己的心跳漏了一拍。女孩睁着大大的眼睛，眉梢

向上，如同一只傲娇的猫。虽然不能说是巴掌脸，但是尖尖的下巴，高高的鼻梁，正是龙实喜欢的类型。

但是，龙实也不能一直盯着人家不放，确定好背景之后，龙实按下了快门。

“谢谢您，帮了大忙了。”女孩仍然单脚穿着装备，滑到了龙实面前。龙实把相机还给了女孩。女孩确认了照片之后，摆出OK的手势说：“完美！”

“您经常来这附近滑雪吗？”龙实问道。

“也不是经常来，一个季度会来几次吧，这是我喜欢的滑雪场之一。”

“果然如此，要不然，您也不可能自己一个人在这里滑雪啊，像这样鲜有人知的好地方。”

女孩把相机收进口袋里，然后缩了下脖子。

“我也知道这里偏离了正常雪道，是不能随便进入的，但是有时候我实在忍不住。这样不太好，对吧？”

“这样说起来，我也是‘同谋’呢。”

“但是，正因如此，才能拍到这么好的照片啊。谢谢。”女孩说完重新戴上面罩和护目镜。龙实看到女孩安全帽的侧面贴着几张心形的贴纸。

“您是一个人来的吗？”龙实有些不敢相信地确认道。

女孩重新穿上了后脚的固定器之后点了点头，说道：“是的。”

“是吗？我也是一个人。”

“一个人比较自在，对吧？”女孩仿佛看穿了龙实的心思，这

样说道。

这时候龙实甚至都想邀请她说，可以的话我们一起滑吧。但是话到嘴边，说出来的却只有一句“是啊”。

“您平时都在哪里滑呢？”没办法，龙实只好转换了话题。

“我的主场是在里泽，今天在这里滑过之后，打算再回那边去。”

“啊，是里泽温泉滑雪场啊。”龙实重重地点了点头。那里是日本最高级的滑雪场。“虽然我没有去过，但是听说那里雪场广阔，雪质也非常好呢。”

“非常棒呢，您也一定来试试啊。”

“一定，现在这个季节还能滑吧？”

“当然，我是有这个打算的。冬天去滑雪才最有乐趣呢。”

“啊，我也这样想。”

“我们都要保重不要受伤，期待下一次见面，那么，后会有期了。”

女孩说着挥挥手，滑走了。

龙实赶紧换上装备，追了上去。他一边追一边观察女孩留下的滑雪痕迹——她真是不简单呢。女孩在密集的丛林里快速地穿梭滑行，身后甚至扬起了雪烟。她的姿势华丽优美，充满了活力。看来不能因为她是个女孩就轻视了她。转眼间他们就拉开了距离，龙实跟丢了。

最后，龙实终于看到了正常的游客雪道。和来的时候一样，他低下头从红色绳索下面钻了过去。

龙实在斜坡下面看了一圈，没有发现女孩的身影。龙实想，女孩可能并没有回到这里，而是又向别的什么地方冒险去了吧。

太可惜了，要是尝试着约女孩一起滑雪就好了，即使不成功也没有什么损失啊，龙实就这样一边滑雪，一边后悔着。虽然只见了一面，但是女孩姣好的面容却留在了他的脑海里。

当龙实回到停车场的车里，已经是下午三点多了。他换完衣服，将滑雪板和靴子放到了行李箱里，买了一罐咖啡，回到驾驶座上喝了起来。接下来的几个小时，他要一个人开车回东京。龙实用手拍了拍自己的脸，好重新打起精神来。

2

还有三十分钟就要到达东京车站的时候，小杉敦彦胸前口袋里的手机提示有电话打进来。这并不是他的个人手机，而是由工作单位发放并强制大家携带的。小杉敦彦有一种不好的预感，坐起身来从口袋里拿出手机。

按下手机的接听键，“我是小杉。”小杉敦彦用毫无感情的语气说道。

“出差怎么样？”电话里传来上司南原单刀直入的官腔。

“累啊。”小杉回答道，“毕竟，一大早就坐新干线到仙台，之后一整天都在来回转，除了午饭，没有一刻休息的时间。”

“在回来的新干线上睡觉了吧？”

“最近有一些失眠，刚迷迷糊糊想要睡着的时候手机响了。”

“嗯。”南原用单音节鼻音回复他。

“刚结束了一天的工作，想回家舒舒服服喝两杯啤酒，工作用的手机却响了，然后脑子里那根弦就紧张起来了，是吧？”

本来小杉想回答“没有这回事”，但转念一想，没有理由也没有义务这样回答，转而问道：“是发生什么事情了吗？”

南原稍微装腔作势地停顿了一会儿，说道：“有案子了。”

这是肯定的吧。小杉想，如果不是，那在别人出差回家途中打电话过来闲谈不是找事儿吗？

小杉刚想问是什么案子，南原接着说道：“是凶杀案。”

小杉一时语塞，祈祷自己是听错了。

“那个，”小杉干咳一声接着问，“您刚才说什么？”

“我很理解你不敢相信的心情，我也不敢相信，但是，很可惜，这不是开玩笑，是名副其实的杀人案件。现场是在三鹰市N町的一户人家，入室抢劫杀人案件。值钱的东西都被盗走了，被杀的是住在家里的八十岁的老爷爷。”

听到这里，小杉内心一片愁云扩散开来。因为这听起来并不像是几个小混混之间打架、失手杀人那么简单的案子。

“那个，系长，凶手是什么情况？”小杉心存一丝侥幸地问道。

“还没抓到，也没有人自首。”

果然不出所料。小杉低下了头，手机仍然贴着耳朵。

“因此，”南原继续说道，“初步的调查已经启动，知道你很累，但是不好意思，回到东京之后，你直接去趟现场吧。尽快！地址是……”

“您稍等一下，我打算今天直接回家，各种事情都暂时告一段落了，所以我可以暂时先回家吗？”

“时间很紧张，反正你是一个人生活，也没什么关系吧？”

“我忘记给猫喂食了。”

“它不会轻易饿死的，你放心吧，今天一定会让你回去的，你记下案发现场的地址。”

虽然小杉恨得咬牙切齿，但还是从口袋里拿出笔记本，记下了南原说的地址。

“我想你也明白，像这样的案件，不能只是咱们署来调查。”

听了上司的话，小杉心里更是愁云惨淡，“也就是说必须要成立搜查本部，是吗？”小杉想，就知道南原一定会这样说。

“明天会在咱们署开设相关小组介入调查吧。明天一早可能就会举行调查会议，必须要准备一下。你心里有个准备，明天开始就基本不能回家了。”

“再见。”南原不等小杉回答就挂断了电话。

小杉忍住摔掉手机的冲动，回到了车厢里。他看了一眼时间，刚过五点。

在东京车站换乘中央线，坐到离案发现场最近的车站，出站后，小杉打了辆出租车。N 町到处都是独门独院的住宅，是一片非常安静的住宅区。下了出租车之后，小杉很快找到了目的地。因为门前并排停着几辆巡逻警车，周围聚集了看热闹的人。小杉看到门前的牌子上写着“福丸”。

“小杉前辈。”小杉听到有人叫他，循声望去，是后辈白井走

了过来。听说这家伙在学生时代是橄榄球队员出身，身体很健壮，然而却长了一张充满孩子气的脸。他独生女所在的幼儿园里的孩子们都叫他面包超人。

“仙台怎么样？吃牛舌了吗？”白井是个吃货，即使是别人出差，他也会调查当地的美食。

“哪有那个闲工夫，到处跑来跑去，累惨了。”小杉想赶紧结束这个话题。实际上，他午饭的时候吃了牛舌，但是没有必要如实相告。

“早知道这样的话，就坐再晚一点儿的新干线回来了。”

“您节哀顺变。”白井开玩笑道。

“说说吧，什么情况？”小杉指着屋顶说道。

“法证的工作还没有做完，我们还不能进去，但是他们提供了录像给我们。”说着，白井拿起了平板电脑。

“其他人呢？”

“搜查科的几个人正在分头向附近的人询问情况呢。”

正如南原所说的，初步调查已经开始了。

“系长呢？”

“应该是在署里和被害人家属谈话呢。”

小杉叹了一口气，想，虽然很累，但是现在还不是能放松下来休息的时候。

和旁边的警察打了个招呼，两人钻进了停在路边的警车，坐在了后座上。

“报警中心接到报警是在下午四点二十分。一位女士说，家里

有人被杀了。当时情况非常混乱，她也说得不是很清楚。接着在附近执勤的两名民警赶了过来，确认了情况。这时候女士冷静了一些，可以说明情况了。”

据白井描述，报警的人正是这家的主妇福丸加世子。加世子平时上午十点到下午三点在附近的超市上班，下班之后会和同事聊会儿天，然后回家。今天也是如此，她在四点钟之前回到了家。回来的时候发现玄关的门没有锁，加世子也没有多想，因为她知道，虽然这个时间点丈夫在上班不可能回来，但是和他们一起住的公公在家。公公忘记锁门也不是什么新鲜事儿了。

加世子从玄关进来直接进了厨房，并没有发现有什么异样。等走到客厅她才发现，客厅的地板上散落了一地物品，抽屉被拉了出来反扣在地板上。

加世子冲出客厅，跑向旁边的房间，一边敲门一边叫着公公。因为公公住在那间屋子里。但是，公公并没有回应她。心急如焚的她这时已经没办法冷静下来，便擅自打开了门。首先映入她眼帘的就是开着的电视机，然后她就看到——

“这种情况。”白井将平板电脑的屏幕转向了小杉。

这是一间铺着榻榻米的和室，一名穿着毛衣的老人趴伏状倒在地上，旁边还放着坐垫。

白井按了按平板电脑，显示屏上又出现了其他的照片。老人的脖子处给了一个特写——那里有一个明显被人勒过的红黑色痕迹。

“凶器呢？”

“没有找到。”

据白井讲述，被害人名叫福丸阵吉，八十八岁。之前在公司是董事，但是现在除了养老金没有其他收入。现在和他一起住的是长子秀夫和儿媳加世子。两个孙子现在就业搬出去住了。

“听系长说，值钱的东西都被抢走了。”

“客厅抽屉里，差不多有二十万日元不见了。据说那是家里的生活费，一般都放在那里。据加世子夫人说，她出门的时候钱还在。”

“还有什么被盗了？”

“被害人的房间里也可能还有其他的东西被盗了，但这就只有本人才能知道，现在的情况，我们也没有办法确认。夫妻二人和孩子的房间都在二层，从迹象上看，犯罪嫌疑人没有去二层。也可能是犯罪嫌疑人觉得拿到了一部分现金想赶紧逃离现场吧。”

“犯罪嫌疑人是从哪里进来的？”

“依照法证同事的勘查，后门和窗户都是里面反锁的，也没有被破坏的痕迹，所以推断犯罪嫌疑人应该是从玄关处进来的。”

小杉扫了一眼家里的情况，问道：“有监控录像吗？”

白井皱了皱眉头说道：“没有安装。”

“这样啊。”小杉叹了一口气。每当有类似的案件发生，他就想埋怨国家为什么没有把安装监控录像制度化。

白井把手伸进内侧的口袋里拿出了手机，好像是有人打来了电话。

“您好，我是白井……是的，我现在和小杉前辈在一起。我明白了。马上回去。”白井挂断电话，看着小杉说道：“是系长打来

的，说有紧急情况让我们立刻回警署去。”

“发生什么事了？”

“不知道，”白井侧了一下头回答道，“可别是什么麻烦事就好啊。”

二人下了警车，走出了新干线的那条路，打了一辆出租车。

一回到警署，二人便感觉被一种紧张的气氛包围了。狭窄的走廊里，抱着工作设备和通信设备的年轻的同事们在快速地走来走去。听说是要把东西搬到礼堂去，搜查本部要设在那里。同事们的脸色都很凝重。对于警署的警察们来说，没有什么比发生需要设立专门的搜查本部来解决的案件更让人郁闷的事情了。不仅耗费人力，还耗费财力，当然，上司的心情也会变差。

两个人回到刑事案件科的时候，南原正站着和别的同事说话。南原露出一张不讨人喜欢的脸转向小杉，说道：“辛苦你了，对不住。”但是语气里完全没有这个意思。

“现在是什么情况？”小杉懒得计较，问道。

“就是你看到的这种情况。”南原看了看周围说道，“大家都动起来了，希望你也尽快加入进来。”

“已经加入进来了。”

小杉说着刚想脱掉外套，被南原制止说：“先别脱衣服，有个人需要你见一下。”

“是哪位？”

“散步的人。”

“散步的人？”小杉的眉毛都拧到了一起，疑惑地说道，“什

么意思？”

“据被害人家属称，家里养了一只柴犬。平时都是被害人带狗出去散步，但是半年前，老人的腰痛病犯了，不能长时间走动，但是，不让狗散步又觉得狗可怜，于是就雇了一位小时工遛狗。”

“那户人家家里有狗吗？”小杉问白井。

白井侧了一下头说道：“我没有留意。”

“上个月病死了。”南原说道，“狗已经十五岁了，在犬类里算是超高龄。而且据说这狗本来就有病，后来脚又受了伤，最终恶化死掉了。然后，问题的起因就是狗受伤。据说那只狗出去散步时被一辆自行车撞到了，当时遛狗的就是小时工。因为他没有注意到周围的情况而造成这起事故，这激怒了被害人，解雇了小时工。”

“这是三个月之前的事。”南原补充道。

“您是说这个小时工和这次的案件有关？”

“这是同事询问附近的住户收集来的情报。据住在附近的一位家庭主妇说，昨天中午她看到一个男人向福丸家里窥探，并且不是生面孔，有几次她曾在路上见到过这个人。”

“莫非，就是您刚才提到的散步的人？”

“Bingo！说对了。”南原用粗厚的声音说道，还竖起了食指，这样活泼的样子和他的形象很不相符。然后他又从抽屉里拿出了一张照片：“从被害人家属那里了解到他的身份，我们搜索了一下，就是这个人。”

照片似乎是从驾驶本数据库里调出来的。照片上是一个年轻的男孩子，二十岁左右，下巴尖尖的，眉梢向下，表情似乎是有

什么不满。

“犯罪嫌疑人怎么进去的，你听说了吗？”南原问道。

“据白井回报，推测是从玄关处进去的。”

南原一边左右摆动食指，一边发出啧啧的声音。

“法证那边最初是这样认为的，但后来情况有变。被害人家属提供了重要情报，犯罪嫌疑人也有可能是从后门进来的。”

“后门？难道是女主人出门的时候忘记上锁了吗？”

“不，门确实上锁了，但是有把备用钥匙。”

“备用钥匙？”

“在信箱的下面有一个小小的容器，备用钥匙一般藏在那里。为了不让忘带钥匙的人吃闭门羹，他们一般都会这么做。刚才让法证的同事确认了一下，之前那里确实藏有钥匙。”

“那么都是谁知道备用钥匙的存在呢？”

“应该只有家里人知道，被害人家属是这样说的……”南原用暧昧的语言说道。

“您是说也有可能不是这样的？”

南原点了点头。

“因为柴犬是养在室外的，院子里有狗窝，但是天气不好的时候他们也会让狗从后门进屋，所以很有可能腿脚不方便的老人把备用钥匙的事情告诉了小时工。”

小杉的视线重新回到了照片上。

“关于这个小时工，被害人家属是怎么说的呢？”

“他们只知道他是开明大学大四的学生，其他的并不清楚。听

说是被害人的熟人介绍来的。因为是为了遛狗才请来的，所以他一般都是夫妻二人不在家的时候过来，也没怎么说过话。”

“嗯。”

“听到这里应该够了吧。你赶紧去会会这个小子。”南原说着，拿出一张便笺，上面写着地址和名字。这应该也是从驾驶本数据库里得来的。

“电话号码呢？”

“福丸夫妻不清楚。但是，被害人应该知道，所以应该很快就能了解到。得到电话号码马上通知你。好了，赶紧去。”南原站起来做出赶人的姿态。

就在这时，门口有人喊道：“喂，南原。”光是听到声音，大家就已知晓来者何人。

小杉回头，看到刑事科长大和田大步流星地走过来。这个人四方脸、粗眉毛，私下里大家都叫他木屐。

“附近的监控录像有什么发现吗？我说过要从头查起吧。”

“当然，我们正在做。”南原站得笔直，回答道。

“然后呢？录像上有什么发现吗？”

“那个，我们接下来正要做解析……”

“立刻行动！磨蹭什么？慢慢腾腾的，都被一课的那帮人抢走功劳了。不论如何，都要赶在他们前面将犯罪嫌疑人抓到，明白了吗？”

“是，明白。”南原大声回答道。

“今天晚上最关键，就是今天晚上。动员警署所有警力去抓

人。遇到不能解决的事儿，找我来。”

“是，我们一定全力以赴。”

白井用胳膊肘戳戳小杉小声说：“我们走吧。”

“是啊，走为上策。”

就这样，小杉和白井一边听着大和田大声教育着南原，一边走出了屋子。

“什么嘛，那个木屐科长，总是特别着急，这次更夸张。”小杉一边走一边说道。

“听说署长这次向总部的搜查一课请求援助了。”

“果然如此。不过话说回来，又是入室抢劫，还没有头绪，署长这样做也是理所当然的吧。”

“话虽如此，大和田科长从搜查一课负责人那里听说这件事之后，心情瞬间就不好了。我也是刚听说这一点，这次由七系执行在厅制度。”

小杉停下了脚步，说道：“七系？真的？”

所谓在厅制度，就是指为了能随时加入到调查当中，相关人员留在警察厅随时待命。一般开设搜查本部部门的话，负责执行这项制度的系就会出动。

“有什么不太好的事情吗？”白井问。

“七系的花菱系长和大和田科长在警校的时候是同期的校友。”小杉小声说道。

“而且我还听说，很早之前他们两人就水火不容，一直竞争。虽然两人都是在警部工作，但一个是在总部，另一个是在地方局，

要说没差别，别人也不信。”

“啊，原来如此。”

“如果在这里设立搜查总部的话，那挑大梁的就是总部了。地方所辖的警署只能配合或者跑腿打杂，本来对于大和田科长来说已经是屈辱了，再加上指挥他的还是死对头花菱系长，大和田科长肯定满肚子火。”

“所以他才那么着急要赶在搜查一课到来之前将犯罪嫌疑人抓捕归案啊。”

“搜查一课来了之后，初步调查的记录，以及收集到的其他情报都必须上交。”

一个抱着大纸箱的警员满脸倦容地从两个人面前经过。他应该也被要求为设立搜查本部做准备工作了吧。

“如果这家伙就是凶手，那就好办了。”小杉看着南原给他的便笺。地址是三鹰市，姓名是肋坂龙实。

3

按照便笺上的地址，他们找到了一栋两层的老式公寓。从外面就可以想象得出内部房间有多狭窄。因为附近有所大学，可能是为学生建的公寓吧。

一楼最里面的房间就是肋坂龙实的住处。门的一侧，停着一辆锈迹斑斑的自行车。从小窗向里面看，一片昏暗。

因为没有找到门铃，小杉直接用手敲了敲门，但是，并没有人回应。“肋坂先生，肋坂先生。”喊了两遍之后，房间内依然没有动静。

“不在吗？”小杉自言自语道。

“可能是出去吃晚饭了，我们等一会儿吧。”白井提议。

小杉一边回答“好”，一边看向旁边的房间。房门上并没有贴

写着名字的门牌，但是里面有灯光漏出来。

小杉走到门前，试着敲了敲门。马上有一个男人应答了。

“您好。”小杉说道。

“哪位？”

“我们是公职人员，有些情况想向您了解一下。”

这次男人并没有应答。只听见有响声，门开了，但是门上的链锁并没有放下来。

从门缝里，小杉看见一个年轻男孩子的脸，应该是个学生吧。

小杉向他出示了警察证件：“这么晚，不好意思打扰了。”

男孩睁大了眼睛，脸上露出胆怯和震惊的神色。

“关于您隔壁的肋坂先生，我们有些问题想问您。”

“什么问题？”

“您平时和肋坂先生有来往吗？”

男孩的眼神里充满了不安，说道：“平时见面的话会打招呼，毕竟是同一所学校的。”

“开明大学？”

“是的，”男孩回答，“只不过我们所属不同的学院，我是工学院，他是经济学院。”

小杉接着问他的名字，男孩说叫松下广树。他和肋坂都是大四的学生。

“肋坂好像不在，你知道他去哪儿了吗？”

松下摇了摇头：“不清楚，因为我们并没有亲密到那种程度。”

“您今天一直待在屋子里吗？”

“没有，上午去学校了，大概三点回来的。”

“之后呢？您出去了吗？”

“没有，之后一直一个人待在屋里。”

“肋坂先生是什么情况呢？是一直待在房间里面吗？”

“不太清楚……”松下摇了摇头，“不好意思，因为我没有特别留意，所以不清楚。”

“您没有看到他，是吧？”

“是的，今天并没有见到他。”

“那您听到他房间里有什么动静吗？”

“也许听到了，但是我没印象了。这里的房子墙壁很薄，外面有什么声音都能听见。”

“您知道肋坂先生的手机号码吗？”

“不知道。”

“那有邮件往来吗？”

“也没有。如果有事的话，就直接去找他，这样比较快。”

“那在肋坂关系比较好的人当中，有你能取得联系的人吗？”

松下面无表情地摇了摇头。

“貌似有朋友会过来玩儿，但是并不是我认识的人。”

“是这样啊。”

白跑了，小杉有些失望。看来，从这个男孩这并不能得到什么有用的情报。

“可以了吗？我明天还有事情要办。”

“啊，实在不好意思打扰了，谢谢您的配合。”

听到小杉道谢，松下露出讶异的表情，随后关上了门。到最后，男孩也没有把门上的链子放下来。

“这些信息都没用啊。”

小杉刚自言自语地说完，大衣里的手机响了。是南原打来的。

“您好，我是小杉。”

“见到肋坂了吗？”

“那个，人不在家，不知道去哪儿了，我们想在这里等一会儿。”

“公寓里有他熟悉的人吗？”

“我们问了他的邻居，但是他们好像并不熟悉。”

“嗯，这样啊，你们碰门把手了吗？”

“门把手？您是什么意思？”

“就是肋坂房间的门把手，我在问你有没有碰，还是你们已经碰了？”南原用苛刻的语气质问道。

小杉回身转向肋坂的房间，找到了门把手：“没有碰。”

“好，那就在原地待命，法证的人马上就到。他们要去采集门把手上的指纹，看好了，别让人碰。”

“从案发现场找到犯罪嫌疑人的指纹了吗？”

“刚才说了，就是藏在信箱下面的后门备用钥匙，上面出现了除被害人和福丸夫妻之外的指纹。并且，很明确是最近印上的。而据说，福丸的孩子们已经有一年没有碰过钥匙了，所以很有可能是犯罪嫌疑人的指纹。”

“那该指纹在案发现场也有吗？”

“现场有数个指纹留下，现在还在比对中。所以，你们现在看

好了，明白吗？”

“明白了。”小杉挂断电话之后，向白井说明了情况。

“在后门的钥匙上留下指纹了呀。是凶手留下的吧？按常理说。”白井双臂抱在胸前，侧了一下头。

“谁都有可能在不经意间失误。对于刚杀过人的犯罪嫌疑人来说，逃跑的时候脑子很混乱，可能并没有留意到这些细节。”

说着，不知从哪边过来一辆面包车，停在路边。推拉门打开，上面下来两个戴着帽子的法证同事。这两个人小杉都见过。

“加班，辛苦了两位。”年龄稍长的那个人笑眯眯地说道。

“咱们都一样，您二位也不容易。”小杉回应。

“从明天开始，会更辛苦。”小杉继续说道，“明天总部的那帮人就过来出差了。”

“啊，确实是啊。”他们有一搭没一搭地聊着。这次的案子，地方所辖警署法证的工作已经基本结束了。不用被总部的人颐指气使地使唤，应该不用太担心了吧。

“话说，问题房间是哪间？”

“那间。”小杉指了指肋坂龙实的房间。

“那辆自行车也是问题车辆吧？”

“应该是。”

年龄大的法证同事点了点头，对另一位年轻同事耳语了几句，不一会儿两个人开始工作了。

看起来年轻人负责采集门把手上的指纹，年龄稍大一点儿的人负责采集自行车上的指纹。

4

龙实注意到有电话打进来时已经喝光了第三瓶发泡酒，而且还是和他一起的波川省吾提醒他“有什么在响啊”之后。

他的登山卫衣挂在墙上，龙实从卫衣口袋里掏出手机，来电显示是住他隔壁的松下广树的名字。

龙实将电话拨了回去，对方马上就接通了。松下开口就问：“你在哪儿？”听声音好像一直在等他电话。

“我在波川这里喝酒，松下你要不要也过来？报告写完了吧？”

但是不知为什么松下却陷入了沉默，龙实刚想问怎么了，却听到对方又问：“你没事吧？”

“你指什么？”

“因为……我觉得出大事了。”

“出大事了？”

“刚才有警察过来，好像在找你。”

“警察？为什么？我没违反交通规则啊。”

“不是的，我想不是违反交规那么简单的事。他们没有穿制服，穿的是西服。他们应该是刑警吧。我担心你是不是卷进什么麻烦事儿里去了就谎称说跟你不熟，但是他们还是刨根问底地问了我半天，像什么你现在在不在房间、我有没有听到什么声音之类的。好像在确认你是不是有不在场证据。”

“不在场证据？这是什么情况？狗血电视剧吗？”龙实一边听着电话一边将头转向了波川。

“没跟你开玩笑。之后我一直在房间里留意他们的动静。好像听到他们要从你房间的门上采集指纹。之后又有别的人过来了，在你的门前咯吱咯吱摆弄了好一会儿。”

“喂喂喂，等一下。”龙实将手机从右手换到左手，坐正了身子，说道，“为什么要采集我的指纹啊？”

坐在旁边的波川听到后脸色变了变。

“好像是因为要和在什么地方的指纹进行比对，我听见好像是什么备用钥匙之类的。”

“备用钥匙？”

“嗯，我听到了‘后门的备用钥匙’。”

什么嘛。龙实在听到这句话瞬间，脑海里有东西一闪而过，不自觉“啊”了一声。

“怎么了？你是想到什么了吗？”松下问。

“我想起一件事情来。那帮警察现在还在门外吗？”

“现在不在了，已经走了。”

“是吗，那松下，不好意思，如果再有什么情况你能及时告诉我吗？”

“可以是可以，你不回来了吗？”

“回去，但是我要先想想对策。”

“我知道了。”

“那就拜托了。”

“嗯，肋坂，那个……”松下犹豫了一下接着说，“可能，是一件大案子在搞搜查呢。”

“嗯？为什么这样说？”

“他们在说备用钥匙的时候，有一个警察说杀人之后什么之类的。所以我想可能是杀人事件。”

“……怎么会这样？！”

“我听他们确实是这样说的，但也可能是我听错了。就是跟你说一声，让你有个心理准备。”

“嗯，我知道了。”

“那再见。”说完松下挂断了电话。龙实盯着电话看。

“出什么事儿了？”波川担心地问道，“什么不在场证据啊、指纹啊，你怎么净说一些电视剧里经常出现的词啊？”

龙实看着波川的脸，摇了摇头：“我也不清楚怎么回事儿，但是我好像在被警察追捕。”

“啊！”波川皱起了眉头。龙实把松下告诉他的话说给了波川听。

“那个备用钥匙是什么？你有印象吗？”

“有，”龙实如实回答，“说来话长。”

“尽量长话短说。”

“知道了。”

要说这件事，应该从龙实做小时工开始说起。

那是去年秋天的事了。龙实所在研究室的大学教授给他介绍了一份简单的工作，问龙实要不要试试看。听教授说，是带一位老人养的柴犬散步，也就是遛狗。听说就是早上带着狗散步一小时，报酬不错。老人是教授偶尔出席的围棋俱乐部的常客，因为腰痛不能带狗出去，正在发愁。

很快，龙实就去了老人家里拜访，得知老人名叫福丸阵吉，养的柴犬叫 Pero。福丸是个话少但看起来温厚的老人，看样子也很喜欢龙实。不知道是不是因为 Pero 是一只老年狗，它很乖，也不叫，看起来很好带。于是双方当场就都同意了，第二天就开始由龙实带狗散步了。

除了下雨，龙实几乎每天都去福丸家。Pero 也跟龙实很亲近，看到他来就会跺着脚摇尾巴。而福丸看起来也很信任他，把后门的备用钥匙放在信箱下面这件事告诉了他。并告诉他说如果天气不好，就用备用钥匙把后门打开，把 Pero 带到屋里来。

“但是，我告诉你的这些事，你可不能告诉别人啊。”老人提醒龙实说道。

之后的一切都很顺利，但是也可能是龙实大意了，慢慢和老人以及 Pero 熟悉的过程中，没有了刚开始带狗散步的谨慎。

终于有一天——

龙实一边遛狗，一边想着毕业就业的事。待遇怎么样，收入怎么样，以及为了参加公司的考试查的资料，还有就是那家公司到底好不好，等等。这个时候他的注意力是不集中的，虽然他拿着拴狗的绳子，但是视线却没有在狗身上。

一位中年妇女从正对面骑着自行车过来了。她并没有减速，直接从龙实的身边骑了过去。紧接着就听到 Pero“汪哦”的一声悲惨叫声以及主妇的叫声。龙实回头一看，发现 Pero 瘫坐在地上。

龙实马上明白了，Pero 被自行车轧到，伤到了腿。

主妇坚持说，是狗藏在龙实的后面她没有看到，而狗又突然跳出来，她没来得及躲开。

虽然龙实有足够的理由反驳她，但是因为太担心 Pero 的伤势，问了主妇的联系方式之后，龙实就赶快给福丸打电话。福丸很震惊，立刻带狗去了动物医院。

Pero 被诊断为右前腿骨折。得知此消息的福丸罕见地冲龙实发了火，质问龙实当时在干什么。因为知道福丸很溺爱 Pero，龙实没有还口。所以当福丸说“你明天不用来了”时候，龙实也只是说：“我明白了，实在对不起。”

之后，龙实就再也没有见过老人和 Pero。但是，他不是不想念他们，每次回忆起这事，他都很后悔。虽然也想过要不要再次登门正式道歉，但最终没有成行。

昨天，正好龙实去福丸家附近办事，虽然不太想见到老人，但是，龙实很想见到 Pero。他想知道，Pero 现在怎么样了。

于是龙实走到老人家门前，向里面窥探，但是从前门看不到后院，而狗窝却在后院。经历一番思想斗争之后，龙实按了门铃。

但是，没有人应答，家里像是没人。

龙实本想算了，但是既然人都来了，还是不甘心见不到 Pero。其实来福丸家也并没有其他事情，只要能见到 Pero，他就心满意足了。

于是龙实自顾自地说了一句“不好意思”就推开了院子的门，走了进去。龙实想如果有人回来就如实相告，自己本身也没有什么负罪感。

关上院子的门，龙实看到了信箱。同时，想起了老人告诉过他的备用钥匙的事。不知道那个备用钥匙还在不在那，龙实突然介意起来，想一探究竟。

之前说过的备用钥匙果然还在原来的地方，龙实确认之后很高兴。这可能就像得知别人家秘密的那种优越感吧。龙实把钥匙拿在手里看了看，又放了回去。

穿过房子旁边的小路，龙实来到了后院，见到了他熟悉的狗窝，但是没有看到 Pero 的身影。龙实想是不是被别人带出去散步了，这时却不经意间发现了写在狗窝上的字：“Pero 之家”，这是之前就有的，但是旁边又多出了另一行字：“1 月 19 日殁”。

到今天正好一个月。

龙实的心情突然陷入了低谷。Pero 老了，内脏也有各种各样的疾病。

龙实想着，是不是因为骨折导致它的病情恶化，然后去世了呢？

再向狗窝里面一看，旧的狗拴还放在里面。龙实想再握一下狗拴，怀念一下当时的手感。他想到了牵着Pero在前面走或者被Pero牵着走的感觉。虽然时间不长，但是他能切实地感受到Pero是和他心灵相通的。现在回想起Pero被自行车撞到，心又开始痛了起来。他当时真的对Pero做了很残忍的事——

摸着摸着，他突然想把狗拴当作纪念留在身边，于是龙实把狗拴收成圆形，放在了自己的口袋里。他想既然被放置在这里，那他带走应该也没问题吧。

从大门出来，他呆呆地看了一眼这个家，然后看到了就住在附近的一位女性。带Pero散步的时候见过几面，但是不知道对方的名字。他轻轻地点了一下头示意，然后就离开了。

“不妙。”听完龙实的话，波川双臂抱在胸前说道，“听你说了这么多，我想了一下，觉得情况很不妙啊。”

“你是怎么想的？”

“首先，”波川说着竖了一下食指，“警察已经介入调查这件事了。而这次的案件，如果松下没有听错的话，很有可能就是杀人事件。而案发现场，应该就是你曾经打工的福丸家。这样推断，难道不是那家人中有人被杀了吗？”

“不会吧？！”

“如果不是这样，那就不会出现后门的备用钥匙这样的话了。警察认为很有可能犯罪嫌疑人是利用备用钥匙作案的，所以才采集上面的指纹并进行比对的。你刚才说你被住在附近的主妇看到

了，是吧，是不是这个大婶向警察说了这件事呢。诸如，昨天白天看到之前在这里打工的大学生向家里窥探什么的，所以警察才从你的门把手上采集指纹用来比对的。这样事情才能说通。”

作为法学院的学生，波川的解释是合情合理的。虽然这话听起来没有异常，但是龙实还是想有没有什么是他们没有想到的呢。

“真的是这样吗？”龙实皱紧眉头，用手挠了挠头，“所以，老实说，昨天我擅自进入别人家的院子，知道一定会被批评，也是我自作自受。”

听见龙实这样说，波川用不可思议的眼神看着他。

“我说你啊，还是没有明白事情的严重性啊。”

“什么？”

“你站在警察的角度想一想，他们能接受你所说的吗？”

“话虽如此，但事实就是这样我也没有办法啊。而且据松下所说，警察正在调查我的不在场证据。也就是说案件是今天发生的，我被附近的大婶看到是昨天的事儿，所以和这件事没关系啊。”

但是，波川慢慢地摇了摇头。

“那你也会被怀疑昨天是不是在踩点。就算我是警察也会带你回去协助调查的。”

“如果真是这样我就跟他们去，反正我是清白的，再怎么问也没关系。”

波川指着龙实的胸口问：“你能证明吗？”

“啊？”

“你现在说自己是清白的，我问你，你能证明这一点儿吗？

案件的发生，就像你说的，可能就是在今天，你当时在哪儿，在干什么？”

“这个我还是能回答的，我去滑雪场了。一大早起来开车去了新潟县的新月高原滑雪场。回到东京已经是晚上七点多了。本来想直接回住处的，但是，社团的损友打电话联系我说老家给他寄了真空包装的太火烧鸡，我决定帮他解决。”

社团的损友，不用说，就是波川。说着龙实还很可惜地冲着炭烧鸡咂舌。

波川叹了一口气，说道：“虽然麻烦是麻烦了点儿，但是也只能证明你当时不在案发现场了。”

“我可以证明啊，因为我确实去滑雪了。”

“你到我这儿的时候已经是晚上七点了，之后的事我可以证明。但是，之前的事我就无能为力了。你怎么证明你去滑雪场滑雪了？”

稍微思考了一会儿，龙实说道：“我有吊椅的票据。”

波川默默地摇了摇头。

“你认为那能成为证据吗？只要你早上去买一张票，之后返回东京就可以做到了啊。”

“那这个呢？”说着龙实从口袋的钱包里拿出高速公路的收费票，“你看，这上面是有日期和时间点的。从新潟县的汤泽收费口出去时是早上九点，从练马收费口出来时是晚上七点。”

但是这次波川还是摇了摇头说：“不行。”

“为什么？”

“这中间不是还有十个小时吗？如果你坐新干线，两地往返只需要五个小时。出了汤泽收费口之后，你放下车然后返回东京，作案之后再坐新干线返回汤泽，之后再去滑雪场买下吊椅票，再开车回到东京，这是完全有可能实现的。”

“我为什么要这样大费周章？”

“当然是为了制造不在场证据啊。”波川立刻反驳说，“你作案是有计划性的。这么做就是为了制造不在场证据。”

“别扯了。”

“警察会怀疑一切可能的事情。你可不能小看他们。如果他们真要盯上一个人，哪怕一点点的疑点都不会放过。”

“我什么都没做。”

“我知道，所以我不是一直在问你能不能证明这一点吗。”

“证据……证据是……”龙实语塞了，挠起了头。

5

法证忙完回到警署大约一个小时以后，南原打来了电话，指示小杉他们要对龙实的房间进行搜查，让他们向公寓的管理员借钥匙。此时小杉和白井正在离公寓三十米远的便利店前面。虽然他们对住在公寓里的其他人进行了问话，但是没有人知道肋坂的行踪，也没有人跟他关系很熟。虽然大多数都是开明大学的学生，但这所大学规模较大，学生很多，所以大家互相往来的意识很淡薄。小杉一边喝着温热的咖啡，一边等肋坂回来。

据南原所说，备用钥匙上出现的指纹和肋坂家门把手以及自行车上的指纹一致。因此，先以非法入侵他人住宅罪为由，向法院申请了搜查令。

“都已经深夜了，要在这个时间点进行搜查吗？”

通常情况下，对住宅的搜查是不能在天黑之后进行的。

“明天搜查一课的人就要来了。科长的命令就是，不能让他们抢了功劳，明天之前，尽一切可能把能做的事情做完。”

小杉真想说：你是科长操控的人偶吗？

“得到肋坂的手机号了吗？”

“嗯，被害人的手机里有保存。但是要不要跟他取得联系还有待商讨。因为假设肋坂是真凶的话，这样贸然打电话过去很容易打草惊蛇让他跑了。现在还不想让肋坂知道警方已经怀疑他了。”

“原来如此。”

“向管理员借钥匙的时候顺便看一下肋坂的租房合同，上面应该有他老家的地址和保证人的联系方式。”

“明白。”

小杉挂断电话，向白井转达了南原的电话内容。

“搜查家里啊？像小杉前辈说的，如果犯罪嫌疑人真的是肋坂的话，事情不是就好办了吗？”

“谁知道呢，要是系长不只是为了讨木屐科长的欢心乱下指示就好了。”

两人再次回到公寓，小杉再次敲响了那个叫松下的大学生的屋门。里面传来了应答声。

“我是刚才来过的，您能再开一下门吗？”

小杉听到屋里有动静，门锁打开了。松下露出一张瘦脸来，这次门上的链子放下来了。

“多次打扰，不好意思啊。”小杉抬了抬手示意道，对学生，

他不想使用敬语了。

“还有什么事吗？”

“这间公寓的管理人是哪位？或者房东是哪位？”

“房东是隔壁的森田先生。”

“啊，原来如此，谢谢，就这样。”

所以公寓的名字取的是“森田 heights（住宅）”啊。

“我去去就来。”白井说完就快速走开了。

“那个，”松下犹豫着开口道，“您到底是在查什么案子啊？”

小杉苦笑了一下说：“很想知道吧，但是我不能告诉你。要是你不小心放到网上就坏事了。”

“我不会这样做的。”松下没有关上门的意思，向小杉露出了窥探的眼神，“不会是，杀人案件什么的吧？”

小杉的笑容消失了，注视着这个脸上还有些青涩的大学生。“你为什么会这样想？”

“没什么……就是感觉。”

“是住在隔壁的肋坂做了什么吗？比如暴躁的行为。”

“没有，在我看来并没有这样的情况。”

“那，你为什么会有发生了杀人事件的联想呢？”

“啊，那是因为……”松下犹豫着，“刚才，因为我刚才听到了一些。您刚才在这说了。”

好像是刚才和白井说话时被松下听到了，小杉想。

“我们说了杀人吗？”

“我听到的是这样的。”

“嗯，这样啊。”小杉揽过松下的肩膀，身体也靠了过来，小声说道：“对谁都不能说啊，听到了吗？”

小杉放开松下，看到他露出胆怯的神色，不停地点头，然后关上了门。

不一会儿白井回来了。

“不太好办呀。钥匙是借来了，但是房东森田扭伤了腰，从早上就不能活动了，夫人也不在，看来搜查房子比较困难了。怎么办呢？”

“真是败给他了。”

对住宅进行搜查的话需要有相关见证人在场，家里除了警察之外没有第三者在场是不能进行的。

白井用手机拍下了肋坂的租房合同。上面显示肋坂的老家是爱知县的丰桥市，保证人那一栏写的好像是他父亲的名字。

“听森田先生说，肋坂有辆车。距离这大约二十米的地方，有片空地也归森田先生所有，他把这空地当停车场租给了肋坂用。”

“车？现在是什么情况？停在那吗？”

“我去看了一下，并没有。”

“是什么车？车牌号呢？”

“我记了下来。”

白井打开笔记本：是国产的四座运货车，车牌号显示“丰桥”。

现在既然车不在，那就很有可能是肋坂开出去了，是开车逃跑了吗？

就在小杉这样想的时候，一辆巡逻车开了过来，南原从上面

下来了。好像是要亲自来搜查房子，他还带了两个年轻的警员。

“肋坂呢？还没回来吗？”南原劈头盖脸地问小杉他们。

小杉摇了摇头说：“还没有。”

南原像是自言自语似的说道：“现在还不出现，莫非是知道自己被怀疑然后逃跑了……”

“肋坂使用的电话是手机吧，那我们向上面申请调查令，用GPS 追踪怎么样？”

如果带着调查令向通信公司申请协助的话，就可以利用 GPS 定位系统查到肋坂的位置。

“我也想到了这个办法，但是肋坂所使用的类型是必须经过他的同意才能进行定位的手机。”

“是这样啊，那就不好办了。”

以前通过 GPS 得到的位置信息都有通知本人知晓的义务。现在这条规定虽然没有了，但那时大部分的手机还保留这一功能。如果本人发现自己在被追踪的话，如果肋坂是真凶，那多半就会逃跑。

“先搜房间吧，这是现在最快的方法了。搜查过程中本人要是回来了就当场带回去协助调查。第一搜索目标就是二十万日元的现金。如果是从福丸家偷出来的上面很有可能会有被害人和家属的指纹，然后就是狗拴。”

“狗拴？您是说拴狗的绳子吗？”

“是的，刚才被害人家属联系说挂在老人佛龛上装饰用的狗拴不见了。从被害人脖子上留下的痕迹看，很有可能狗拴被当作了

凶器。”

“如果真是这样的话，不应该被丢弃处理了吗？”

“搜查之前不能放弃任何可能性。”南原瞪了他们一眼，接着说，“另外，从肋坂住处搜出任何可疑的东西，一律没收。”

“现在有一个问题。”小杉说出了没有相关见证人的这一困惑。

“邻居在家吧？就他了。”南原毫不在意地说道。

好像这样的情况下在场人是邻居也可以。

“走了。”南原招呼手下人过去。

小杉带着南原等人走向了肋坂的房间。然后，再次敲响了松下的房门。

打开门的松下，吓了一跳。可能是一下子看到这么多人来吧。

“有件事想拜托你。我们要对隔壁的房间进行搜查，你能过来当见证人吗？”

松下面部表情变得僵硬，嘴角动了动却没有发出声音来。

“拜托你了。”南原一边说一边出示了文件——搜查许可令。

“那个……见证人，需要做些什么呢？”

“什么都不用做，安静地看着我们做事就可以，你能配合我们吧？”南原用不容推辞的语气说道。

“哦，如果你们认为我可以的话。”

“好。”南原回头对部下说，“干活了。”

白井拿出钥匙，打开了门，两个年轻的警员跟他进去了，之后小杉也跟了进去。

但是——

这间房子并不能容下四个大男人在里面做事。房间只有六张榻榻米那么大，除此之外就还有一个小的厨房。加上床和桌子，几乎没有下脚的地方了。小杉转身出了屋子。而南原从一开始就没有打算亲自上手，一直在外面抽烟。稍远一点儿的地方，站着身穿羽绒服的松下。

“应该就是肋坂了吧。”小杉用松下听不到的声音问道。

“我就是这样想的。”南原却毫不避讳、中气十足地回答道，“昨天被撞见的时候是他在踩点儿。据说当时被害人去了医院，福丸家里没人。于是，他就认为今天家里也没有人，于是潜入家里盗窃，没想到被被害人撞见。情急之下就用手上的狗拴勒死了老人。”

“系长。”小杉面向南原，小声说道，“您的声音太大了。”

“哦。”南原皱了皱眉头，看了一眼松下耸了耸肩说道，“无所谓，反正马上就能真相大白。”

看来，南原是认定肋坂就是凶手了。

紧接着马上就听到白井在屋里大声叫道：“系长。”

“怎么了？”南原在门口问道。

白井走出来说：“找到了这个。”说着扬了下手里的东西。正是那条狗拴。

6

波川建议龙实说："你最好把手机关机。"

"警察可以利用 GPS 找到你的位置，而且手机本身也发射电波，你使用哪里的信号，很容易就能被查到，关掉手机最安全。"

"但是，如果我这样做了不正说明我心里有鬼吗？"

"你已经被怀疑了。"波川直指龙实痛处，"赶紧关机。"

面对波川不容置疑的口吻，龙实无法反驳，只好乖乖关掉了手机。

波川开始摆弄自己的手机，说道："要是跟松下联系就用这个，然后跟他说用短信联系。"

龙实慌了。刚开始他把波川的话当作半开玩笑来听，现在才开始意识到事情的严重性。

“喂，我说，你刚才说的话，警察真的是这样想的吗？”龙实问波川。

“刚才说的？什么？”

“就是说会先以非法入侵他人住宅罪逮捕我。”

“啊，这个啊。”波川一边把手机放回桌子上，一边接着说道，“有很高的概率，我是这样认为的。”

“怎么会这样？”龙实抱住了自己的头。

警察先以非法入侵他人住宅罪逮捕他，然后逼他承认更大的罪名——杀人。这就是波川的解读。

“还能这样吗？太卑鄙了吧。”

“在找到确凿的证据之前用别的案子逮捕，是日本警察常用的手段。只要将人逮捕了，就可以拘留10天，最多20天。这样就有足够的时间再去调查。再不然就是对你进行威胁、恐吓，总之用尽一切手段逼你认罪。”

“即使是这样，我没做过的事是不会承认的。”

“你还是什么都不明白。你认为这个国家为什么总会存在冤案呢？往往是嫌疑人经历了长久的盘问疲惫不堪，一心想要逃离这种痛苦，所以才承认自己没有犯过的罪行。更过分的是，负责调查举证的人会引诱嫌疑人说，如果你真的是无辜的话，不如先承认下来，然后再到法院争取。当然，事实是一旦承认罪行就完了。口供是作为呈堂证供提交给法院的。所以我给你的忠告就是一定不能认罪，坚持到最后。”

“等等，你说的是真的吗？”

“现在是说醉话或者开玩笑的时候吗？”

“糟糕！”

龙实刚想站起来走出去，波川抓住了他的胳膊问：“你去哪儿？”

“当然是去找警察。我去解释清楚，我昨天什么都没干，只是为了见见 Pero 才进到后院里去的。”

“你刚才没听见我的话吗？你一旦露面就会被当场抓捕的。”

龙实急得都快哭出来了：“那你说怎么办。”

面对这个难题波川也陷入了沉默，这时他的手机响了。

“是松下。”波川接通了电话，“喂，我是波川……嗯……什么？搜查家里？”波川惊讶地睁大了眼睛，“……嗯……嗯，什么？真的吗？你等一下，你跟肋坂说一下这件事。”波川将手机递给了龙实。

“喂，你说搜查家里是怎么回事？”

“大事不好了。”

听着松下在电话那头的描述，龙实感觉一阵眩晕。果然是杀人案件，并且是入室抢劫杀人案。今天，就发生在福丸家。

然而最让龙实感到难受的是，他带回家的狗拴被警察当作证据没收了。用他们的说法，是找到了凶器。

“肋坂，你真的没做过吗？”松下压低声音问道。

“怎么可能是我做的？我是昨天去的福丸家，狗拴是我从狗窝里面捡到的。”

“但是警察很肯定地说就是你做的。”

“什么嘛！为什么会这样？”

“我也不知道，我只是听警察这样说。”

“他们说狗拴是凶器？”

“是的。”

龙实脑子里一片混乱，快速地思考。警察为什么会这样说呢？

龙实像突然想到了什么说：“啊，莫非……”

“什么？”

“Pero的狗拴有两条，东西一样，只是颜色不同，一条旧一条新。被当作凶器用的是那条新的，并不是我拿回家的那一条。”

“很有可能是这样。但是，警察已经确信是你家那条了。我们不应该做点儿什么吗？”

虽然话是这样说，但是龙实也不知道怎么办。看龙实不说话，波川把手伸向他。像是在跟龙实要手机，龙实默默地递给了他。

“我是波川，警察现在在干什么……这样啊，我知道了……我和肋坂商量之后再做决定。不，松下你最好什么都不要做。……嗯，有情况随时联系我们。”

波川挂了电话看着龙实，说道：“对家里的搜查结束了，但是警察还在附近。可能是等你回去之后抓捕你吧。”

“也就是说我现在回家就会被抓？”

“百分之一百二会。”波川断言道，“如果是因非法入侵他人住宅罪被逮捕也是没有办法的事。但是，现在的情况是会对你进行拘留，限制你的自由。在此之前，有必要找到你没有入室抢劫杀人的证据。”

“我真的没有做。”龙实握紧了拳头。

“光凭嘴说就不需要警察了。不论怎样，都要证明你今天去了新月高原滑雪场。”

“话是这样说……”龙实回忆了一下自己今天在滑雪场的过程，“那样的地方应该有监控摄像吧？不知有没有拍到我。”

波川看着龙实的脸说道：“你打算把自己的人生赌在那么不靠谱的事情上吗？”

“人生，你不要说得这么夸张。”

“你现在是被怀疑入室抢劫杀人的犯罪嫌疑人啊。因为喊冤而毁掉人生的还少吗？别漫不经心的，好好想想能证明你今天行为的办法。有没有在滑雪场遇到熟人什么的，类似这样的事情有吗？”

“没有啊。”龙实把手放在额头上，突然他想到了一件事。

“啊，对了……”

“什么？”波川身子靠了过来。

“虽然不是熟人，但是我在滑雪的时候遇到一个女单板滑雪者。我看她自拍的时候不方便，就帮她拍了照。”

波川长舒了一口气说道：“这种事你怎么不早说。如果有证人的话就完美了。现在赶快联系那个人。”

“但是，我没有问她联系方式……”

波川的脸上再次乌云密布。“姓名呢？”

“也没有问……因为，谁知道会发生这样的事啊。”

波川一边把胳膊抱在了胸前，一边自言自语：“这不是没有任何用处吗？”

“但是有一点，她说她经常去里泽温泉滑雪场。”

“里泽温泉？是长野县的里泽温泉？”

龙实点了点头。

“她说，今天或者明天会回到那里。她是非常出色的滑雪者，到那里问一下的话可能就能找到她。”

“见到她之后你能认出来吗？”

“我想我能认出来。拍照的时候她摘掉了护目镜，是个非常漂亮的人。”

“好！”波川说着拍了拍盘着的腿。

“快去找那个人。能证明你无辜的最好的证据就是找到那个人。除此之外，别无他法。”

“去找？什么时候？”

波川看了一眼钟表，向龙实投去了敏锐的眼光。

“从你的人际关系上来看，警察有可能今晚就会找到这里。现在不走更待何时？”

“现在马上？都还没有预订落脚的地方。”

“到时候总会有办法的。你最好快点儿。”

“等一下。”

“又怎么了？”

“我没钱。”

“啥？”

“我之前存的钱都花完了，房租还没有交。”

波川冷冷地看着龙实，说道：“欠着钱还去滑雪！也不打工，

还走高速！”

“因为不知道什么时候会下一场大雪，所以就一直等着没有找兼职。工作之后，就不能这样悠闲自在地滑雪了。”

“现在这种情况下，工作什么的都是浮云啊。”波川用手抹了一下脖子，做斩首状。

龙实看着天花板，说了一句：“简直就是噩梦。”

“你现在有多少钱？”

“嗯……”龙实拿出了钱包，看了看里面，只有几张一千日元的纸币。

“下一次的生活补贴得到下周才能到账，我想在此之前节俭一点儿总会过去，没想到会这样。”

波川长长叹了一口气，面部表情痛苦无奈像吃了黄连一样。

“明白了，我陪你一起去。现在想想也是，让你一个人去找一个连名字都不知道的女人也很不容易啊。”

“真的吗？帮了大忙了，我会记得你的大恩大德的。”

“里泽温泉滑雪场啊，听说那里的雪质非常好。一直想着去一趟，没想到这次去是以这样的形式。”

波川站了起来，打开了壁橱，里面放着的是一副非常亮眼的滑雪板。

7

小杉要见的第五位男学生，好像跟父母一起住，地址上没有写房间号，到了之后才发现是一座西式风格的独门独院，门牌上写着“驹井”。小杉看了一眼手表，已经晚上十点半了。虽然觉得事先没有电话通知就过来不太好，但是他还是按响了门铃。

“哪位？”应声的男子语气里明显充满了戒备。

“实在抱歉，我是警察，有些情况想向您了解一下，可以吗？”

“啊？什么事啊？”

“您不用担心。跟您家没有关系。但是，有些事想问令郎。”

“问我儿子？”

“是的，不会耽误太久的。”

没有人回答，门铃的对讲机直接被挂断了。不一会儿，玄关

的门被打开，出来一位穿着针织开衫、六十岁左右的男人。当他走到门口的时候，小杉出示了证件。

“请进。”男人虽然开了门，但是脸上满是疑问。

“打扰了。”说着，小杉进了大门。

进门之后，男人大声地喊着儿子的名字。这时，从二楼走下来一位戴着眼镜、皮肤白皙的男孩子。

“这位是警察先生。”父亲说道，“说是有些事情想问你。”年轻人沉默着露出了不安的神色。

“是驹井同学吧？”小杉就这样脱掉靴子站在那里问道。

“是的。您有什么事吗？”

“你认识肋坂同学吧？就是和你同在经济学院的大四学生肋坂龙实。”

“认识。大三的时候我们曾在一组做研究。”

“最近怎么样呢？关系还比较亲密吗？”

“还没有到关系亲密的程度……也不是一起玩的朋友。”

“那您知道和肋坂关系比较好的人的名字和联系方式吗？”

“我不知道到底算不算亲密，经常和他一起的成员是——”

驹井说出了三个人的名字，但是都不知道他们的联系方式。

“我们学院的学生很多，大多数都不知道别人的联系方式。而且，肋坂不是其他学院的朋友多一些吗，同一小组的朋友什么的。”

“什么样的小组？”

“我记得好像是室外活动的小组。听他们说是冬天滑雪、夏天

登山什么的。”

小杉想起了在搜查肋坂的家时有人说的话，家里有很多滑雪用品和相关 DVD。

“小组的名字是？”

“不知道。”驹井回答得很直接干脆。

“肋坂同学今天又外出去哪儿了，你知道吗？比如有没有去大学的活动比赛。”

“没有。这个季节，难道不应该是去滑雪了吗？”驹井的口气变得不客气起来。应该是知道警察来这里跟自己没关系，放松起来了吧。

“我明白了。深夜打扰实在抱歉。”向驹井父子道完歉，小杉出了玄关。

小杉想着今晚就聊到这吧。就是再怎么为了办案调查，太晚拜访别人的家也真是不符合常理了。

据法证的人说，从肋坂龙实房间里搜出来的狗拴和被害人脖子上的勒痕一致，所以很有可能就是凶器。现在要把大部分的精力都放在查找肋坂龙实这个人上面，但是线索太少，困难重重。也就是说，虽然调查了从肋坂家里没收来的东西，但是也并没有找到太多能显示和他关系紧密的人的信息。地址簿和名片夹之类的东西更是没有。这样看来应该都存在他的手机里了吧。家里也没有纸质的信，应该都是用短信或者邮件吧。

没办法，虽然从大学那里找到了几个人的联系方式，但是看起来都和肋坂关系不是很亲密。不出意外，无论找到谁，反应都

和现在的驹井差不多。

最让人感到担心的是，胁坂是否已经逃走了。虽然请当地通信公司协助调查，但是并没有收集到胁坂的手机信号，很明显，他关机了。这样，就很难找到他了。

小杉怀着沉重的心情回到警署时，看到南原一脸不高兴地坐在那里，两脚搭在桌子上。

“没有收获吗？”看到小杉进来，南原小声问道。

“只能寄希望于明天了。”

“明天一早就举行搜查会议。当然，总部一课的人也会到。”

“是啊。”

“看到我们初步搜查的结果，他们那帮人也会把追查胁坂放在第一位吧。而我们是给他们擦屁股的，之前的调查准备工作完全是为他人做嫁衣啊。”

“这就是地方局的命运。”

南原抬眼盯着小杉，说道：“听着，小杉，调查的时候掌握了任何消息，都要首先向我报告，不能提前告知总部的人。”

“我想就是这样做了也没用啊。想要越过总部，是不可能的。”

“别废话，按照我说的做！”

听着南原不容置疑的口气，小杉没有反驳，乖乖地回答了一声“是”。南原自己应该也知道这是没用的，但是这毕竟是科长大和田的指示吧。

“今晚我就先回去了。”

“哦，辛苦了。”

小杉拿起放在座位上的包，想想，今天刚从仙台出差回来，真是漫长的一天！

想到明天可能是更漫长的一天，小杉的心情又变得沉重了。

8

波川的手机有电话进来。他说了一两句话之后马上挂断了电话。

“是藤冈打来的，说现在到了公寓前面。”

“你怎么跟他说的？”龙实问道。

波川想了一下耸耸肩说：“见到他之后再说吧。”

两人拿着滑雪板等东西出了屋子。

出了公寓，他们看到路边停着一辆灰色的SUV，藤冈从驾驶座上下了车。

“这么晚还出门，要去哪儿？”藤冈漫不经心地问。藤冈是龙实他们活动小组的后辈。

“以后再跟你解释。”波川向龙实递了一个眼色。

龙实快速走向不远处的自助停车场，他的车就停在那里。虽说如此，名字却不是他的。准确地说，车是龙实的叔叔的。他的叔叔以前喜欢开车兜来兜去，后来工作太忙，就让给龙实开了。虽然公寓的房东以比较便宜的价格租给他停车位，但他现在还拖欠着租金。

龙实把车开到了波川家的公寓前，停在了藤冈的车后面。

“肋坂前辈这不是有车吗？”看到龙实把车开了过来，藤冈惊讶地睁大了眼睛，“既然这样，您为什么还要我把车开过来呢？”

“肯定有原因啊。”波川回答道，“说来话长。”

藤冈向后退了半步说：“我，还是不知道的好，是吗？”

“不，还是知道一些比较好，有件事想拜托你。”

“……什么事呢？”

“最近，哦不，应该说可能就是明天，警察会来找你。”

藤冈再次惊讶地睁大了眼睛，这次嘴巴都合不上了。“真的吗？”

“那帮家伙可能会来找你，问你肋坂龙实的下落。”

藤冈把头幽幽地转向了龙实，问道：“您做什么了？”

“我什么都没干。”龙实立即回答道，“真的。”

“那警察为什么要找肋坂前辈你呢？”

“不是告诉你了吗？一言难尽。”波川说道，“所以拜托了，首先，今天晚上的事情绝对不要告诉任何人。见过我们，借车给我们，不论什么，都说不知道，不清楚，蒙混过去。”

“如果问你们的电话号码呢？如果我也说不知道的话，反而会

被怀疑吧？”

波川皱了下眉，摇了摇头。

“像这样的问题，你正常回答就好。只要不说出今天晚上见过我们就好。我想警察也一定会对你做出这样或那样的指示。你也不用违逆，照他们说的做就行。”

藤冈再三犹豫之后，再次看向了龙实，说道：“真的什么都——”

“我说了真的什么都没做。”龙实急得跺脚，“你相信我！”

“还有件事想拜托你。”波川竖起食指说道，“肋坂的车先放你那，不要被不认识的人看到。”

藤冈把左手放在嘴边，稍微俯了一下身子，脑海里可能在想一万种可能性。终于，他把目光投向了波川身边的行李包。“您要去哪儿？”

“对不起，我还不能告诉你。你也最好不要知道。”

“但是，您是去滑雪场吧。我看到了滑雪板。”说着，藤冈指了指装着滑雪板的箱子。波川挡在行李包之前说：“你就当没看见。”

“……我知道了。”

龙实将行李从自己的车上拿下来，把钥匙交给了藤冈：“那拜托你了。”

“肋坂前辈，您看起来麻烦不小……”

“我什么都没干！你真是够了！”

藤冈吓得快速点了一下头，说道：“我相信您。”

“我们也很相信你。”波川说道，“所以，要守信用啊。”

“我知道。”藤冈说完上了车。

龙实的车排气的声音有些大，启动起来也不太轻便，目送着藤冈开走之后，波川和龙实把自己的东西搬上了藤冈的车。

龙实坐在了驾驶座上。波川虽然有驾照，但是没怎么开过车。

他们看了一眼时间，已经过了夜里十一点。从龙实回到东京过了还不到四个小时。几个小时之前，他还在新潟县的汤泽，龙实自己都不敢相信。

而现在他们又要去长野县的里泽温泉滑雪场。龙实想，这样做真的对吗？内心充满不安，但是现在也没时间和精力想那么多了。现在只能去滑雪场，找到那位女孩为自己做证了。

“现在只能祈祷不要因为酒驾被扣留了。”龙实冲着手掌吹了一口气，酒气熏天。虽然从松下打电话过来开始就没有再喝酒，但是之前的酒精应该还残留在体内。

“注意别超速啊。拜托你安全驾驶。”坐在副驾驶座上的波川说道，“还有，别走高速啊。”

“啊？为什么？”

“以防万一。如果被人知道我们开的是这辆车，警察有可能通过N系统找到我们的所在地。”

“N系统？”

“是一种车牌号码自动读取装置。一般在国道上会安装，高速路入口处一定会有，我们最好避开它。”

明明自己很少开车，但是对这件事了如指掌，波川就是这么一个人。

“唉！小路应该怎么走呢？”说着，龙实打开了导航系统，搜索着免过路费的路线。

不一会儿，导航给出了路线。龙实在驾驶座上惊得身子后仰。“哇，要这样走吗？看起来够呛啊，这样走不知道要走到什么时候啊。”

“没关系。如果到那正好天亮了，就不用担心落脚的旅馆了。”波川反而很冷静，“好，出发吧。先去趟便利店，准备点儿吃的。”

龙实刚启动发动机，想要出发的时候，听到咚咚，有人敲车窗玻璃的声音。在副驾驶的车窗外侧，站着一个年轻的女孩子。

波川打开车窗，说道：“哟，怎么了？”

“要出门吗？”女孩向波川问道。看来他们认识。

“嗯，有点儿事。”波川看了眼龙实解释说，“住在同一公寓的人。”然后他重新面向女孩问：“有什么事吗？”

“能载我到N车站吗？有急事要去朋友那里。”

N车站离这稍微有点儿远。走路过去二十分钟吧。

“求你了。”女孩双手合十开始撒娇卖萌。

波川有些为难地看向龙实：“怎么办？”

龙实犹豫了。这样有些麻烦，但是他们也确实会路过N车站。而且这个时间点让她一个人自己走到车站也会让人不放心。考虑之后，龙实说：“我倒是没关系。”

“上车吧。”波川对女孩说。“谢谢。”女孩欣喜地钻进了车后座。之后，龙实发动了车。

“太幸运了。谢谢。这个时间点出门真是让人郁闷。这附近，

好多地方都很昏暗——嗯，那个，您是波川的朋友吗？”女孩问龙实。

“是的。”

“不好意思，你们是有急事吧？”

“也不是……”

“啊，你们是去滑雪啊？”女孩像是注意到了装滑雪板的箱子，问道，“要去哪个滑雪场？”

“不告诉你。”波川说道，“是个不能告诉第三个人的好地方。”

“啊，好想知道。”

“那，下次吧。”波川一边说着，一边指了指前面，小声对龙实说：“便利店到了。”看到便利店在左前方，龙实减速，转向。

把车停在停车场，对女孩说等一下，两人就下了车。

“不好意思啊，让你被这样麻烦的事缠上。”波川小声对龙实说道。

“没事，没问题吧？”

“说实话，我们做过一次，所以我不好拒绝她。”

做过，不用说，就是上床的意思吧。

“我想到了。”

“她和你没有任何联系，所以我想警察应该不会找到她。假设找到她，知道我跟你一起的时候也拿我们没办法了。”

“我也是这样想的。”

“以防万一，一会儿我会把手机关机，被追踪到就麻烦了。”

“对不起啊，都是为了我。”

“不用介意，也是我的一种经历。”

“你能这么说我很开心。但是，你能告诉我一件事吗？”

“什么？”

“你，只和她做过一次？”龙实说着用手指了指车的方向。

波川停下脚步，回头看了看，然后很不情愿地转向龙实：“我是这样想的。”

“什么嘛，你这种不靠谱的说法。”

“我因为喝醉酒做过几次很不正常的事，但是，在这件事上我想我应该不会记错。”

龙实想说恐怕只有你自己这样想吧，但是现在困难当前，龙实决定选择沉默。

两人买了些吃的和喝的回到了车里。女孩一边玩手机一边说你们回来了。龙实能感觉到，女孩看波川的眼神明显比一般熟人看人的眼神要热烈很多，但是他还是一副假装不知道的样子。

女孩在N车站下了车，在龙实他们即将要去里泽温泉之前，波川又向松下打了一通电话确认情况。

“他们可能想二十四小时坚守在那里。直到抓住你。”波川一边摆弄着手机，一边对龙实说道，“好了，至此我也成了他们要找的人之一了。”

于是，波川也关机了。

9

雪面在朝阳的照射下，闪闪发光。

在最后一根柱子那，有根绳子拦住了去路。绳子拉得很紧，怎么用手摇都不用担心会掉下来。红色绳子的另一边就是积雪深厚的森林。当然，在丛林间看不到一条滑雪者划过的痕迹。看到这样的场景，多少对滑雪有些自信的人都会想钻过绳子吧，但是这是不被允许的。因为，在这里的斜坡下面有湿地。有很多引起雪崩的因素存在。就在两年前，曾经有一位外国人就是被雪埋在这里，窒息而死。而发现他的滑雪者因为违反规定也没有受到什么褒奖。

根津升平确认了一下时间，据滑雪场开始营业还有三十分钟左右。其他的巡逻人员如果像往常一样工作的话，那么所有禁止

滑雪的区域应该都拉好了绳子。

回到停在滑雪道旁边的雪橇上，根津升平看到后边巡逻员长冈慎太走了过来。

“完成了。”

“辛苦，好，我们回去吧。”

根津升平跨上雪地摩托，长冈慎太也坐在了后座上。拉在后面的小车里，之前放着大量的绳子和杆子，而现在已经空空如也。很多人都不知道，这些绳子每天在滑雪场关闭之后是会收回的，第二天早上再由工作人员拉上。若一直不管这些绳子，很有可能第二天就会被大雪掩埋。

“又积了不少雪呢，有五十厘米吧？”长冈大声地问道。在风声中扯着嗓子喊很不方便，所以根津点了点头。

在这之前还因为积雪太少而担心呢，昨天晚上开始雪就下大了。这样下去的话，积雪能到三米吧。雪就是滑雪场的财富啊。

他们驱车前往里泽温泉著名的滑雪道 Sky Highway。他们尽量走滑雪道两边的路，想把这样壮美的滑雪场留给早起的滑雪者。以今天的滑雪条件来看，滑雪者可以切实地享受到立刃的卡宾转弯吧。

到了 Sky Highway 的家庭滑雪区，两个人看到滑雪道的旁边有人影。是谁呢？因为太远看不清楚。从现在的距离看，只能看清楚是两个人。

走近之后，根津停下了雪地摩托。

这二人都是女性。“早上好。”对方向他们打招呼。

“还是这么有热情！”

“因为，距离我们最关键的时刻只剩两天了啊。”其中的一位女性——濑利千晶说道。是不是要开始滑雪了呢，她穿着平时滑雪时的装备：戴着安全帽和护目镜。向她的脚下一看，却发现滑雪板是反着放的。

“你们到底是在做什么准备？不就是到时候新郎新娘从上面滑下来吗？是不是？”根津问坐在后面的长冈。

“好像也不——是吧，我也不清楚。”

听到长冈的话，千晶用不服气的口气说道：“你不知道？我之前不是跟你们解释得很清楚了吗？”

“那，实在不好意思。我现在还有一点儿不明白，虽然我也知道必须在你们认为最关键的时刻到来之前记住。”长冈很抱歉地说。

“喂，我说，你未来的姐夫，净说一些这样不靠谱的话。”千晶对站在旁边的女性说道。这位女性穿着粉色的外套，头上戴着针织帽子，站在那里。

“放心吧，明后两天我好好教他。”成宫莉央微笑着说道，“慎太哥，明天开始特训啊，做好心理准备。比如拍照的重点和流程什么的，你都要记住啊。”

“真是败给你们了。”长冈无奈地自言自语道，“本来我就很害羞想逃跑。”

“现在倒苦水已经晚了。”千晶双手叉腰说道。

“真是败给你们了。”长冈又重复了一句。听到他们的对话，根津忍不住苦笑。

他们现在说的就是明天要举行的大事。而这件大事正是长冈

本人的结婚仪式。他的妻子就是莉央的姐姐成宫叶月。和长冈一样，她也是在这里泽温泉村出生长大的。

但是，这并不是一场普通的婚礼。而是一场以滑雪场为场地进行的滑雪场婚礼秀。

根津听说，这个点子源于一直以来就定期举行的里泽温泉滑雪场的理事会会议。当时，大家在会上讨论有没有好的营销思路来吸引更多的游客。于是就有人提议以几个滑雪区域为舞台举行结婚仪式。比如以白色婚礼为主题，或者冰雪婚礼主题等。当然也有人提出质疑，真能做到吗？

这个主意一开始并没有得到一致认同，对此大家议论纷纷："到底能不能办成""会不会给顾客造成不便"等问题相继被提出，最终，"到底应该怎样从头安排"这一根本问题被提上台面。

这时候，滑雪场的理事长，也是大型旅馆的老板，更是这家滑雪场的社长，说出了出人意料的话。

"听说'板山屋'的叶月要和长冈慎太结婚了，但是日期和结婚仪式的场地都还没有定，不如作为尝试，他们的结婚仪式就在这里举行怎么样？"

"板山屋"也是里泽温泉村的老牌旅店了。成宫叶月是这家店主人的长女，而这家店的老板也曾经是滑雪场的理事长。

理事长总是有一点点想法就敢大胆地说出口。也许，那时他只是老毛病犯了，随口说说，结果有一名理事立即赞成说"这主意很不错啊"，而其他的理事们也并没有提出反对意见。不仅如此，他们还认为，只要把结婚仪式的照片放到网上，对于滑雪场来说说不

定能成为不错的宣传呢。

第二天，理事长就和另外的两名理事一起拜访了“板山屋”旅馆，了解了一下成宫家的意思。成宫家很注重大义，一心想着里泽村的发展，于是连连同意了理事会的这个提案，提出无论如何都会说服女儿。

没想到，已经订婚的两个人也并没有强烈地抵触这件事。后来干脆很配合。本来在这里出生长大的两个人对滑雪场就很有感情，能在这里举行婚礼他们也很高兴，而且，婚礼所需要的费用都由滑雪场承担，在谁看来都是一件很划算的事情。

那么问题就来了，在里泽温泉滑雪场举行滑雪场婚礼，滑雪场的工作人员谁都没有相关经验。这时候，一个意想不到的人站了出来，那就是新娘的妹妹莉央。此时的莉央一边在家里帮忙照料生意，一边经营着本地的都市杂志。而就在不久前，她还在东京的一家广告代理店工作。莉央说如果是她最爱的姐姐的婚礼，自己非常愿意安排这件事，并且还放出话说有信心找到便宜的摄影师和相关工作人员。

虽然理事们提出了滑雪场婚礼这一提案，但是说到具体操作则毫无头绪，所以莉央的主动请缨简直就是雪中送炭。即使办得并不理想，也是自己人，新郎新娘不会有怨言。

就这样，成宫莉央跟进的滑雪场婚礼计划就正式启动了。现在距离正式举办的日子还有两天。

“正好，根津先生，有件事想请您帮忙。”千晶说道。

“什么事？”

“您能把我带到这条雪道的上面去吗？有个地方我想确认一下。”

“还有二十分钟登山吊椅就开始运行了，你就再稍微等一下吧。”

“时间宝贵啊，而且最好是在其他游客不在的时候上去。”

“你可真任性，如你所见，这车是定员的。”

“没关系。根津哥，我下来。”说着，长冈从后座上下来了，“好了，千晶，上来吧。”

“谢谢。”千晶抱着滑雪板上了雪地摩托。

“真拿你没办法。”根津说着发动了车子。

雪地摩托沿着斜坡一直向上走。“到这里就好。”千晶到了地方，让根津停下车，从上面下来了。

千晶环视了滑雪场一周，双臂抱在胸前，陷入了思考。

“有什么困难吗？”根津问道。

“也不是有困难，我正在思考。思考怎么安排那些负责热场的滑雪者。时机很重要，人数也很重要。因为这对新郎新娘来说是一生只有一次的大事，所以绝对不允许失败。而且，这件事办得好了，还能改变里泽温泉的未来。”

“真是用心，更令人期待了呢。”

千晶瞪向根津：“你这是在讽刺我吗？”

“哪有？”根津摇头，“我觉得很好。我还一直担心你从竞技一线上退下来之后怎么办呢？”

千晶很不耐烦地摇着头。

“谢谢你担心我。但是我做这些并不是为了我自己，而是为了朋友的姐姐做到尽力而为，也是为了对培养我的业界做出一点儿回报。”

根津苦笑着挥了挥手："我知道，你不要太敏感嘛。"

"我才没有敏感呢。"千晶多少有些心虚地说道。

正如成宫莉央之前所说，利用她之前的人际关系，婚礼所需要的工作人员很快就召集起来了。不论是负责拍照推广的摄影师，还是婚礼主持，还是音效设备。但是令根津不能理解的是濑利千晶也被请了过来。千晶是前滑雪选手，曾经的目标是参加奥运会，为什么要叫她过来呢？根津当时没有完全理解。

但是，听了莉央的解释，根津明白了。因为莉央不仅仅是想把婚礼的场地搬到滑雪场。为了给两人最好的祝福，她想把婚礼办成一场盛大的宴会。这就需要有表演项目。在滑雪场说到表演就要考验滑雪者了。将他们的美丽最大限度地发挥出来就需要导演了。而千晶在这方面有着卓越的才能。其实她和莉央既是闺密也是曾经的竞争对手。因为莉央曾经也是一名滑雪选手。

"婚礼仪式是几点开始来着？"根津问道。

"后天下午一点。您应该也会受到邀请的。"

"我知道，要抓紧时间了。"

"你等着看吧，我不会让大家失望的。"说着千晶把护目镜放了下来，她看着斜坡的样子还和做职业滑雪者时候一样。但是又比那时候多了别样的气魄。

千晶黑色的安全帽上贴着粉红色的星星，她之前对根津说过，在比赛中获胜就会贴上一颗。

就在根津想问一共贴了几颗星星的时候，千晶已经做好准备向坡下滑去了。

10

从参加第一次搜查会议的上司们的脸上就可以预想到接下来的办事流程。和传言一样，花菱系长从搜查一课率领七系来到了警署。他穿着整洁的西装，露出因为经常打高尔夫球晒出的健康肤色，脸上带着从容的微笑。

可能他已经听说了整个初步搜查的结果，接下来的实质性的调查由自己指挥，真是美差一件。

面对功劳被抢，木履科长大和田的表情和花菱形成了鲜明的对比，一脸的不高兴。自始至终一直嘴角向下，本来就是四方形的国字脸，现在看起来像个梯形一样。

南原垂头丧气地坐在大和田的旁边。他在会议刚开始对整个事件做了大体的介绍之后，就像没用了一样被花菱无视。

“不错啊，把查找肋坂作为最优先顺序。”听了搜查员们的报告，花菱这样说道，“如果说他现在还在拖欠房租和停车场的租金的话，那他应该很缺钱吧。知道一家富裕人家的备用钥匙在哪儿，如果前天家里没有人的话，那他很有可能就是入室盗窃。最重要的是，找到了凶器——你认为呢？”花菱向坐在旁边的大和田征求意见。

“我也是这样想的。”大和田小声说道。

花菱点了点头，看向部下。

“手机关机，也不回家，他可能已经打定主意逃跑了。全员注意，尽全力搜查疑犯可能去的地方。逃跑很可能需要车，请各县的交通科协助，从车牌号监视系统搜集信息。但是，还没有最终确定肋坂就是犯人。接下来，还要继续调查被害人的人际关系，对案发现场周边进行走访调查。”花菱说着再次面向了大和田，“这方面，就由大和田科长负责可以吗？当地的情况你们比较熟悉。”

“啊，好的，我明白了。”

看着他们俩你来我往，小杉有一种虚脱的感觉。看起来花菱会把一些无果而终的任务推给地方警署，大和田也无力反击。

搜查会议结束之后，搜查人员被分为几组按照搜查主任的指示行事。这时，小杉和搜查一课的一名搜查员组成了一组。对方是一个叫中条的年轻巡查长，看着他自信满满的脸，小杉有一种不好的预感。

小杉他们首先接到命令就是根据昨天晚上驹井提供的信息，去向户外运动小组的人打听情况。

“这个社团的名称是什么？”会后中条问小杉。

“不清楚。”

“您没有调查吗？”

“因为时间太晚了，还没来得及调查。”

中条没有说话，拿出手机，快速地操作起来。

“开明大学符合条件的有五个这样的社团。”中条说着收起了手机，走了出去，就像说“闭嘴，跟我来”一样。

在去往开明大学的电车中，中条摆弄手机的手也一直没有闲下来。他像是在查资料，但是看样子并没有向小杉解释的打算。

“啊，是这个吧。”中条自言自语地说了一句。

“发现什么了吗？”

“在五个社团中，其中有一个说到夏天会去爬山，这个社团。”中条说着把手机的页面给小杉看，“好像是社团的成员之一开的推特上的内容。社团的名字叫‘Mountain Monkeys’，好像还有录像。”

“有关于肋坂的情况吗？”

“这就是我接下来要查的内容了。”中条说着摆出一副“闭嘴”的表情又开始摆弄手机。

到了离大学最近的车站，两人下车，出了检票口，小杉朝着学校的方向走去，但是不知为什么中条停了下来。手里仍然拿着手机。

“怎么了？”

中条头都没抬一下，看了一眼周围后，自言自语地说道：“这边吧。”就自顾自地走了起来，正好是学校的反方向。

“你要去哪儿？学校在这边。”小杉说道。

“去了学校也没用。您是准备一个学生一个学生地问‘你知道Mountain Monkeys’吗？”中条边走边说。

“可以去问问学生科什么的。”

“像这样的小社团，学生科根本不可能了解情况。即使知道些什么情况，也不一定会提供给我们。因为像大学这样的地方是很注重保护个人隐私的。”

“那，我们去哪儿？”

“你跟着来就知道了。”话语间，中条一次都没有看小杉。

最终，他们到达的地点是一家日式小吃店。营业时间是从上午的十一点开始，还有将近一个小时的时间。中条无视门上挂着的“准备中”的牌子，推开门走了进去。

“不好意思，我们还在准备中。”一个穿着白色店服的男性在前台说道。

“我们不是来吃饭的。”中条一边说着一边出示了警察证件，“警察，请配合。”

一位看起来像店长的男性停下手里的活，有些警惕地说道：“你们到底什么事？”

“开明大学的大学生会经常来你这里吧？”

“是的。经常受他们照顾。”

“Mountain Monkeys社团的人您知道吧？”

“啊，他们经常来。”

“通过社员的推特可以知道，他们当中几乎每天都会有人来。”

“嗯，是这样的。”

听着他们的交谈，小杉明白了。大学的社团一般都会找一家店作为经常活动的聚集点。中条是从推特上找到的这些消息吧。

“您能联系上他们当中的人吗？”

“他们队长的电话我这里倒是有记录。”

店主说那是一个叫作藤冈的大三的学生。

“请给他打电话。”中条用不容置疑的口吻说道，“告诉他，有人想对他们社团了解情况，让他马上到店里来。”

店主一边露出为难的表情，一边拿起放在旁边的手机问道：“可以说是警察吗？”

“请便，这样更快。”

店主开始打电话，对方很快就接听了。店主按照中条说的照做了。“我也不知道是什么事情。”店主在说这句话的时候提高了嗓门。

“我想他马上就到。”店主挂断电话对中条说道。

“麻烦您了。话说，您知道一个叫肋坂的学生吗？”

“肋坂同学？是的，很熟。他是 Mountain Monkeys 社团的成员。上周还来过的。”

“他是个什么样的学生呢？”

“您指的是哪一方面？”

“性格暴躁吗？脾气急不急什么的。”

面对中条的引导，店主没有什么反应，偏了下头说了一句：“不清楚啊。”

“要说的话，他还是一个性格挺放松的人，是个不错的孩子。活泼开朗，也很懂得照顾别人。”

“嗯，这样啊。”中条好像没有了兴趣。脸上一副老百姓的评价都不可信的表情。

“肋坂同学怎么了？”

店主的询问直接被中条无视。普通老百姓，问你什么答什么就行了，不要多问。

大约过了三十分钟，入口的门被推开了。一个身穿黑色羽绒上衣、褐色头发的年轻人从门缝里伸出头来，看到他们两人点了点头。

“是藤冈同学吗？”中条一边拿出警察证件一边问。

“是的，有什么事吗？”他略迟疑地走了进来。

“其实我们在找肋坂同学，去了他的公寓，人不在。你知道他去哪儿了吗？”

“肋坂前辈吗？最近我们并没有见面。”藤冈生硬地回答。

“联系方式呢？”

“知道。”

“那请你跟他联系。”

“现在马上吗？”

“是的。”

藤冈一脸疑惑地看着店主，拿出了手机开始打电话。但是手机刚贴上耳朵就摇了摇头说：“打不通。”

“那就问问你认识的可能知道肋坂同学在哪儿的人。这样的事

你们应该经常会有吧？”

“也就是说给社团全员都发一条询问短信可以吧？”

“就是这样。”

藤冈点了点头，开始发短信。

“已经发送了。”

“谢谢。那我们就等消息吧。藤冈同学也坐下吧。”中条说着拉了一个旁边的椅子坐下了。“喝点儿什么吗？老板，虽然还没到营业时间，喝的应该有吧？”

“啊，不用了。”藤冈一边摆手一边坐了下来。

小杉在不远的地方坐下看着他们。

好像有人回信息了，藤冈开始看手机，用手不停地滑手机屏。

“怎么样？”中条问道。

“大家好像都不知道。有个人回复说是不是去滑雪了，但是他也没有什么根据。”

“短信大家都看了吗？”

“不是，还有几个人未读。”

“那再稍微等一下吧。”

之后又有几个人回复了信息，但是没有人知道肋坂去了哪里。最后剩余的只有一个叫波川的人短信未读。他是法学院大四的学生。

“那这位波川同学和肋坂同学关系好吗？”

“嗯……是的，应该是比较好。”藤冈回答得很慎重。

中条一瞬间眼里冒出精锐的目光看向小杉，然后又看着藤冈

说：“给他打电话试试。”

“给波川前辈吗？”

“是的，快。”

被中条催促，藤冈慌忙地打电话。当他把手机放在耳边的时候，脸色更紧张了：“打不通……”

中条叹了一口气，说道：“你知道他的住址吗？”

“就在这附近的公寓。”

中条站起来抓住藤冈的胳膊说：“带我们去。”

“现在吗？”

“是的，好了，快点儿。”

中条一边推着藤冈，一边出了店，都没跟店主道谢。小杉匆匆在后面说了一句“谢谢您”就赶紧追了出去。

波川的公寓距小吃店走路十分钟。和肋坂住的公寓不同，这里的公寓看起来又大又新，门自动上锁而且装有监控录像。在入口处还有公寓管理员。

中条按了波川的门铃，但是没有人回答。

“您好。”小杉说着向管理员出示了证件，“您在这里上班的时间是几点到几点呢？”

“早上九点到晚上五点。”有些秃顶的管理员回答道。

“您认识波川吗？住在302号房间的。”

“认识，开明大学的大学生。”

“那您今天见到他了吗？”

“今天吗？嗯……我没有印象了。”

“不好意思。”小杉听到后面有一位女性的声音。小杉回头一看，是一位年轻的女性在向里面看。“我有东西寄存在您这里。”

啊，管理员点了点头说道：“有的。”

“不好意思。”管理员对小杉说着走到后面去了。然后他马上又回来了，手里抱着一个大纸箱，说道：“是这个吧，很重，小心啊。”

“谢谢您。”女孩说着接过了箱子，吃力地出了门。

“嗯……我们说到哪儿了？”管理员问小杉。

“说到波川同学了。”

“啊，是的。我印象里今天好像没有见过他。”

“那昨天呢？”小杉接着问，“您昨天见过他吗？”

“嗯……我得想想。”管理员一边笑着一边说道，“因为每天很多人进进出出，要都记住也不容易，如果看一下监控录像的话您能确认吗？”

“你可以走了。”中条对着藤冈说道。

“你可以走了，谢谢你的配合。这件事不要对不相干的人说，我们可能还会再联系你，到时候还请配合。”

藤冈表情紧张地点了点头便迅速离开了。

“暂且去他的房间看看吧。”中条说道。

和管理员交涉之后，管理员帮忙打开了楼门，但是还是拒绝了帮他们开波川房间的门，因为没有本人的同意这样是不允许的。

“我们只是从门口向里面看一下。”中条坚持，“也不会把您开门的事说出去的。”

管理员都快哭了，摆摆手说道："您饶了我吧。"

中条咂舌，自言自语道："没办法了。"

波川的房间在三楼，按了门铃，没有回应。房间也是锁着的。

这时中条开始打电话，快速地说了几句之后挂断电话对小杉说道："小杉先生回本部吧，之后的事交给我方。"

"你方？是指？"

"就是我们系。"中条转过头去不再看小杉，"接下来的事不是熟练的人来做很容易破坏重要的证据。"

你是想说对我们地方局来说，这个任务太过繁重，承受不起？

"明白了。那之后就拜托了。"小杉说着点了一下头，走向电梯。虽然他表面装作很平静，其实内心怒火中烧。

出了公寓，小杉站在路边想打辆出租车，这时就听见一阵响声。小杉一看是几辆自行车倒了，而造成这件事的是一位女性。仔细一看，不是别人正是刚才到管理处取东西的女孩。看来她是想把东西放在自行车上，不料却弄倒了自行车。

小杉走近，帮忙把倒下的自行车扶起来。

"啊，不好意思，谢谢您。"女孩道谢说。她手握一辆自行车的把手，看来那辆是她的车。

"没有受伤吧？"

"没有。"女孩回答完之后抬头看到是小杉不自觉"啊"了一声。

"怎么了？"小杉问。

女孩想了一下说："您刚才是在向管理员大叔问波川同学的事，对吗？"

小杉有些惊讶地说：“你跟波川同学很熟吗？”

“也不是很熟……您是在找他吗？”

“嗯，算是吧，准确来说是在找他的朋友。”

“朋友？一个社团的？”

听到女孩的话，小杉一下兴奋起来，连忙问道：“你知道什么吗？”

“也不算知道……”女孩犹豫着，说了下去。

小杉一回到刑事科，南原就快速从椅子上站了起来，用下巴示意他到外面去谈。

南原大步流星地穿过走廊打开了小会议室的门，走了进去。他快速地从桌子里拉出一把椅子坐下说：“细说。”

“正如我跟您电话里讲的那样。”小杉一边拉椅子一边说，“那个女大学生说，肋坂确实去过那。”

“我给她看了肋坂的照片，她说她是从斜后方看到的，不敢肯定，但是感觉应该就是肋坂。”

据女生所说，她昨天夜里外出有事，看到一辆白色的车停在路边，副驾驶座上坐的是波川。于是她就拜托他们顺便把她带到N车站，他们答应了。开车的是一位不相识的男性，从他们带的行李箱看，应该是出去滑雪。因为她本人也很喜欢滑雪，就问他们去哪儿，但是他们没有告诉她。后来他们要去超市，就下了车。这时候女孩看了一下导航，查了一下他们的目的地。

“地点显示是长野县的里泽温泉滑雪场。而且，他们为什么选择免过路费的路线呢？”

“是为了不被N系统追踪到故意这样做的。确定了，这两个人就是逃跑了。可能他们是合伙作案。”

“那他们为什么要去滑雪场呢？”

“不知道，但会不会因为那里有落脚点呢？便宜的旅馆什么的。”南原说着站了起来。

“接下来怎么办呢？”

“我去找科长谈谈，你待在这。”南原出了门，很粗暴地关上了门。

小杉长舒了一口气。

从女生那得到重要的情报之后，小杉就联系了南原。南原系长听到汇报之后很兴奋，命令他赶快回到警署，并且下了死命令——不能把这件事告诉搜查一课的人。怎么看他的意图都是要独占这条信息，越过搜查一课。

小杉也有一种想给花菱和中条点儿颜色看看的想法，但是他们自己能查到多少是个问题。虽然心有不甘，但是冷静地想一想，为了破案只能把情报和搜查一课的人共享。

正在想着，会议室的门开了，南原走了进来。

“我和副署长以及科长商量过了，制定了方针。”南原语气沉重地说道，“肋坂，我们自己查。”

“自己查？”

“也就是说我们要确保自己的地位，不向搜查一课提交信息。”

“这样现实吗？会被花菱系长发现的。”

“当然，如果大多数人都这样做的话肯定一下子就会被发现，

但是只是少数的几个关键人知道这件事，不会全员通知。目前知道这件事只是我们俩、科长和副署长。”

“不告诉署长吗？”

面对小杉的疑问，南原撇了撇嘴说道：“署长一心为了自己事业，总想调回总部去，是不可能同意这件事的。”

“真的没问题吗？现在知情不报，之后不会造成什么麻烦吧？”

“隐瞒情报这件事，我们自己不说谁都不会知道。在里泽温泉逮捕肋坂这件事，之后总能解释清楚。比如搜查员自作主张什么的。”说着，南原指了指小杉。

“等一下，要我去里泽温泉做这件事吗？”小杉惊讶地身子向前倾斜。

“除了你还能有谁？知道这件事的人员有限。而且我也没有说让你一个人去啊。给你派个助手跟着你。”说着，南原指了指右斜方。那站着的正是白井。

“你前途无量啊！”

听完小杉的话，白井长长地叹了一口气说道：“我都要感动哭了。”

“你俩不和搜查一课一起协助调查的事我会向上级说明的。但是，只有三天，三天之内一定要找到肋坂，并将其逮捕，成功了就说明你们有能力，保你们前途无量，加油啊，听明白了吗？”

面对南原空洞的鼓励，二人都没有反应，而是手扶额头，怎么想这件事都成不了。

“明白了吗？”南原又重复了一遍。

“何时出发呢？”小杉小心翼翼地询问。得到的答案果然跟预想的一样。

“就现在吧。”南原的回答跟小杉的预想一字不差。

“现在就去准备一下，赶紧出发去里泽滑雪场吧。但是，千万别被人发现了，一定要低调，时刻保持警惕，不只是针对搜查一课，全警署内部都要保密。”

“那就是说也没法向当地警方请求支援咯……”虽说已经想到这个结果，小杉仍不死心地确认道。

“那是自然。申请支援之后，万一本部那边问起来，你要怎么办？”

“但是，我们可以不说是肋板的案件，只说协助调查……毕竟，我们在他们的辖区内行动又不打招呼，会不会不太好？”

“所以说要低调啊，绝对不能说自己是警察，不就好了嘛！你们只对我负责。以上，明白了吗？听明白了，就行动吧。”

虽然小杉并不能完全接受，但还是站了起来，看了一眼白井。二人面面相觑，随即走出会议室，一路无话。

“转职”——此时，小杉的脑海里浮出了这两个字。

11

缆车外的风景，穿过护目镜，映入眼底。目光所到之处，是一片苍茫的“白银世界”。

身穿五颜六色滑雪服的滑雪者以各式各样的姿势穿梭在起伏的雪道上，被积雪覆盖的原始森林让人充满了幻想，眺望远处，这一片雪白美景看上去十分壮美。

这里果然没有辜负“日本最高级的滑雪场”之名，龙实看着眼前的美景内心感叹道。之前一直因为距离太远而没有来，想来真是后悔。早知道是这样的景色，大学时代的滑雪生活也许会更加充实吧。

“怎么了？发什么呆啊？”坐在对面的波川不满地说道。现在缆车里的乘客只有他们两个人。

“那个，我是想说这里的滑雪场果然很不错啊。”

听着龙实的回答，波川微微耸了耸肩，可能因为在缆车上，所以没有太看清楚他的表情，只是感觉波川叹了一口气。

“现在是说这种闲话的时候吗？你到底打算怎么办？这样下去你永远都不会找到‘女神’的。”

面对波川苛责的语气，龙实无力反驳。只是“嗯”了一声，双臂抱在胸前。

刚才波川所说的“女神”无疑就是龙实在新月高原滑雪场遇到的女孩。她是整个杀人事件能证明龙实清白的唯一存在。所以被他们称作“拯救女神”。

到达里泽温泉滑雪场的时候已经是早晨六点多。因为滑雪场还没有开始营业，两个人决定在车里补会儿觉。这样的回笼觉对他们来说并不陌生。以前为了滑到条件最好的清晨第一波雪，他们经常这样干。然而这次，龙实却毫无睡意。被当成杀人凶手，被警察追捕，这听起来太不可思议了，然而这又是现实。这份无力感深深嵌在龙实的脑海里，挥之不去。

结果，就在这半睡半醒间迎来了滑雪场的营业时间。二人迅速在车里换好衣服，抱着滑雪板走进了滑雪场——

但是，看到滑雪场的地图，两个人的脑海里瞬间一片空白。里泽滑雪场实在是太大了。光缆车乘坐处就有两座，吊椅乘坐处有十四处。当然，雪道更是错综复杂。在这之中要找到一个不知名的女孩子，简直是天方夜谭。

于是，他们决定先进去再说。只是，除了衣服的颜色，他们再无线索，这无疑又增加了他们的焦虑。而且，现在女孩是不是

正在这里滑雪也还不确定。

滑雪道非常棒，如果不是带着任务，只是来滑雪游玩的话应该非常幸福吧。

但是，现在不是玩儿的时候。龙实心情复杂，他抱着必须赶快找到的焦急心情滑向山麓，仍一无所获之后，再次乘坐缆车到达山顶。

“除了滑雪技术高超之外，没有任何线索，这样找人真是困难啊，唯一的线索就是滑雪服，但是又不能保证她今天穿着和那天相同的衣服。”波川叹息道。

“她的姿势是标准姿势，左脚在前。”

听到龙实这样说波川无语到差点儿从椅子上摔下来，说道：“大部分的滑雪者都是标准姿势，再说了，即使是右脚在前的姿势也并不是什么大的线索啊。”

“我觉得她不是一般的滑雪者，因为在新月高原滑雪场，她一个人在滑雪道以外的区域滑雪啊，对自己的滑雪技术没有足够的自信是不会这样做的。”

话虽如此……波川把手放在额头上做思考状之后，突然间用戴着手套的手拍了一下膝盖，说道：“她说了‘主场’这个词是吗？说里泽温泉滑雪场是她的主场。”

“是的。”

“莫非……她很有可能是这个滑雪场的工作人员啊。很多待在山里的滑雪者都是这种情况。”

“原来如此，说到工作人员……”

“‘女神’的技术不是一般人能比的对吧？所以我们最应该去确认的地方就能确定下来了。”

听着波川列举了几个场所，龙实心里有了想法。

乘着缆车到达目的地之后，两人开始快速地滑行，既没有空闲欣赏壮美的景色也没有时间感受优良的雪质。

他俩几乎一路不停歇地来到了目的地，滑雪培训事务所。根据波川的推理，“女神”有可能是这里的教练呢。等滑到事务所前面时，二人已经非常累了，但还是马不停蹄地打开了玻璃门，走了进去。

事务所里有几个人正在申请培训，前台的男工作人员正在接待他们。

“肋坂。”波川拍了一下龙实的肩膀说，“看那儿。”

顺着波川所指的方向看去，龙实一下子睁大了眼睛。原来所属这家培训学校的教练的照片都被展示了出来。龙实走近之后，仔细观察。

教练有二十多人，其中一半是教授单板的教练，这其中的一半是女性。

“怎么样？”波川问道，“每一个教练都很可爱啊，这里面难道没有我们要找的人吗？”

龙实没有立刻回答他，而是一个接一个地认真鉴别。正如波川所说，每一位女性长得都很不错。但是，最后他不得不摇了摇头。

“没有吗？”波川失望地问，“你再仔细看看，有没有相似的人在？”

“这里面没有她，从根本上讲不是一个类型的。”

“不行啊……”波川失望地说。

“那个……”这时他们听到有人在旁边说话。前台的那位男士工作人员用怀疑的眼光看着他们俩，问道：“我们的教练有什么问题吗？”

“不是的，其实我们是在找人。”龙实回答道。

“您在找什么人？”

“把这里的滑雪场作为主场的一位女士，她滑雪的技术非常好，而且长得非常漂亮。”

“哦……”这位工作人员非常疑惑地半张着嘴说道。

“您能想到谁吗？”

“……您还有别的提示吗？”

“只有这些。”

男工作人员呆呆地苦笑了一下，耸了耸肩看着龙实他们说道：“因为在这个滑雪场，专业的女滑雪者非常多。”

“走吧。”波川说道，“在这待着也没有用，想想还有没有别的办法吧。”

龙实咬着嘴唇开始思考，拼命地回忆当时和“女神”相见时的场景。

“对啦！”他拍了一下手，“她说她喜欢松软的雪，明知道不能到规定的雪道以外的地方去滑雪还是忍不住会去。”

“规定的滑雪道之外啊……”波川自言自语了一句，“要是这样的话，可能会缩小范围。如果要找会去规定以外的雪道滑雪的

人，那人数就有限了。”波川说得声音很小，应该是不想被那位男性工作人员听见吧。

“话虽如此，可是这么大的滑雪场，就算是规定之外的滑雪道，到底要从哪儿开始找呢？要是有当地的熟人能够告诉我们这些地方就好了。”

“我想当地的人应该是不会轻易告诉陌生人，他们应该不想让自己天堂一般的存在被别人践踏吧——”说着说着，波川突然停了下来。

“怎么了？”龙实问道。

波川突然笑着指着墙上的海报说：“不是说想要吃点心就要去点心店吗？所以最靠谱的不还是专家吗？”

那张海报是介绍有关乡村山上游玩项目的。主要是在没有经过人工碾轧的山上，由熟悉当地地形和自然景观的工作人员带领滑雪。海报上写着：不要局限在滑雪场，让我们在大自然中飞跃，增加一些更能享受滑雪乐趣的项目吧。

大约三十分钟以后，龙实和波川穿着雪山专用靴开始登山了。走在前面的是一位穿着蓝色衣服的年轻向导，他们身后还跟着一位向导，这位看起来要比龙实他们年龄大很多。

因为预约的客人比较少，龙实他们申请之后，马上就开始做出发的准备。除了专用登山靴，龙实他们还得到了一个可以自由伸缩的滑雪杆、探针、指向标、铁铲，以及收纳这些装备的背包。探针和铁铲是在发生雪崩有人被埋时救援用的。虽然在出发之前有人教授了他们这些工具的使用方法，但其实龙实他们在社团的

时候已经体验过了，所以节省了练习使用的时间。向导们在知道他们有过相关经验后，顿时放心了不少。

在后山上，雪果然非常深，因为有探针，所以脚还没有被埋在雪里过，但是因为两只脚需要拉开一定的间隔，所以走起路来比较困难。再加上雪坡比较陡，向导们步伐轻盈，不一会儿龙实他们在后面追着就出了汗。

“两位不愧是有经验的人，看来已经习惯登山了啊。”其中一位向导回头看着龙实他们有些佩服地说道，“要是普通的游客，是不能跟上我们的步伐的。”

“不，可以的话您还是慢一点儿吧……”龙实诚实地开始叫苦。

“是吗？那我们放慢速度吧，但是我还是觉得您二位很了不起啊。”向导还是夸奖了他们，应该说是客气和鼓励都有的意思吧。

因为脸上冒汗，龙实把护目镜摘到了安全帽上，这时，有什么东西进入了他的视线。好像在斜坡上有一个人影，穿着绿色的衣服，但是很快就看不到了。

应该是胆大的闯入者吧，龙实想。他应该也是一个想尝试一下深山项目有胆识的人吧。

而其他三人好像并没有发现。

“还有多久？”龙实问前面的一位向导说。

“马上了，大约还有十分钟。”

还有那么久？龙实他们有些筋疲力尽。

“为什么把游行的路线选在这呢？”

“还是考虑到这里的雪质比较好，容易滑行，而且坡的斜度也

刚刚好。容易进出雪道，我们也比较好做引导。”

“但是，这样的话，不是也会有很多人不听指挥单独行动吗？”

年轻的向导“嗯”了一声。

“这样的人也不少，当然发现之后会提醒他们。”

“他们会不会说我会照常给钱的？”

“不是钱的问题，是安全性。如果走错路线很有可能就回不来了。最可怕就是遇上雪崩。特别是像今天这样，刚刚降雪之后，需要特别小心。当地的人明白这一点，但是，对于有些不经常来的人，仰仗有探测针就认为安全而粗心大意。”

听着向导的话，龙实想到了在新月高原滑雪场遇到的女孩。她说这里是她的大本营。从刚才的话听来，她应该很少来这里吧。

“如果是当地的滑雪者想在规定以外的雪道滑雪的话，一般都会去哪儿呢？”

面对龙实的提问，向导像是有些惊讶，停下了脚步，回头看着他。

“规定外的雪道？您是指管理区域以外的地方吗？”

“不，也包括明令禁止滑行的区域。”

管理区域以外是指不属于滑雪场管理范围的区域，可以滑雪，但是自己负责任。与此相对的就是禁止滑行区域，也就是除了工作人员以外，其他个人禁止入内。

“也不能说完全没有这样的地方。”向导微微摇了摇头，接着向前走，说道，“可是不能告诉游客们。”

“真的不可以吗？”

“您想去那样的地方滑雪吗？”

“不，不是的，是要找人。”

“找人？”

“是一位女性滑雪爱好者。我朋友对她一见钟情，女孩说会来这边的滑雪场，并且喜欢在规定以外的地方滑雪，除此之外，对于女孩我们没有别的信息了。”

向导一边走一边回头看着他们两人。“你们，不会是为了这个目的才来申请活动的吧？”

“嗯，也有这个目的。”

向导不可思议地耸了耸肩，说道：“你们可真有意思。”

“您能告诉我们一些线索吗？关于这样的滑雪场所。”

“嗯……这样我很为难啊。”向导很犹豫的样子。

不一会儿，好像是到了目的地，向导停了下来，放下了背包。

另外一个向导和龙实他们两个人一起挖出了一个边长三十厘米的雪块，然后把铲子放在上面用手敲。这被叫作压缩测试，是为了确认雪场的薄弱层在哪里，表层雪崩的危险性可以通过这种方法预测出来。

“没问题。”听到年龄大一些的向导这样说，龙实放下了心。好不容易来了，他想痛快地滑一场。

就在这时，出现了一个穿着红衣服的滑雪者。很快，他们知道原来是滑雪场的巡逻员，并且好像和向导们认识。“嘿！”年龄大一些的向导冲着他打招呼，“出什么事儿了吗？”

“有个傻瓜贸然进山，回不去了。”身材高大的巡逻员无奈地

说道，“和他一起的同伴走散了，你们有看见吗？”

“那个。”龙实对巡逻员说，“那个人，穿着什么颜色的衣服啊？”

“听说是绿色，怎么了？”

“那，可能是那个人。”

“您见过？”

“在来这里的途中，在山上一晃而过，现在可能已经向山下去了。”

“您在哪里看到的？”

“就是，嗯——”龙实很难解释清楚，说道，“算了，你跟我来吧。”说着，龙实开始走起来。

“啊，没关系的。您告诉我大致的位置我去找就可以了。”

“算了，还是带你过去比较快。”

龙实并不是单纯地沿原路返回，方向没错，只是稍微斜着登了上去。巡逻员跟在后面，他用滑雪板登山肯定非常困难，但是应该是对自己体力非常有自信吧。

最终当他们到达之前预想的地方的时候，已经没有人影了。龙实环视四周，摇了摇头，说道：“我记得就是这里的……”

向山坡下看去的时候，并没有滑雪板的痕迹。如果有人来过的话，应该是会留下痕迹的。

“啊。”巡逻员叫了一声，还是先动起来了。然后龙实发现了什么。在一棵树的背面，有人蹲坐在那里。

走近一看，是一个穿着绿色滑雪服的人坐在雪地里，好像意

识还比较清醒，看向龙实他们。

巡逻员盯着他看了一会儿，并跟他说话，但是，他没有力气回答。

“这是怎么回事？”龙实问巡逻员。

“他撞到树上，好像不能动了。”

“那糟了。有什么我可以帮忙的吗？”

“我会叫救援人员过来的，放心。你回到你的队伍当中去吧，谢谢你的帮忙。”

“不用谢。”龙实说着开始返回刚才的地点。这次是下山，很轻松，但是龙实开始后悔上来的时候没有带着滑雪板了。

12

从东京车站乘坐新干线不到两个小时，然后乘坐出租车二十分钟，就到了里泽温泉村。小杉看了一下时间，已经过了下午四点，周围开始暗了下来。小杉和白井两人在写着“欢迎来到里泽滑雪场”的牌子处下了车。他们一直向前走，路越来越窄，并且开始出现岔路，道路的两旁是大大小小的住宅，也有不少商店和饭馆，路上的行人看上去大多数也都是游客。

“现在正是泡温泉的旺季，真热闹啊。”白井用悠闲的口吻说道。

“我已经有多少年没有来泡过温泉了，这次如果不是因为工作就好了。”

“但是，好冷啊，不愧是雪国。”

对面走来像是一家三口，走过小杉他们身边的时候，中间的少年用不可思议的眼神看了小杉他们一眼，然后对旁边的女士说了什么。女士小声说道：“他们在工作。”

小杉听后停下了脚步，看了看白井，明白了自己这次行动是多么的失败。

“糟糕。”

“什么事糟糕？”

“服装。你看看周围，穿成这样走在大街上的只有我们俩。”

白井像被戳穿了谎言似的心虚地看向周围，西装领带，大衣旅行包，还穿着皮鞋。这样的装扮虽然在东京车站并不奇怪，但是在这里却显得非常不和谐。

“怎么办？”

“找个地方换下衣服吧。”

小杉看了看周围，发现前面不远有家租赁店。牌子上写着：出租服装。

“那边。”小杉说完刚要走，结了冰的路面太滑，当小杉反应过来的时候已经晚了，他结结实实地屁股着地摔了下去，一阵剧痛从腰传到了头。

“哇，小杉哥，没事儿吧？”

白井一边搀扶着小杉一起来，一边听着小杉抱怨他们为什么要来这受这份罪。不仅让人生气，还丢了人。

两人进了租赁店填写了申请表，小杉的电话响了，是南原打来的。

“您好。”

“感觉怎么样？”南原单刀直入。

“还好。”

“能找到吗？”

“啊？”小杉惊得张大了嘴，心想这个大叔，是傻瓜吗？于是说道：“请您别催我们。现在刚到滑雪场，现在正在换衣服做准备。”

“换衣服？干吗？”

“按照系长的指示，要低调。”小杉简单说了理由。

南原在电话那头咂舌。

“现在是磨磨蹭蹭的时候吗？总部的人已经开始行动了。”

“发生什么事了？”

“他们进了波川的房间，发现了带有肋坂指纹的空瓶。”

“进了波川的房间？波川并不是嫌疑人，也亏得法院能批准啊。”

“允许他们进去的不是法院，是波川的父母，警方和他的父母说您儿子很可能卷入一场杀人案，是否可以进他的房间进行调查。因为这样即使没有本人的同意，有保证人的允许也是可以的。”

“也确实如此。”小杉自言自语道。

“从监控录像来看，波川也牵扯了进来。昨天晚上十一点左右，波川抱着滑雪板出了门，和他一起出去的就是肋坂。”

“那关于他们出行地点呢？”

“目前还没有掌握那么多。不仅如此，关于二人的出行地点是

不是滑雪场他们的意见并不一致，也有人说，监控录像只是他们制造的假象，二人故意带着滑雪板出去，其实去了和滑雪场毫无关系的地方。不愧是搜查一课，脑洞真大啊。”

“也就是说，本部的搜查员不会马上来这边……”

“我想不会的。因为他们不可能派警察到全日本所有的滑雪场，所以应该会先缩小范围。在此期间无论如何你们都要把肋坂给我找出来。”

“虽然您这样说，但是这地方比我们想象的要大得多啊，能不能顺利进行还不好说啊……”

“你怎么能这样没有信心呢？没问题，我相信你们可以。相信你们自己，全力以赴把事情办好。再联系。”南原就这样自顾自地说了一通之后，还没等小杉回答就挂断了电话。

小杉愣愣地盯着手机想，现在说什么你们可以，平时不是总骂我们没用、不会抓住机会吗？

“现在怎么办？”白井靠近小杉说，此时他已经换好了租赁的滑雪服，好像还借了手提袋和长靴。虽然看起来并不合适，但是能融入环境，这样应该就不会引人注意了吧。

小杉把南原的话告诉了白井。

“如果这件事被花菱系长闻到什么不对，就完了，对吧？”白井若无其事地说道。

“那应该就是上面派人来逮捕了吧。”

“不如干脆我们把消息透露给总部好了。这样能更快了结啊。”

“代价就是你我会被发配到偏远地方的。”

白井皱成了八字眉，说道：“那不行，我孩子还小。”

“要是能自己决定转职地点我们也就不用在这里费事啊。”小杉叹了一口气走向了租赁前台。

换上衣服，两个人先去了预订的旅馆。旅馆很小，价格便宜，偶尔感受一下这样的古香古色也不错。办完入住手续，小杉给旅馆的一位女性工作人员看了肋坂的照片。

“这个人住在这里吗？”

看起来三十多岁的服务员略疑惑地摇了摇头。“我并不能完全记住客人的脸，但是，我觉得并没有见过他。”

“好吧。”

服务员想带他们两人进房间，但是因为时间紧迫，所以小杉就直接拜托她找人把行李搬上去，便和白井走出了旅馆。

旅馆的旁边是一家特产店。两人进店之后径直走到收银台，一位女收银员问道：“您有什么事吗？”

小杉拿出肋坂的照片说道：“这个人来过这里吗？”

收银员看到摇了摇头说道：“没有。”

之后，他们又去了其他的旅馆、商店、餐厅都没有收获。雪国的夜幕降临得早，周围已经全黑了下来。

“小杉哥，我们这样问下去找不到他们在哪儿啊。”白井在温泉街上边走边说道，“我觉得我们找的目标地点不对。”

“为什么？”

“因为他们是在逃亡啊，逃亡的人会光明正大地住旅馆吗？会明目张胆地出入商店和餐厅吗？”

“他们应该还不知道警察已经知道他们逃跑的地点了。”

“有这种可能，但是我觉得他们心理上也会心虚不敢正面示人。”

小杉用手刮了刮眉毛，白井说的也不是没有道理。

“那你说我们应该怎么找？”

“我也正在想，但是并没有想到好主意。话说，肋坂他们为什么要逃到这里来呢？”

“要是知道了就不用这样辛苦了。反正没有更好的办法，接着问吧。”

“我明白了。”白井虽然不太认同，但是还是点了点头。

之后，他们拿着肋坂的照片问遍整条街，仍然没有收获，于是决定暂且回旅馆休息。

但是，想到回旅馆再出来太麻烦，于是两个人决定先去解决晚饭。因为预订的旅馆不带餐。

也不知道哪家好吃，两个人就这样漫无目的地走着。这时他们看到两个体格健壮的男人好像很习惯地进了一家店。店里传来热闹的声音。

“就那家吧。”小杉小声说着走了过去。

13

根津和长冈一走进店里就听见收银台里面的老板娘说道："您回来了。"别看她现在脸圆腰肥，曾经也是个瘦高个。现在之所以对根津他们说欢迎回来是为了调侃他昨天晚上在这里一直喝酒到深夜吧。

"晚上好，有空座位吗？"根津问道。

"当然，这边的桌子。"老板娘说道。今天晚上特意给他们留了位置，之前总是根津一个人，在前台凑合一下也可以，但是这次有长冈在，之后还会再来两三个人和他们一起。

旁边的六人桌上放着预留的牌子。根津他们坐下之后，门口又进来两个男士，两人看起来都四十岁左右。看到他们两个，根津感觉到很奇怪。这个时间点还穿着滑雪服确实引人注意。如果

是夜场滑雪者的话那就应该不会来居酒屋了。而且他们穿的滑雪服是根津很熟悉的租赁店的衣服。正常的话，不会在吃饭之前换衣服的吗？

“根津哥。”听到长冈叫他，根津回过神来。

“饮料，要喝什么？”

在一边等的服务员一脸困惑地看着他。

“啊，不好意思，生啤，还有毛豆和蔬菜。”

“好的。”服务员说完离开。

“您怎么了？”长冈问道。

“哦，没有什么。”根津一边回答一边看向小杉他们两人。行为怪异的两个人坐在了前面的吧台上。

“话说今天真是让人不省心啊，在那样的地方发生事故。”

根津无奈地点点头。

“真是的，听说人是在禁止滑雪的区域失踪的，但是又不能不去找。而且还是在乡村山上游行的地方，如果真出什么事儿，会给人留下不好的印象，影响以后的营业啊。”

根津想起来白天发生的事。他在滑雪场巡逻的时候，看到一群滑雪者焦急地走了过来。一问才知道，其中有一个人没有回来。当问到他们在哪儿滑雪的时候，根津生气了。因为他们到禁止滑雪的区域去了。因为他们想既然是乡村山上游行的地方，应该安全。

罚款什么的以后再说，根津随即联系队员展开了搜索。最让人担心的就是遇上小的雪崩，人失去平衡被埋在了雪里，最糟的

情况甚至会窒息而死。

但是，幸好，没有发生那样的悲剧。失踪的队友和其他队员走散了，滑向了不熟悉的深雪区，最终不小心撞到树上，摔断了肋骨，因为疼痛不能活动。找到他的根津联系长冈一起救援把他抬到了救护室。

对受伤的滑雪者和其他的成员都进行了治疗。当然，加上巡逻员的责备，他们自己承担了责任，支付了救援费用。

女服务员拿来了生啤和毛豆、蔬菜。两个人先干了一杯慰劳彼此的辛苦。

根津正在喝第一杯酒的时候，就听到旁边有人说："怎么样？没有见过吗？"坐在吧台的两个人，其中一个好像拿着什么东西给老板娘看，好像是照片。

老板娘摇了摇头把照片还了回去。"我没见过。"

"这样啊，那暂且有个印象吧，如果他来这里，您能不能联系我们，这是电话。"男人拿出一张便条来。

但是老板娘并没有要接的意思。

"这么麻烦的事我拒绝。"

"那，我再来的时候你告诉我，这样可以吧？"

"好的。"

"拜托了。"男人收起了照片。照片上的脸，根津扫了一眼，觉得好像在哪里见过。

"那个，您手里拿的照片是做什么的？"根津在男人的背后问道。

“嗯？”男人听到后不经意地坐直身子，回头看向根津，“您是？”

“这里滑雪场的巡逻队队长，也就是所谓的滑雪场的警察。”老板娘说道。

“您饶了我吧。”根津无奈地摆摆手。

“那正好。”男人把照片给根津看，“您见过这个年轻人吗？他今天应该来过这。”

根津盯着照片看了一会儿，心想果然是他。

“怎么样？”男人问道。

“没有。”根津摇了摇头说道，“我记不起来了。”

“这样啊，那没办法了。”说着男人收起了照片。

“您为什么找这个人呢？他做什么了吗？”

面对根津的询问，男人看了看同伴，然后面向根津说道：“嗯，简单来说就是离家出走。他的父母委托我们找到他，我们调查之后，决定来这里找找线索。我们是调查公司的，也就是所谓的侦探。”

“啊，原来是这样。”

“您是巡逻队队长是吗？如果看着这个年轻人，能通知我们吗？”男人说着拿出了刚才那张本来要给老板娘的便条。

根津犹豫了一下接了便条，问道：“您贵姓？”

“便条上有。”

根津看到便条上写着“小杉”两个字。

“队长贵姓？”

“我姓根津。”

在告知汉字写法之后，小杉说道：“东京有家神社跟您的名字一样。”看来他们是从东京来的，根津想。

之后，小杉就背过身去不再看根津，并且好像跟身边的同伴说着什么，声音太小，根津没有听到。

根津回过神来，发现长冈一脸惊讶的表情看着他。应该是十分不理解刚才根津的行为吧。根津从来没有主动和游客搭过话。

根津默默地点了点了头，意味深长地说道：“以后再说。”

居酒屋的推拉门再次被拉开，进来一张白天熟悉的面孔，是濑利千晶。她一边说着“久等了”一边摘掉围巾，脱下登山外套。

在她身后听到有人说：“晚上好。”是成宫莉央和她的姐姐叶月。莉央还穿着白天穿的粉色羽绒服，叶月也穿着羽绒服，不过是及膝的长款。

千晶坐在根津的旁边，莉央坐在千晶的旁边，当然叶月就坐在长冈的旁边，他们五人一起吃饭时大概就是这样的坐法。

坐在吧台的小杉他们频频回头看了过来，是因为一下子来了三个大美人吧，不知怎么根津突然有种骄傲的感觉。

“后来怎么样了？准备顺利吗？”等三人点完餐之后，根津问千晶和莉央。

“还算凑合，对吧？”莉央看向千晶。

“我之前打过招呼的普通滑雪的人和单板滑雪的人明天会来。”千晶说道，“我们想进行表演彩排，根津，拜托了。”

“一定要守时啊。只能借给你们两个小时，时间一到，我就撤

去绳子。”

“明白，谢谢。”

千晶他们为了彩排，事先已经和滑雪场方面说过需要借用滑雪场的场地了。

饮料上来，他们再次干杯。

“这一天终于要来了啊。”根津看着长冈和叶月说道。

“不知怎么的，我兴奋不起来。”长冈挠挠后脑勺说道，“结婚本来就是件不容易的事情，还要在滑雪场举行……一直担心会不会不顺利。”

“所以明天加油啊，我们要好好练习。”莉央用强硬的口吻说道，“姐姐你也是啊。”说着看向叶月。

“我明天真的可以不穿婚纱彩排吗？”叶月一只手拿着乌龙茶用不确定的口气说道。

“当然啊，彩排的时候穿婚纱太显眼了，不知道的还以为就是在举办婚礼呢。”

“但是在婚礼当天穿婚纱摔倒了怎么办？”

“怎么可能？姐姐你都滑雪多少年了。到时候不用滑得很漂亮，蛇形滑就好。”

“啊，叶月的蛇形滑，值得一看啊。”根津说道。叶月在高中时代是阿尔卑斯滑雪队的选手。

“我反而觉得很浪费。”千晶说道，“如果让穿着洁白婚纱的新娘充分发挥她的技术，快速从山上滑下来才是一幅美好的画面。”

“千晶，跟你说了多少次了，这次的活动不仅仅是姐姐他们的

婚礼，也是为了里泽滑雪场的推广。要是拍摄出来的效果连一般人都不如，那大家会敬而远之的。所以我才请了专业人士负责华丽表演部分啊。你能明白吗？”

“嗯，我很清楚……”

“那就不要抱怨啦。”

“好好，对不起，我不再说了。”千晶无奈地摇摇头。虽然是闺密，但是在这件事上，莉央简直就像魔鬼导演，所以连千晶都不敢说什么。这样的千晶，根津还是很少见到呢。

坐在吧台的两个男人站了起来。小杉结完账对着根津点头示意然后就出了店。

“认识？生面孔啊。”千晶问道。

“有点儿交集。”

根津向三个女孩子说了事情的经过。

“那也就是说，实际上你认得照片上的男孩？”他们小声说道，不想让老板娘听见。

“果然是这样，我刚才就觉得奇怪。”长冈说道，“谁啊？”

“不知道名字，只知道是参加乡村山上游行活动的游客。”

根津把他发现那位负伤游客的经过说了一遍。

“原来是这样啊。根津哥我还记得你说过，有位游客看到了这位队员，然后带你去找的人。”

根津对长冈点点头。

“我觉得他是个很热情的人。他脱离自己的队带我过去的，穿着登山靴走了十几分钟呢，这不是一般人能够做到的。”

“也就是说，有钱人家的公子哥也有意志坚定的人啊。”千晶很佩服地感叹道。

“但是，根津哥，你为什么说没见过呢？”长冈问道。

根津“嗯”了一声，侧了一下头。

“直觉吧。不自觉地就想帮他，因为我觉得他不像坏人，所以就想这时候还是不要多嘴的好。”

“是不是发生了什么不好的事他才离家出走的？”莉央说道，“有钱人家的少爷一定也有他自己的烦恼。”

“你怎么知道是有钱人家的孩子？”叶月问道。

“父母都找了私家侦探来找了呀，如果不是有钱人做不到这一点吧。”

“啊，是吗，莉央真是聪明呢。”

“这点儿小事谁都明白的。”

之后，他们又回到了结婚的话题。听说长冈是作为上门女婿入赘到成宫家的。最终会继承“板山屋”旅馆，但是暂时先作为普通员工工作一段时间。

“将来，长冈就是‘板山屋’的老板，叶月就是老板娘，这家伙不错，很期待呢。”根津说道，“那，莉央也会留在店里帮忙吧？”

但是，莉央却摇了摇头。

“婚礼结束后我就离开家，因为没有我什么事儿了。”

“啊？真的吗？”

“莉央，你重新考虑一下吧，不用在意我们的。”

听到长冈这样说，叶月也说道："是啊，你不用在意的。"

"怎么回事？"根津看着三个人问道。

"为了我们，莉央把她自己的房间腾出来给我们用了。"长冈说道，"她说叶月的房间太小了，我倒觉得无所谓。"

"不是的，慎太哥，不是因为这个。"莉央皱眉说道，"真是我自己的原因，我是为了我自己，我想离开家。所以你们不用管我。"

听到莉央的语气比平时都要强硬，长冈和叶月没有再说什么。沉重的气氛一瞬间包围了大家。

"过了三十岁，人生不易啊。"千晶用爽朗的口气说道。她又拍了拍莉央的肩膀说："对吧？来，喝酒。"说着，把瓶子里的啤酒倒进了莉央的杯子里。

看到莉央的嘴角又有了笑容，根津松了一口气。

之后莉央和叶月又待了一会儿就离场了。长冈送她俩回去。"明天见。"根津和他们打完招呼，目送三人离开。

"那个，莉央刚才的话什么意思啊？"根津一边把热酒倒进千晶的小瓷杯里一边问。

"你是说她是为了自己才离开家的？"

"嗯。"

千晶小口喝了一口酒，叹了一声气。

"年轻的时候都心怀大志，但是最终一件事都没有做成，年龄越来越大，等回过味儿来的时候周围的人都已结婚生子，只有自己孤身一人。这样的自己接受家人的照顾，每天过得自由自在。

如果有什么需要劳神费心的话那就是找个人结婚。于是耗费大量精力去相亲，只要看上去是能给自己安定生活的男人就拼命推销自己，对这样的人生心存疑问也不奇怪吧。”

“莉央是这样说的？”

“不仅仅是她。小地方出生的女孩大多都有这样的烦恼。去大都市实现梦想的只是很少的一部分。大多数人还是受尽挫折回到家乡。对很多事情做出妥协。当然，这也是让自己幸福的选择之一。事实上多数的人都会这样做。莉央也明白这一点。但是，可能她还是心有不甘，不想放弃。想着自己应该还能做点儿什么。所以这次以叶月姐结婚为契机，选择离开家。”千晶拿起酒瓶给自己倒酒，“……我是这样认为的。”

“你挺明白啊。你又不是地方出身。”

千晶的老家在东京。

“寻找自己容身之处这一点是相通的。”千晶立刻反驳说。

“也和莉央认识很长时间了啊，但是虽然她那样说，我想还是有叶月姐他们的原因吧。因为如果家里明明说好了是让姐夫入赘，但是妹妹又在家，是谁都会觉得不好意思吧？”

“我想我能明白。”

小姑抵得上千只鬼，根津想到这句话。

“别看莉央平时大大咧咧，其实人很细腻。你知道吗？今年到现在她都没有滑过一次雪。”

“啊？是吗？为什么？”

“听说是为了叶月姐的婚礼成功举办要集中精力。要是平时放

松心情玩玩儿还行，但是万一受伤就糟了。”

根津微微摇头：“明明是一个比起吃三顿饭更喜欢滑雪的人，都是为了她姐姐啊。”

“真是的。我还没有见过关系这样好的姐妹呢。”

“话说，你什么情况？找到自己的容身之处了吗？”

面对根津的提问，千晶微微耸肩。

“我也不清楚，总会有办法的吧。”千晶说完招呼服务员，又点了一杯烧酒。

14

“……第二天，在厕所努力了一番之后，朝马桶里面一看，我吓坏了。因为我的便便是绿色的。我想，糟了，我得了很严重的病啊。但是，我又觉得太奇怪了，因为便便的颜色实在是太漂亮了，是那种特别鲜艳的绿色，就像画画的颜料一样。想到这，我突然明白过来了。我昨天晚上一边喝酒一边玩侄女画画用的颜料了。完了，我想我是不是喝醉酒不小心吃掉了颜料啊，然后就去确认了一下。但是，我看到绿色的颜料安安静静地放在那里。就在我松一口气的时候，我看到黄色和蓝色颜料管里空了。是的。我喝醉了酒，不小心吃掉了黄色和蓝色颜料。然后这两种颜料在我肚子里混合成了鲜艳的绿色。……哈哈哈哈哈，住在东京的M先生，这不太好啊。感谢您为我们提供的‘晴天霹雳’的故事，

简直和我们的主题太相符了。原来是这样啊，颜料在您的肚子里被很好地融合在一起了啊。但是，今后还请您小心啊。”

龙实一边听着广播里女 DJ 的广播一边想，世界上真有这样的傻瓜吗？这样也能成为一个社会人吗？

DJ 在介绍了一首曲子之后，喇叭里传来一阵西洋音乐，龙实完全没有听过，于是关掉了广播。龙实打了个哈欠，伸了个懒腰，手正好碰到车的天窗。即使放倒车座，一直保持一个姿势不动也不是件轻松的事，再加上十分无聊，这时候就更加切身体会到有手机的好处了。

今天，最终也没有找到她——龙实他们口中的“女神”。参加完山上游行之后，他们也想试着去规定雪道以外的地方看看，但都是些非常难滑的场所，如果没有熟悉的人带领的话实在是太武断了。

缆车和吊椅结束营业之后，他们也回到了车上。换完衣服，去放松泡温泉。在温热的泉水中舒展一下身体，感觉没有比这更舒服的事情了。但是这种幸福感一回到车上马上就消失了。杀人事件的嫌疑犯？就我？——虽然还没有最终定论，但是这样终日惶惶不安的心情和不能舒舒服服住旅馆的事实告诉他这不是在做梦也不是开玩笑。因为很有可能被人认出来，所以波川说，最好还是不要露面。

不经意间副驾驶座一侧的车门被打开，波川钻进了车里，手里提着便利店的袋子。

“好慢啊你。”龙实说道。

“耽误了些时间，都有好多年没有用过公用电话了。”

波川去便利店买东西，顺便和松下取得了联系。

“有什么进展吗？”

“进展是在好的情况下才用的词。”波川说着把便利店的袋子扔了过来，“这个时候可能说逼迫比较合适吧。”

“什么意思？”

“据松下说，警察找了好几个学生询问情况。问他们知不知道经济学院的肋坂同学什么的，好像开始真的把您当犯罪嫌疑人了，今天还重新搜查了您的房间。来的警察比昨天多一倍。”

龙实抱住头，说道：“这算什么呀，随便搜查别人的房间……真是受够了。”

“被搜查的不止您的房间。”波川一边大口嚼着三明治，一边说道，“我也跟藤冈打了电话，和预想的一样，警察也查到了我们的社团‘Mountain Monkeys’，当然也查到了和您关系好的我，好在我手机关机了。因此听说还去查了我的住处。当然，是让藤冈带的路。”

“然后呢？”

“我不在，那么，警察是怎么做的呢？”

“怎么做的？”

“为了证实我跟这件事有关，他们给我的家里打了电话。虽然我问了我爸情况，但是结果不出我所料。警察跟我家里联系说，您儿子不见了，您知道他去哪儿了吗？得到否定回答之后，警察就告诉我父母说怀疑我卷入了杀人案里，想要查一下

我的房间。我的父母当然同意了。虽然警察并没有跟他们说事件的经过，但是我爸妈毫无根据地误以为是不是我出事被杀了，我老妈还哭起来。”

“所以听到你的声音应该安心了吧。”

波川抿了一下嘴摇了摇头。

“他们质问我啊。问我做什么了、发生什么事了、在哪儿等。虽然我重复了很多次说不用担心，我没做坏事，但是他们还是唠叨个不停，解释又很麻烦，我干脆挂断了电话。”

“这样不太好吧。”

听到龙实这样说，波川频频看向龙实，说道：“你干吗说得好像不关你的事一样。警察都找到我家里来了。应该也去问过你家人了。”

这么一说，还真是。龙实想。“那怎么办……”

“一会儿给家里打个电话报平安吧，告诉他们不用担心。”

“啊，妈的。怎么会这样啊！”

“因为你随便进入别人家里，还拿了那个奇奇怪怪的钥匙，还随便拿走了狗拴。如果你不这样做就不会被怀疑了。”

听到波川这样说，龙实无力反驳，只能用手挠挠头。

“也就是说，我的房间也被搜查了，现在很多应该暴露了，比如说你来找我这件事。”

“不知道我们来这里这件事有没有暴露。”

“这我不知道，但是我想起一件重要的事。”

“什么？”

“公寓的监控录像。我们出来的时候应该被拍到了，我们拿的东西多半拖累了我们。”波川用手指指后座，“滑雪板，所以，他们很可能猜到我们去了滑雪场。这是个败笔，本来可以租装备的。”

“但是，滑雪场也有很多啊……”

波川点了点头。

“我想警察不会马上就能找到这里。但是我们也没有时间浪费，因为我们不知道‘女神’会在这里待多久。必须尽快找到她。”

龙实拍了拍方向盘说道：“怎么办才好？”

“这么大的滑雪场，我们像无头苍蝇一样找是找不到的。正确的办法就是在‘女神’可能出现的地方等着她。”

“我们就是这样想才去参加那个山上的游行活动，想让他们告诉我们规定雪道以外的好去处，结果不也失败了吗？”

波川听后咂舌，说道：“她可能出现的地方应该还有别处吧。”

波川用手指了指自己的太阳穴。

“动动脑子。她很喜欢粉雪对吧，根据天气预报，今天夜里到明天早上会有二十厘米的降雪，所以，明天早上，如果是你，你会怎么做？”

龙实迅速动脑想，不一会儿他就明白了波川的意思，然后打了一个响指说道：“乘坐最早的缆车上山。”

“就是这样。可以乘坐缆车的地方虽然有两处，但是想要享受优质的粉雪，她应该会去离山顶最近的那一处。营业时间是上午八点半。”

好，龙实的声音里有又充满了干劲儿。“那我们八点半就去乘坐地点吧。”

但是，波川有些疲惫地皱了皱眉说道。

“如果等缆车开始运转再去就晚了。因为这样我们不能确认最先上去的一批人。我们要提前上去，从排队的人群中找。如果她要来，很有可能在排队的人群里。”

“我知道了。那我们八点前到就可以了吧。”龙实说着看向便利店的袋子，从里面拿出一个鳕鱼子的饭团吃了起来。

简单地吃完之后，龙实下了车。当然是为了给家里打电话。拿着波川买的电话卡，龙实朝着有公用电话的便利店走去。

站在电话前，龙实愣住了。他忘了怎么用公用电话卡。最后一次使用公用电话是在什么时候呢，已经完全记不起来。应该是小学还不让携带手机的时候用过几次公用电话吧。

拿着电话，用不熟练的手法把电话卡插进去，龙实拨通了自己家的电话。他深呼吸了好几次，并不是因为不会用公用电话，而是不知道电话通了说什么。

拨通之后电话马上就接通了。“您好，这里是肋坂家。”先自报家门是妈妈接电话的习惯。听声音有些戒备，可能是因为来电显示是公用电话的缘故吧。

“喂，是我。”

龙实虽然有心理准备，但是还是听到妈妈紧张地叫了一声：“龙实，你都干什么了？”

“什么，那个……”龙实一时结巴了。

“警察突然来家里问你有没有回来，我说没回来，他们又问你有没有跟家里联系，知不知道你去哪儿了什么的。我们又回答说没有。你到底做什么了？”

“我什么都没做。是因为误会，被警察追捕。”

“被追捕？这是怎么回事儿？”

“把电话给我。”龙实听到父亲的声音，“喂。龙实，你都干什么了？”

都是相同的问题。龙实都疲于回答了。“我说了我什么都没做，我是冤枉的。”

“冤枉？到底怎么回事？”

“警察那边是怎么说的？”

“他们什么都不肯说。喂，龙实，你说被冤枉到底是怎么回事？”

“被冤枉就是被冤枉的，就是我什么坏事都没做。”

“那你就去找警察光明正大地把事情说清楚。”

“不能这样。如果这样可以我也就不用辛苦了。”

“为什么？你是什么意思？”

“说来话长，我解释不清楚。我挂了。”

“喂，你等一下。”不顾父亲的阻止，龙实挂断了电话，长长叹了一口气。虽然平时和父母说话也很累，但是像今天这样精疲力竭还是第一次。

龙实想要离开的时候，他注意到电话卡弹了出来。

15

从大浴场出来走到房间，开门的一瞬间，小杉听到对面屋里电视机的声音停了。紧接着就听到一阵叮当响，大概是有人慌张地把遥控器放到桌上的声音吧。

打开隔扇门，小杉看见刚才还在看电视的白井此刻正正襟危坐在电视机前。桌上放着遥控器和手机。

“水不错，你也去泡泡吧。”

“好的。啊，刚才系长来电话了。”

“说什么？”

“问我们进展怎么样。”

“真烦人啊，这个大叔。”小杉不自觉脱口而出，心想这么短的时间能有多少进展。

“你怎么回答他的？”

“还是那样。”白井照旧盯着什么都没显示的电视机，没有看向小杉。

“‘我们在肋坂有可能活动的范围进行了走访调查，但并没有得到有用的线索。’这样回答的。”

虽然这些听起来没有什么用，但是也只能这样回答。

“然后呢？系长怎么说？”

“不太好，说让你回来给他打个电话。”

“哼。”小杉打开旁边的冰箱，拿出从便利店买回来的罐装啤酒坐在了白井旁边。打开喝了一口之后，拿起在电视机旁充电的手机。

电话接通之后就听到那边传来生硬的声音：“我是南原。”

“您辛苦了，我是小杉。”

“你刚才去哪儿了？”

“当然是出去走访调查了。”

小杉听到南原咂舌的声音。

“真的吗？不是去泡温泉流汗，从温泉出来现在正在喝着啤酒吗？”

这位好像是个有透视超能力的主儿一样，小杉紧张得出了一头汗，说道：“您误会了。”

“算了，还没有找到人是吗？在一个小村子里找一个毛头小子有这么困难吗？”

“他们好像也是今天刚到这里，我想他们并不会到处走动招摇。而且我们也不方便透露警察的身份。如果亮明身份可能会得

到更多的协助。”

“我说了不行吧。你们自己想办法。没问题，我相信你们能行。”

又来这一套。小杉撇嘴：“是。”

“现在又查出了新情况。和肋坂一起行动的波川是入室抢劫杀人共犯的可能性更大了。”

“啊？是吗？是怎么知道的呢？”

“搜查一课的那帮人终于查到了肋坂的手机。根据花菱系长的指示，利用 GPS 了解到了他的位置。现在虽然肋坂关机，但是还是可以调查他过去的记录的。结果，事发当天查到肋坂去了新潟县。”

“新潟县？”

“准确来说是去了新月高原滑雪场。早上从东京出发，晚上七点多回到东京。另外，调查了在 N 系统里留下的行车记录，肋板的行车记录和手机 GPS 的轨迹完全一致。”

“您等一下，如果是这样，肋坂就有不在场证据了。他的犯罪行为不就不成立了吗？”

“但是，事实并不是这样。记录下的只是肋坂手机和车的行动轨迹，并不代表他做过这事。”

南原想说的小杉已经明白了。

“您是说有人拿着肋坂的手机并开着他的车移动的？”

“这种情况也是可能的吧。”

“您说这个人就是波川？”

“肋坂手机的最终位置记录就是在波川的房间，既然凶器狗拴在肋坂的房间找到，那么凶手就是他无疑，那波川就是负责给肋坂制造不在场证据的。但是，两人最初的计划并不想把事情搞这么大。应该是肋坂潜入福丸家里，悄悄地盗取钱财而已。但是没有想到，肋坂却把老人给杀了。于是两人就想到这不是制造一些不在场证据就能顺利蒙混过关的事，然后就逃走了。”

“原来如此。”小杉一边说着，一边感觉哪里不对劲。道理上是能说通，但是有的地方缺乏说服力。

“因此，”南原接着说道，“花菱系长他们现在逐渐转变之前的态度，也把重点放在对肋坂和波川的行踪追捕上。不知道是不是因为立功心切，完全不把我们的行动放在心上。现在他们连里泽温泉这个线索都不知道。但是，不知道他们会不会查到，所以在此之前，你们一定要把人找到。”

“我们明白，但是线索实在是太少了。”

“为什么这么说？不是有照片吗？”

“是的，我们到了这里才发现找人之难。因为没有比滑雪场更容易让犯人潜伏的地方了。”

“为什么？”

“因为大家都戴着滑雪面罩。即使走路大家也都是戴着安全帽和护目镜，看不出来谁是有问题的人，还有人戴着口罩、面具一类的。头发隐藏在帽子或者安全帽里，滑雪服遮住了体型，虽然不能说照片完全给不了什么帮助，但是至少现在看来是这样的。”

南原在电话那头嘟囔着什么，应该是找不到反驳的话吧。如

果想到了他一定会毫不客气地反驳回来。

“无论如何想出办法来才是专业人士该做的事吧。”

天哪，小杉感觉身体力气都被抽空了，没想到他会用“专业人士”这个理由。

“系长，我有个请求。”

“想要增加人手支援的话是不可能的。”

“我知道，也并没有对此有所期待。但是，请给我们提供情报信息。关于肋坂和波川的信息。”

“你想知道什么？”

“他们滑雪服的颜色。”

“滑雪服？”

“就像我刚才所说的，想要在众多的滑雪者当中找到他们几乎是不可能的。识别他们的唯一途径就是通过衣服和帽子的颜色和花纹。我希望您能查出肋坂和波川在滑雪场穿着什么样的衣服，然后告诉我。我想这件事只要问一下他们所在社团的成员就能了解到。”

“我知道了，我让人去查。”

“尽可能有照片。因为单凭描述很难想象是什么样的颜色和花纹。”

南原再次咂舌，说道：“要求真多。”

是你逼我们的。小杉很想反驳他这一句，但忍住了，说了一句：“不好意思。”

“拿到照片就给你发过去，稍微等一下吧。”

“我明白了。”

挂断电话，小杉把手机放在了被子上。

“好像，又被分配了不可能完成的任务，是吧？”白井用放弃的口气说道。

“要是不整幺蛾子，能和花菱系长那边好好合作该有多好啊。当然，非要置气的也不是这个大叔，而是木屐科长吧。”

小杉把花菱系长那边掌握了肋坂GPS信息的事告诉了白井。

“也就是说已经开始正式把波川归为共犯了，但是我总感觉不太对。”

“为什么呢？”

“肋坂趁家里没人去偷盗，波川负责制造不在场证据，到这里没有问题。因为这最多是盗窃案，但是最终却发展成了杀人案。即使这样波川还要帮肋坂就说不通了。这个时候波川应该协助警方才对他更加有利啊。因为，如果他坚持声称自己是觉得好玩儿才配合肋坂这样做的，很有可能不被追究责任，再加上他是法学部的学生，不可能不知道这一点啊。”

“但是，实际上他却和肋坂一起逃走了，”白井说道，“他什么都没做，不是没有必要逃跑吗？”

“是啊。”小杉一边喝着啤酒一边说道。

“那，我们明天怎么办？就像前辈你在电话里说的，拿着照片再继续走访也并不太可能找到肋坂他们。”

“所以我拜托系长查一下他们所穿衣服的颜色和花纹。”

“就利用这点儿线索找人吗？您知道每天有多少人来这里吗？”

想不到合适反驳白井的话，小杉皱了皱鼻子站了起来，走到窗前拉开窗帘，望向远处的灯火通明建筑。虽然南原说是个小村庄，但是据他们所知，大大小小的旅馆加起来有两百家以上。一想到明天必须把这些旅馆都问一遍他就感到绝望。但是，肋坂他们不一定会住普通的旅馆。因为既然他们能想到逃到这里来，是不是一定有可靠的藏身之处呢？如果这里有他们能够投靠的人，那么搜查工作就更难了。

路上一辆缓慢行驶的车引起了小杉的注意。村里的路不仅难走而且很窄，并且路上有积雪，所以开车技术并不好的小杉想，要是让他开车入库也不是件容易事儿。

放在被子上的手机在震动，小杉拿起手机一看，又是南原打来的。

“我是小杉，您查到肋坂他们穿什么样的衣服了吗？”

“还没有，现在正在开会商量。我忘了跟你确认另外一件很重要的事。你们查了那辆车吗？”

“车？什么车？”

“肋坂开的车。他们如果要是开车逃跑的话，车应该就放在村里的某个地方，你们没查吗？”

小杉吞了一口唾沫说道：“查村里的车辆？就我们两个人？”

“如果是外来车辆的话，应该规定放在固定地点吧。什么呀，你们没查吗？”

“明天我们去查。”

“小杉。”南原用低沉的声音接着说，“你到底明不明白，我

们没有时间了啊。”

“我很清楚。”

“那就别净说些丧气话。明天早上我会再问你一次相同的问题，你最好准备好答案，听见了吗？明白了吗？”像往常一样，南原自顾自地说了一通之后挂断了电话。

小杉盯着手机，连生气的力气都没有了。

旁边站着的白井穿着浴衣，手里拿着毛巾，应该是想去泡泡温泉吧。

“不好意思，如果你不想水凉了的话就一会儿再放洗澡水吧。”说着小杉指了指脱下来的滑雪服，“准备出门了，别忘了带手电筒。”

16

“哇嗷——哇嗷——”龙实听到野兽的怒吼声，这是哪里？原始森林吗？龙实迷迷糊糊地睁开了眼睛。

首先映入眼帘的是灰色的墙，就在眼前，好像一伸手就能碰到。

仔细一看原来不是墙，而是车顶，龙实并不熟悉。也就是说这并不是他自己的车。

慢慢坐起身来，发现自己穿着羽绒服，睡在了车后座上。下半身也没有盖毛毯而是胡乱盖着滑雪服和裤子。龙实一时没有回过神来是怎么回事，迷迷糊糊向外看。

旁边再次响起了呜呜的声音，但是，这次，不是什么野兽的叫声，而是汽车发动机的声音。向窗外一看，发现是辆灰色的越

野车想停在龙实他们车的旁边。

龙实摸了一下口袋，拿出手机想看一下时间，但是手机关机了。龙实不知道为什么关机了，手指刚碰到开机键就停下了。

对了，正因为手机关机了人才在外面的啊——

记忆慢慢回到脑海当中，龙实从昨天发生的事当中苏醒过来。整个事情就像噩梦一样，但是此时此刻，自己在车里这件事又将他拉回现实。

龙实忽地叹了一口气，又重新把手机放回口袋里。

看一眼副驾驶座，发现波川也穿着羽绒服，蜷缩在座位上睡着了。吃的东西盖住了他的脑袋，下半身用滑雪服裹着。

“波川。”龙实叫道。看波川没有反应，龙实就伸手去推醒了他，“喂，波川，醒醒。”

波川支支吾吾地起身，拨开盖在头上的零售袋，擦了擦脸，回头看了一眼龙实。“早上好。”波川睁着右眼说道。

“现在几点了？”

“不知道，手机关机了。”

“想起来了。”波川嘟囔了一句，打了个哈欠。

“打开汽车导航应该就知道了。”

“啊，对啊。”波川说着用非常迟缓的动作转动车钥匙。

“几点了？”龙实问道。

“嗯——八点十五分。”

“嗯。”

龙实想着再睡一会儿吧，刚想倒下，突然“啊”的一声醒过

神来。

差不多同时，波川大叫一声："糟糕！"他也想起一件重要的事。"缆车要开始运行了。"龙实慌乱地起身。

龙实打开门想要冲出去的时候，头撞到了门框上。因为不是自己的车，龙实还没有适应这辆车的高度。

车外有位女士经过，但是顾不了那么多了，他们快速换了衣服，抱着滑雪板冲向缆车乘坐处。

到那的时候已经差不多八点三十分了。幸好还没到运营时间，入口还没有封闭。和预想的一样，想要尝试新雪的滑雪者排成了列。龙实和波川把滑雪板抱在旁边，一直走到队伍的最前面。

"怎么样？前面有一个戴着黑色安全帽的女孩儿，是不是她？"

看着波川手指的女孩，龙实摇摇头说道："滑雪服的颜色不对。比那件花纹要小。"

龙实快速地扫了一眼排队的人，这里不只有日本人，还有很多欧美人。这里的雪质不输北海道，在国际上也很知名。

双滑板的滑雪者手里拿的滑雪板都很长，单板滑雪者也都各自带着自己喜欢的滑板。好像大家都想最先尝试一下别人没有滑过的区域。

龙实回想起在新月高原滑雪场遇到的女孩穿的衣服：她戴的是黑色安全帽。衣服是红白相间，但是花纹想不起来了。那裤子的颜色呢？他记得好像是蓝色，但是记不清楚了。

波川陪着龙实沿着队伍移动，龙实全力寻找"女神"。不尽快的话缆车就要运行了。

“喂，是那个女孩子吗？衣服的颜色对，和你说的一样。”

龙实顺着波川所指的方向看过去，自己也有些吃惊。那个女孩确实戴着黑色的安全帽，穿着红白相间的格子滑雪服，甚至裤子也是浅蓝色，形体也很像，而且看上去也是一个人。他想起来女孩说过，一个人比较自由。

“不好意思，不好意思。”龙实边说边插到队伍当中来。虽然周围的人都戴着安全帽和护目镜看不到表情，但是龙实能确实感受到他们射过来的冷冷的目光。但是，他现在也顾不了那么多了。

龙实一直走到穿红白相间格子衣服女孩的面前，女孩警戒地后退。护目镜下面应该是惊讶的表情吧。

“那个……”龙实下了很大决心说道，“您能给我看下你的样子吗？”

女孩把脸斜向一边，刚想问“你在说什么疯话”，龙实紧接着说道：“前天您去过新月高原滑雪场吗？您去过吧？拜托您了，请让我确认一下，求您了。”龙实低头请求。

女孩一阵沉默没有说话，最终用右手把护目镜放到安全帽上面，摘下口罩，对龙实说：“可以了吗？”

“啊。”龙实不自觉地出声。然后就说不出话了。

对方的声音要比想象的粗很多，而且嘴上还长了胡子。

“对不起。”龙实再次低头说抱歉，然后在众人怀疑的目光中回到了波川旁边。

“不是吗？”

“错得离谱啊。”

听了龙实的话，波川小声说道：“连性别都搞错真是不应该啊。”

“不是你让我去的吗？”

“你不是也没有仔细看对方的脸嘛！单凭滑雪服去找人本来就是一件很困难的事。”

“现在说什么都没用，因为没有别的办法啊。”

“你只说了是红白相间的衣服，没有再具体一点儿的信息了吗？”

“我知道，我很想想起来点儿什么，但是实在是记不清了。”

就在这时，缆车乘坐处的工作人员打开了门，队伍开始移动。

龙实和波川就站在队伍的旁边，对过去的人一一确认，但是戴着黑色安全帽、穿着红白相间的滑雪服、蓝色裤子，和这些信息完全一致的人并没有发现。发现稍微有一点儿像，并且时尚的人的时候，先打招呼，然后再确认脸。当然他们知道这样做很招人烦，但是已经没有精力在乎这些了。

缆车开始运行三十分钟之后，队伍越来越短。但是“女神”还是没有出现。

“如果是想体验早上最优质的粉雪的话，现在应该已经乘上缆车了。”波川有些焦急地说道，“我们难道错过了吗……”

龙实看了看广阔的滑雪场，不论是双板滑雪者还是单板滑雪者，都一个接一个地从山上滑下去了。好像他们整个人，每个器官都在享受体验新雪带来的乐趣。之后他们还会再次乘上缆车，再次体验这种乐趣吧。龙实忍不住心生艳羡。当然，现在不是羡慕别人玩乐的时候。

龙实一边这样想着，队伍也到了尽头。“那个。”这时突然听

到旁白有人搭话。是一个穿着蓝色滑雪服的年轻人走了过来，戴着遮阳镜。

是谁呢？这体型好像在哪儿见过。瞬间龙实想起来了，是在山上游行活动中给他们带路的年轻的向导，好像是叫高野。

“呀。”龙实笑着打招呼，“昨天谢谢您了。”

“您辛苦了。”高野回应道，“我才要对您说句谢谢呢。谢谢您的帮助。”

“您谢我什么？”

“您不是特意带着我们的巡逻人员去找那位违规滑雪的滑雪者了吗？还是特意穿着登山靴上去的，后来我听说那位滑雪者肋骨骨折，三根。”

“哇。”龙实皱眉，说道，“那真是可怜。”

“可怜之人必有可恨之处，但是，要是找不到人可就麻烦了。听说他当时自己已经不能活动，搞不好会待到半夜，当然，天黑了就不能搜索了。再加上没有御寒装备，很有可能会被冻死的。要真是这样，我们山上游行的路线也会被禁止。最重要的是会对滑雪场造成不好的影响。这次，真是太危险了。”

听高野这样说，龙实也认同了这一点儿。并且，对于滑雪场的严格规定针对的不仅仅是巡逻人员这一点儿有了重新的认识。龙实衷心祈祷在滑雪场的每一个人都不要引发事故。

“我们也会注意的。”龙实说道。

“好的。话说——”高野看了一眼龙实和波川，“您二位在做什么？其实刚才在事务所看见您一直时不时和乘坐缆车的人

搭话。”

“啊。”龙实一边含混着点头一边看了一眼事务所的方向。事务所就在缆车乘坐处的旁边。

“您，不会是在搭讪女孩子吧？”高野说着嘴角露出了笑意。

“不是的，不是那么回事。”龙实赶紧摆手否认，“昨天不是跟您说过吗？我朋友正在找一位一见钟情的女孩子，刚才就是在干这件事。”

高野像明白了一样点点头。

“果然是这样，我刚才就是这样猜测的。”

“有什么问题吗？”

这时高野看了一眼事务所的方向，然后靠近龙实他们说道：“您昨天说，这位女士喜欢到规定以外的雪道滑雪对吗？所以想知道有没有这样的地点。”

“是啊，……莫非，您可以告诉我们吗？”龙实激动得提高了声音。

高野又警惕地看了一眼事务所的方向，然后回头对龙实他们说：“可不能说是我告诉你们的。”

“我们保证。”波川先于龙实铿锵有力地说道。

17

望了一眼夹在建筑物之间的停车场，小杉觉得疲惫不堪。他看到那里停着十几台车，并且有好几辆面包车。因为被大雪覆盖，别说是车的型号，就连颜色都不容易辨认，当然车牌号什么的也不能确认。

穿着租来的滑雪服以及同样租来的长靴，小杉走进了停车场，因为昨天晚上好像又下了雪，每走一步脚都陷进雪里。

小杉走近最里面的那辆车，虽然车看上去颜色和型号都不对，但是小杉还是用脚把盖在车牌上的积雪踢掉了。车牌显示是千叶的车牌号。因为早有心理准备知道反正也没戏，所以也并没有多失望。

隔着这辆车两个车位，有一辆面包车不论是颜色还是型号都

很接近目标车，小杉有些期待地进行确认之后发现很遗憾是爱媛县的车。真不知道这样的车为什么要特意从四国地区开到这里来，小杉迁怒到车用力地踢了一下轮胎。

不用问，他是在找肋坂龙实的车。昨天晚上虽然按照南原的命令出了门，但是走到哪儿都是一片昏暗，最后连自己在哪儿都不知道了。白井用快要哭出来的声音说："这样下去我们俩也会遇难牺牲的。"听起来并不像是开玩笑。而且天气非常冷。于是两人商量明天早起再找，于是他们颤颤巍巍地回了旅馆。

一大早，两人便开始分头找停在村子里的车。从地图上看，大大小小的停车场布满了整个村子。一个小时前，他们把村子分为东侧和西侧，然后通过猜拳确定小杉赢了，他选择西侧。然后，两人吐着白白的哈气出了旅馆。

肋坂龙实的车是一辆四驱的面包车，颜色好像是银色。虽然不停地跑腿寻找总能找到，但是没有比在滑雪场找出这辆车更难的了。虽然都叫面包车但是根据车的种类有些许的不同，再加上又是在雪中很难分辨出来。银色这种颜色也给人造成了麻烦。被雪覆盖之后，哪辆车看起来都是银色，再加上南原指示说，买车的时候是不是给车重新喷了漆这一点也要考虑进去。结果，只要看到高一点儿的车都会确认一遍车牌号。

小杉想要去查下一辆车的时候，电话响了，心想南原真是麻烦啊，所幸这次是白井。

"找到了吗？"接通电话，小杉问道。

"没有找到。"白井回答得很干脆。

就知道事情不会这么简单的。小杉想。

“什么情况？”

“村子东侧一半已经查完了。”

“好快啊，我才查了三分之一。”

“可能是风向原因，这边的车上没有积雪。所以很远就能确认车的种类。”

原来是这样，好不容易猜拳赢了，小杉有些后悔选了西边。

“怎么办？还要继续查吗？”看来白井想放弃了。

“不接着干又会被长脸系长训的。”

都怪南原。

“是啊，我明白了，我继续查。”白井回答道。小杉想象到白井在雪中一下子站起来的样子。

小杉看到下一辆要检查的面包车，在两排车的最里面，别说车牌号，就连车的种类都不能分辨。但是又不能当作没看见。所以虽然很麻烦，但是只能走近一点儿确认了。

本来就狭窄的车距加上积雪更难行走。小杉侧过身子，像螃蟹一样慢慢移动。艰难地挪到目标汽车边上，想要看一下车牌号码的时候，发现因为和前一辆车的距离太近，无论如何都看不见。

小杉咂舌，想要挪到后面看一下车后面的车牌号，但是后面又离墙太近看不到。小杉注意到这辆车和肋坂的车是同一类型。所以他想必须确认一下才行。既然看不到车牌号，那只能先确认一下车里是什么情况了。

小杉擦掉落在车窗上的积雪向车里看。因为光线太昏暗看不

到，所以小杉只能把脸贴近玻璃，盯着里面看。里面好像有一团毛毯类的东西，还有几个便利店的袋子。看上去不像是野营用的。正在这时就听到后面有人说话。

“喂，你！”

小杉并没有认为那人是在跟他说话，继续向车里看。这时就听到对方更大声音地说道：“喂喂，说你呢。”

小杉起身东张西望。就看到停车场的正中间站着一个穿防寒外套的女人正盯着他看。

“你是说我？”小杉指着自己的鼻子问。

“对，就是。你在那干吗？那是我的客人的车。”

看来是停车场的管理员。

“那个，我在……嗯……”小杉心想糟糕，一边又像螃蟹一样从车旁挪开了。

小杉一边想着说辞，一边走向女人。如果就这样明目张胆地逃走很有可能会被通报。

这时，女人突然说话了：“哎？你是不是昨天来店里的客人？”

“啊？”小杉抬头和女人对视了一下。女人头发扎在后面，脸上也没有明显的妆容，三十五岁左右的样子，防寒外套很能凸显身材。

小杉并不记得见过这号人物。正在想是谁的时候，女人用力点了点头，说道：“果然是昨天那个奇怪的客人。你不是说在找有钱人家的小甜心吗？”

听她这样说，小杉终于有点儿印象了，重新看着女人，刚才

看完全想不起来是谁，这时再看看轮廓和眉眼，终于想起来了。“啊，居酒屋的老板娘？”

“对对。”老板娘笑着点点头。她在店里穿的是和服，现在显得更年轻。可能是没有化妆的原因吧。

“昨天多谢款待。”小杉说道。

“谢谢您的光临。随时欢迎下次再来。”老板娘低头，紧接着却又说：“我很想这样说，但是——”老板娘抬起头来又说：“这是两回事，如果你对我客人的车做出什么不好的事的话，我可不会放任不管的。”

“我怎么会做什么坏事……这是您家的停车场吗？可是离您家的店很远啊。”

“除了那家居酒屋，我们还经营旅馆。”

“就在那。”老板娘抬了一下下巴指向对面的建筑。那是一家很有日式风格的旅馆，牌子上写着：木梨。这么说来，小杉记得昨天的酒馆也叫这个名字。

“所以呢？你在这里干吗？”老板娘锲而不舍地追问。

“没干什么。”

“不是吧。我看到你向别人的车里看了。不说实话的话我就报警了。”

“哇，你等一下。”小杉伸出右手说道，做了停的动作，“我明白了，我说。就是昨天跟您说的小甜心的事。我们已经知道他开什么车了，于是就想会不会就停在附近，所以到处找找，刚才我是在确认车牌号。”

老板娘用怀疑的眼神盯着小杉看，很明显并不相信他。

“没骗你，是真的，你相信我。”

然而老板娘并没有改变怀疑的态度，她双臂抱在胸前问道：“是哪里的号码？”

“嗯？什么哪儿的？”

“就是你在找的小甜心的车的车牌号？是长野县的吗？还是东京的？”

“不，哪儿都不是，是丰桥地区的。”

“丰桥？”老板娘说道，这时她的表情不是讶异，而像是在思考什么。

“有什么问题吗？”小杉问道。

老板娘用探究的眼神看向小杉，说道：“你，到底是什么人？”

面对这么有压力的质问，小杉显得有些狼狈，说道：“什么什么人？”

“但是丰桥的车牌号，不应该是这样的吗？”老板娘说着向小杉举了一个四位数的数字作为例子。

小杉忍不住屏住了呼吸，重新看着老板娘。因为她说的就是龙实的车牌号。

“果然是这样。”老板娘看着小杉，“你说在找小甜心是在撒谎吧。”

“老板娘你是从哪里知道的那个车牌号？”

“是我在问你，回答我。你到底是什么人？”

看着小杉沉默不说话，老板娘从大衣口袋里拿出手机。

“你不说我就报警。这样倒省事了。”

小杉吐了一口气想，看来只能表明身份了。

“知道了，我告诉你实话，你把手机收起来。我是干这个的。”小杉说着拿出了警察证件。

老板娘皱起了眉头，显然很意外。但是，她又重重地点了几次头，说道：“果然。我就猜测你是不是警察。”这时候，老板娘已经在用礼貌体的语言说话了。

“果然……是什么意思？”

“昨天半夜，从村里的旅馆工会收到了一份传真，上面写着我刚才说的车牌号码。”

“从旅馆工会收到的？怎么回事？”

“我还要问你呢？总之我也不明白。”

“传真上说什么？什么样的传真？”

“什么样的传真我也说不清楚，总之你先跟我来。你看到就明白了。”老板娘转身走了。

小杉跟在老板娘的后面，从玄关处进了旅馆。老板娘走进收银台，从里面拿出一张传真。

小杉接过传真，看到收件人是“里泽温泉旅馆工会的各位”，主题是“长野县警察关于车辆的调查”。然后就是车辆的车牌号码，如有发现请与长野县警方联系。当然，车牌号就是肋坂的车牌号。

“原来如此。”小杉小声说了一句，把传真还给了老板娘，说道，“原来是这样。”

“这是怎么回事？收到传真之后我立刻给工会的事务局长打电话，对方说他也不是很清楚，让我们照警察说的做就行。您是叫小杉对吧？如果您了解情况，能不能告诉我？”

“我会说明的，但是在此之前，请让我把我的同伴叫过来。”

18

下了双人吊椅之后，龙实向四周看了看，然后波川也向四面八方看了看。

要是一般正常的滑雪的话，从这里开始有两个选择，一是从刚才下车的地方的两侧滑下去，二就是从另一条名叫 Sky Highway 的长长的雪道滑下去。Sky Highway 是里泽温泉有名的雪道之一。

但是，龙实他们并不是单纯地滑雪。

“在哪儿呢？”龙实自言自语道。

“他说是下了吊椅，向右走。”波川一边转述着高野说的话，一边用手指指右边，“暂且朝这边走吧。”

在从来没有到过的滑雪场里第一次滑雪，不管是多么熟练的人都会有些紧张。更何况是到规定以外的地方去滑雪，比起兴奋，

更多的是紧张。最终，龙实他们抱着怀疑又心虚的心情在滑雪。

不一会儿，前面出现了一个上坡。当然这时候就不能用滑的了，他们停下了，脱下滑板，抱在手上开始步行。看了一眼脚下，发现几个脚印。

坡度越来越陡，但是不管怎么说，路好像是没错。因为不仅是脚印，还有双滑爱好者穿着滑板登山的痕迹。

在上坡的过程中有道拦截的绳子，但是脚印并没有消失，一直向前。

龙实和波川抱着滑板从绳子下面钻了过去。上山的小路还在向前延伸，但是不会是正路，而是违反规定的滑雪者的自己开辟的，也就是所谓的“野兽之路”。

就这样走了一段之后，视野开阔起来。他们看到有一块足球场大的空地，看起来像是一群人用脚踩实的。应该是滑雪者在这里穿装备的场地。再向前看，没有了脚印，取而代之的就是滑雪板向前滑行的痕迹。

龙实感叹道：“要不是有人告诉我们，应该怎么也找不到这里来吧。”

“确实是这样。”波川回应道，“果然是山上的事还是问当地人最好啊。”

高野告诉他们，如果以这里为大本营的滑雪场的人想要感受粉雪带来的乐趣的话，来这里最好不过了。

龙实把滑雪板放下，坐下准备穿装备。

“你干什么？”波川问道。

“什么干什么？穿上滑板啊。”

波川把滑雪板插进雪里，非常无奈地说道：“你是傻瓜吗？”

“啊？”

“穿上滑雪板之后呢？开开心心尽兴地滑雪吗？这样能找到‘女神’吗？”

“不会很尽兴就不能滑吗？”

“天哪天哪。”波川不停地说着并摊摊手，“你怎么滑？漫无目的地滑雪只会降低你见她的概率。这里是滑雪的起点，也就是说想要滑下去的人必须经过这里。”

龙实终于明白了波川想说什么：“你是说守株待兔？”

“你终于开窍了。”说着波川把滑雪板反扣在雪面上，坐在了旁边。

确实，波川说的方法最有用。和同伴走散的时候，最好的办法就是原地不动等待，这是滑雪场的定理。龙实也把滑雪板反扣在雪面上，坐了下来。

不一会儿出现了一个三人组，但是并没有穿着红白相间格子衣服的人，而且看体型应该都是男人。他们看到龙实他们多少有些惊讶，但是确定和他们没有关系之后，整理装备向树林中滑去了。应该是当地人吧，感觉他们很熟悉地形，滑行得很熟练，扬起的雪增添了华丽的色彩。

“唉。”龙实不自觉感叹，“看他们滑得多爽啊，我也想滑雪啊。”

“你就别抱怨了，你看看陪着你来这里的我。”波川有些生气

地说，“一只狗面对一堆好吃的，哦不，这还不足以表达我的想法，应该说就像一个美女脱光了躺在床上向你招手，但是你却连一根手指都动不了。嗯，就是这么煎熬。”

“那……听起来是挺煎熬啊。”

“简直就是如地狱一样苦。等这件事了结了你要请我吃饭。”

“我保证。不管是猪肉杂菜饼还是大份的炒荞麦面，什么都可以请你吃。”

“你就想用这些便宜货打发我？我还要一份特制猪肉泡菜。”

“可以啊。再加上一份什锦拉面。”

“哇哇，真好啊。”

“什么呀，说得我肚子都饿了。”

“我也是。这个话题到此为止。”

就在他俩说话的时候又有几个滑雪者出现，在龙实他们羡慕的目光中，消失在积雪漫漫的树林里。他们当中不少人还兴奋地大叫了几声，那时，龙实真想把耳朵堵住。

结果他们在那里等了将近一个小时女孩也没有出现。

“我换个地方钓鱼吧。”波川半开玩笑地站起身来说道，“我们再去问问高野，让他再告诉我们一些类似的场地，肯定还有好多。”

“他会告诉我们吗？”

“可能很困难，但是只能去求他了。”

他们穿上滑雪板，进了树林。因为已经有十几个人进来过了，所以几乎没有未涉足的区域了。但是，即使是这样，在不可能中

寻找可能也是滑雪者天性。比如明知道在下山的过程中偏离雪道会很危险，但是还是想抄近路。这种冒险常常以徒劳无功结束，但是因为在这过程会有发现别人未涉足的粉雪区域而惊喜，所以怎么也戒不掉这样的习惯。

龙实他们像平时一样穿梭在林子里，慢慢地龙实注意到树林越来越密集。树木变多意味着滑行难度变大。他看了一下周围，放缓速度，最终停了下来。本来应该在他前面的波川现在不见了踪影。

龙实四处张望也没有看到波川。这是哪儿，龙实自己也搞不清楚自己在哪儿了。

糟了，龙实焦急地想。本来他还知道大体的方位，但是可能在下山的时候忘记留意了。

“波川！”龙实试着大声喊波川的名字，但是除了回音之外，没有听到任何回应。

“糟糕。”龙实摘下口罩大口地呼气。最主要的是这里是禁止滑行的区域，他还是第一次来。这儿的地形到底是什么样的他完全不知道。如果盲目地继续滑行，很有可能掉进沼泽或者坠崖，遇上雪崩也很恐怖。

这时候该怎么办是大家都知道的。那就是回到原来出发的地方，这样做是最安全的。虽然非常麻烦但是没有别的办法。

龙实回头望着斜坡。看着郁郁葱葱的森林，龙实已经不知道他是从哪个方向来的了。为了回去的时候不迷路，最好的做法就是沿着来时滑行的痕迹走回去。

就在龙实决定放弃离开滑雪场的时候，弯腰准备滑行的一刹那，他看到树丛间一个红色的身影一晃而过。她用非常快的速度移动，不一会儿就滑近了。当然这时候，龙实已经能够看出来是个滑雪者了，也就是在明白过来的一瞬间，龙实惊了。尽管坡度很急，树木很密集，滑雪者的速度依然不减。

那位滑雪者就在离龙实几米远的地方扬起雪烟转换着方向，方向坚定地滑行着，好像对这里的地形非常熟悉。

看到滑雪者的背影，龙实感觉一股电流流过身体。大胆而又积极的滑雪形式、正确熟练的控制滑雪板的技术——这个女孩无疑就是可以拯救龙实于水火之中的“女神”啊。更重要的是她的服装让龙实更加确信，是红白相间的颜色。准确来说是白底红波点的花纹。就是这样，龙实的记忆一下苏醒过来，在新月高原滑雪场遇见她的时候女孩就是穿的这个花纹的衣服。之前虽然一直没有想起来，但现在看到了却觉得印象深刻到不可思议。而且她的安全帽是黑色的，裤子是浅蓝色的。

龙实知道现在不是发呆的时候，他迅速滑行着追了过去。龙实也穿梭在树林间，心想这次绝不能跟丢了。

但是女孩的滑雪技术真是不同寻常，每当龙实为了避开树木稍微减速的时候就会被落下一大截距离。龙实一边克服将要撞上树的恐惧一边拼命追赶，浑身冒冷汗。

就在龙实想着必须要追上，勉强自己在树丛之间强行穿梭的时候，感觉脚下被什么绊住了。糟了，龙实想，但是已经晚了。就像在柔道比赛过程中被人用脚绊倒一样，龙实身子向前飞了出

去，在雪地上打了个滚。

龙实想迅速起身，但是护目镜上沾满了雪什么也看不见，急得龙实连帽子一起摘了下来，向远处看去。

女孩的身影已经远了。伴随着华丽的雪烟，女孩消失不见了。看来，是滑向山的那头去了。

龙实不能动弹，就这样坐着发呆，在震惊一直寻找的对象突然出现的同时，又不愿相信自己把她跟丢了，龙实有些懊恼地想，怎么会这样——

“喂。”龙实听到有人在喊。是熟悉的声音。他四处张望，又听到相同的声音。

龙实向斜坡望去，看到波川正小心翼翼地从树丛间向下滑过来。

19

看过传真之后，白井眼睛瞪得圆圆的，看着小杉。

“这个，是怎么回事？为什么长野县的警方在找肋坂的车呢？”

“你认为呢？”

“是因为警视厅的请求吗？”

小杉慢慢地点点头，说道：“只有这样才说得通。”

“等等，那这么说，搜查总部的人已经知道肋坂逃到哪里了吗？”

“我想不会，如果是这样，那长脸系长应该会跟我们说的。”

“那为什么长野县的警察会这样做呢？”

“你不明白吗？”

听到小杉这样问，白井稍微思考了一下摇摇头说道：“不明白。”

“是吗？”小杉从白井手里拿过传真，重新看了一遍之后放在了桌子上。他只能想到一个可能性。

老板娘端来两杯热茶，礼貌地放在桌上。小杉说了一声谢谢。

他们现在正在“木梨”旅馆里。两人脱了滑雪服，并排坐在沙发上。

茶香慢慢从茶碗里飘出来，喝一口，身体从内暖到外。“啊。”两个人不自觉满足地发出一声感叹。

“有这杯茶真是太感谢了。”白井说出了自己的感谢。在外面转了一圈，他的身体也冻得不行了吧。

“您的同伴已经来了，您能继续刚才的话吗？”老板娘看着小杉说道。她跪坐在桌子旁边的地板上，面前放着刚才拿出的名片，上面写着：川端由希子。

小杉听后皱起了眉头。

“只有我们坐着吗？这样说话太不方便了，您也坐下来吧。”

但是老板娘却摇摇头。

“我是不可以坐在沙发上的，被客人看到就不好了。我在这里就好，您接着说吧。”

“您说到哪儿了？”白井问道。

“刚说到开头。”

“开头是指？”

“在调查杀人案。”

老板娘用手敲了一下传真说道：“我嫁到这已经有十五年了，从工会出来这样的传真，如果我没记错的话还是第一次。至少在

我的记忆里是这样。我一直在想到底发生了什么事呢，原来是杀人事件。”

“现在还没有确定真正的犯人，只能说有锁定的嫌疑人。”小杉说道。

“对我们老百姓来说都一样，很恐怖。不管怎样，要赶紧抓到人才行啊。”

“明白，所以我们才到这里来的。”

“但是只有你们二位不是吗？为什么这么少的人呢？就算是乡下的村子，也不能这样过分吧？”老板娘的语气有些不满了。

“这个，情况说起来就复杂了。”

“什么情况？为了抓杀人犯却吝惜人手，这不是太奇怪了吗？长野县的警察也是的，虽说是发生在东京的事件，但是明知道杀人犯逃到了这里，却只是让旅馆的工会发一封这样的传真，这不是渎职吗！”老板娘说得有些兴奋了，不由自主地提高了嗓门。

“太大声了。”小杉伸出手阻止她，并朝着门口的玄关处看了一眼，正好看到一家三口正准备出门去滑雪。

“您走好。”老板娘笑着对他们说，然后转身盯着小杉说道：“请您解释一下。”

“现在就解释，长野县的警察没有做错什么，估计他们也是按照警视厅的要求办事。想确认长野县境内所有滑雪场的周边有没有发现这辆车——是所有滑雪场附近。并没有确定是哪一家滑雪场。”

老板娘不能理解地摇摇头问道：“为什么？”

“因为不能确定。不仅如此，我想不仅仅是对长野县的警方有

这样的要求。新潟县、群马县、福岛县，凡是管辖内有滑雪场的区域应该都收到了同样内容的请求书。”

“为什么要这样做……”

“因为搜查本部只知道嫌疑人逃到了滑雪场，具体哪里的滑雪场并不清楚。因为要搞清楚这点，所以才对所有的有滑雪场的区域做出这样的要求的。”

“原来是这么回事。”白井说道，用右拳打在左手上，“并不是只针对这里啊。”

“只有这一种解释不是吗？”

“确实是这样。”白井频频点头。

小杉拿起传真说道：“从警视厅给长野县警方的信息来看，只有车的特征和车牌号对吧，如果给这样少的信息要求很多的话，也是为难各县的警察。即使让滑雪场周边所辖范围内的警察做出对应，人手也有限。没办法，只能联系滑雪场的旅游观光协会和工会来收集信息，所以才有了这份传真。”

“那也就是说不能确定犯人逃到了里泽温泉村对吧？因为滑雪场有很多，那么也就是说其实没有逃到这里的可能性更高对吧？”

面对老板娘不停的追问，小杉没法直视她的眼睛，更没有办法说出那句“就是这样”。

但是，老板娘皱着眉头摇了摇头说道：“那这不是很奇怪吗？既然这样为什么小杉警官要来这里呢？还是向全国的滑雪场都派了两个人，他们也像您一样这样走访调查，查找车辆

呢？虽然我不太了解你们警察是怎么办案的，但是我想应该不是这样的做法吧？”

“不不不，嗯，情况很复杂。”白井慌忙说道，“当然不会向所有的滑雪场派人去查。这是不可能的。是的。但是，在日本有代表性的大型滑雪场，以防万一还是要派人来看一看的，所以里泽温泉滑雪场这边就派了我和小杉前辈——对吧？前辈。”

面对求助自己配合的白井，小杉并没有回应。白井都快哭出来地叫了一声：“小杉哥？”

“到底是不是这样，小杉警官？”老板娘冷着脸问道，“事情是像这位说的那样吗？”

正当小杉犹豫着不知怎么回答的时候，放在滑雪服里的手机响了。“不好意思。”小杉从口袋里拿出手机对老板娘说了一句，和他预想的一样，是南原打来的。

小杉站起来，和老板娘他们稍微拉开一点儿距离之后用毫无感情的声调说道：“早上好。”

“什么早上好？哪里早了？你到底在干什么？”南原一大早起来就怒吼。

“按照您的指示，我们正在到处查找温泉村的车辆。”

“然后结果呢？找到了吗？”

“要是找到了早就跟您联系了。”

一瞬间的沉默之后，小杉听到“咣当”一声，应该是南原踢飞椅子的声音。

“你这是什么态度。”

“这不是重点，系长，我们听说了另外一件奇怪的事。”

“奇怪的事？什么事？”

小杉把传真的事简短做了汇报。

南原在电话那头“嗯”了一声，接着说：“他们已经做到这一步了啊。本部不仅是对长野县警方能够做出了这样的请求对吧？在管辖范围内所有有滑雪场的区域都下达了查找肋坂车辆的要求吧？”

“……嗯，应该是这样的。”

“不愧是花菱系长，果然大手笔。”

“所以我们也不算不和他们商议，派你们两个去查车的事情。”

“但是如果这样和他们汇报，他们知道了肋坂的车在这个村子里的话，那很有可能比我们早发现肋坂。”

“无论如何想办法解决这件事不是你们的工作吗？”

小杉想问怎么个无论如何法，转念又一想问了也白问，于是转移了话题。

“话说，您查到肋坂他们穿什么样的衣服了吗？”

“哦，这件事啊，还真有一定的收获。从他们参加的社团那边找到了照片。在最近一次合影的时候穿的滑雪服应该就是他们现在所穿的滑雪服吧。一会儿发给你。”

“拜托您了。还有，系长，花菱系长他们还没有找到里泽温泉这里吧？”

“当然了。所以他才向各县的警署都发出搜查车辆的请求不是吗？”

“系长。”小杉用力地握紧了手机，接着说道：“刚才也跟您说了，如果肋坂的车真的在这里的话，很有可能被别人先找到。即使不是这样，以花菱系长大胆的做法，很有可能还有别的办法。所以如果他了解到肋坂他们在这里的话，一切就完了。花菱系长一定会动用一切警力来抓捕肋坂，当然，功劳都是搜查一课的。既然结果都差不多，那我们不如尽快把肋坂他们在里泽温泉的消息告诉他们，这样日后我们在面子上也挂得住不是吗？”

“喂！”南原打断了小杉的话，说道，“你说这话是认真的吗？”

“非常认真。我是考虑到我们警署才这么说的。”

“警署怎样都无所谓，你能这样跟科长说吗？”

“您是说大和田科长吗？”

“是啊。你能告诉他你要给花菱提供能让其立功的信息吗？”

小杉深深呼了一口气说道：“能，您可以现在就把电话给科长——”

“嘟——”电话被挂断。小杉就那样拿着手机贴在耳边站了一会儿，而后不得已垂头丧气地回到沙发上。

“系长怎么说？”白井用试探的眼神看着小杉。

小杉仰起半边脸，耸耸肩说：“他说好好干，一直激励我们。”

“我隐隐约约也听到一些内容，但好像不是您说的那样……”

“他想激励我们呢，我阻止了他。”

“哦。”白井不太明朗的表情微微点头说道。就在这时，他的手机响了。

“啊，是带照片的短信。”白井一边说一边把手机拿给小杉看。

那是一张以雪景为背景的集体照片。穿着五颜六色滑雪服的男男女女摆着各种的姿势。因为大多数的人都戴着护目镜所以很难判断年龄，但整体感觉画风活泼，都是年轻人。

“好像是龙实所在社团的集体照。”小杉向白井解释道。

“好像是，短信上说，从这边数第三个和第五个人分别是肋坂和波川。”白井一边看着短信一边对小杉说道。

照片上的肋坂比着剪刀手。看着照片小杉想，现在的年轻人也还流行这个手势啊。肋坂上身穿着灰色的滑雪服，下身穿着很鲜艳，是粉色，连帽子也是粉色。而波川穿的是蓝色的上衣、黄色的裤子，戴的茶色帽子。

“这还是不能给我提供什么有利的线索啊。”小杉忍不住苦笑道。

一直默默听着两人对话的老板娘此时正一动不动地盯着小杉看。

“我脸上有东西吗？”

“您脸上没东西，但刚才听您打电话，您说出了很多信息。肋坂，是犯罪嫌疑人的名字对吧？从您的意思里您说了很多次那个人现在就在我们村子里。”

“不是，并不是这个意思。”白井插话进来，接着说道：“说的是有这种可能性。经过我们分析，犯罪嫌疑人很有可能潜伏在里泽温泉村。……只是这样，所有的一切只不过是我们的推测——”

“别白费力气了。”小杉拍了拍白井的肩膀看着老板娘说道。“这位老板娘不是那种迟钝到可以相信你话的人。”

“但是……”白井还想说什么。

“事到如今，如果我们还想蒙混她的话，老板娘一定会问，那警察先生您当初为什么要隐瞒查案这件事呢？为什么要谎称是侦探来找人的呢——老板娘，我说得对吧？”

老板娘嘴角露出笑意说道：“所以，您应该能给我一个合理的解释吧。”

“其实是非常无聊的理由。如果我跟您说就像总公司和分公司势力之间的竞争的话，可能更好理解，但是事情比这个还要复杂。”

“小杉哥，小杉哥，您不能这么说。”白井皱着眉头说道。

“无所谓了，我已经厌烦了应付这些钩心斗角的事了。我要把自己想说的都说出来，你就当不知道，出去吧。”

但是白井并没有站起来的意思，俯着身子说：“您不能这样……”

“你不出去吗？会被当成我的同谋哦。”

“算了，我不想成为一个卑怯的人。”

“嗯，随你吧。”

小杉面向老板娘，把两人被派到这个村子的理由——也就是他的直属上司想讨好上级领导，把这样的苦差交给他们做了简单说明。

听了小杉的话，老板娘点点头。

“总之，就是针对警视厅来的大官，您的领导要出其不意攻其不备对吧？所以才隐瞒了犯人逃到这个村里的实情。”

小杉撇撇嘴，耸了耸肩膀说道：“像不像小孩打架？”

“确实。但是，所谓男人，大多数不都是这样吗？”老板娘若无其事地说道，“什么时候都是孩子，总是纠结一些无谓的事，有时还负气出走。他自己这样也就算了，可是却苦了和他相处的人。但是，这也是这个人善良的地方，这么说来，事情又不好办了……”

听了她的话，小杉有些惊讶。本来以为老板娘会更生气，没想到看她的样子好像很理解。

“但是，”老板娘接着说道，“如果是杀人事件就另当别论了。犯人逃到了村子里这么大的事，就因为一个男人的意气用事就只派来两个警察来查这件事，我实在是看不下去。不能说调动所有的警力，但是至少派精锐部队过来，干净利落地解决这件事，难道这不才是一个警察应该做的事吗？”

“老板娘说得很对。”

“您同意我所说的话，”老板娘看着小杉接着说道，“那也就是我可以按照我的意思处理这件事吗？”

“你想怎么办？”

“因为我做的是迎来送往的生意，也认识不少当地的警察，其中也有人有些权力。我想拜托这些人，把现在的情况告诉东京警方那边。这样的话，是叫搜查部门吧，让他们派人过来。”

小杉点点头，说道：“可以。”

“不，这样不好。”白井坐直了身子说道，“这样我们会被开除的。”

“我无所谓了。但是，你还是当作不知道这件事吧。没问题，你放心吧。”

"我怎么可以这样……"白井露出为难的表情。

"真的可以这样做吗？"老板娘再次确认道。

"嗯，可以。"

"没有可能让您的上司也男人一次吗？"

小杉哼了一声说道："要是科长亲自要求我们这样做的话，也倒好说，但是事实不是这样，是系长为了拍科长的马屁命令我们这样做的。和科长没有关系。"

老板娘点点头说道："那事情要是这样的话……"她边说边拿出了放在外套口袋里的手机。看到这，白井痛苦地抱起了头。

正在这时，玄关处的门开了，一个年轻人走进来打招呼说："您好。"

正在拨手机号码的老板娘看到他露出惊讶的表情说道："呀，你怎么来了？"

年轻人走近老板娘，"给您这个，"说着递给了她一个像宣传册一样的东西，"这是明天滑雪场婚礼的资料。"

"啊……哦，明天就是婚礼的日子了呀。"

"请您多多指教。"年轻人低头鞠躬说道，"请务必赏脸光临。"

"告诉叶月，我一定去，我会在最显眼的位置盛装出席祝福你们的。你们也一定要做最好准备闪亮登场啊。"

年轻人笑着低头说："我一定转达。"说完走了出去。

送走年轻人，老板娘看着宣传册，有些沉重地吐了一口气。"是啊，要到日子了啊……"

"明天，是有什么事情发生吗？"

“婚礼。”

“嚯，那真是恭喜了。”

“只是，不是普通的婚礼。”老板娘把宣传册递给了小杉，“是利用滑雪场做场地的婚礼。这还是第一次呢。说起来，也是一次大的活动。”

小杉接过册子，上面大标题写着：展现里泽温泉滑雪场的新魅力！小杉看了看大致内容，意思是这次的婚礼可以说是演习，以此次婚礼为经验，通过这次婚礼发现问题、改善问题，把这样的活动作为滑雪场的一个特色一直举办下去。

“什么呀，虽说是婚礼，原来不是指比较正式的那种啊？”

听到小杉这样说，老板娘一把夺过他手里的册子说道：“当然不是你说的这样，就是真正意义上的婚礼，有新郎新娘在的。他们就是一直住在村里的年轻人。特别是新娘，是我们同行的女儿，是高中时候就非常熟悉的女孩。”

“原来如此，所以您才要在最显眼的位置啊？”

老板娘手里一边拿着册子不停扇动，一边慢慢来回踱步，好像在思考事情。

“你在想什么？现在有比这更重要的事吧。还要不要给你那位能跟上面说上话的警察朋友打电话？”

小杉的话就像开关一样，老板娘停了下来，默默地看着他。“再等一天吧，小杉警官。”

“啊？等什么？”

“就是报告给上面犯人已经逃到这个村子里这件事。明天再报

告吧。等明天婚礼一结束我马上就打电话。”

“为什么？”

“这不是明摆着吗？当然是想让婚礼成功举办啊。明天的婚礼不仅关系着两个年轻人的未来，也关系着滑雪场未来的发展。如果到时候从东京来了很多警察，一切准备和心血就都白费了。”

“那……也确实是这样。”

“对吧？所以再等一天吧。在此之前我不会告诉任何人你们二位的真正身份的。您可以想做什么就做什么。”

“想做什么就做什么……吗？”小杉用手摸了摸鼻子的一边，和白井对视之后，苦笑了一下。

“您二位好像没什么兴致呢。是听到我明天就联系警察所以现在没有追查犯人的打算了吗？”

“不是没有打算追查，是没办法查，只有我们两个，能做的都已经做了，而且我们清楚地知道，不能表明警察身份的我们就是无能小辈。”

“哎呀哎呀，你看起来真是一点儿自信都没有呢。有需要我帮忙的吗？”

听着老板娘若无其事的话，小杉快速地动了一下眉毛。“帮忙？您是说能协助我们调查吗？”

“如果我能帮上忙的话，我也想尽快抓到犯人啊。当然，如果您觉得我碍事的话我就不多管闲事了。”

小杉再次看了看白井，见这位后辈一副正中下怀的样子，他想自己肯定也是相同的表情。

小杉重新面向老板娘，在猜想她是不是认真的。他看到老板娘一脸真诚的表情正等着他回答。看起来不像是在开玩笑，小杉想。

于是他缓缓说道：“您这个人真有意思。”

“是吗？我本来是很认真地说这件事的。不过被您夸奖说是个有意思的女人也不错。先谢谢您了。所以呢？您到底需不需要我帮忙？”

“我们当然想请您帮忙，但是如刚才所说，我们没有一件武器，没有增援，没有当地的支援，就连警察的身份也不能表明。说实话，我们两个人现在已经不知道怎么办好了。”

“这个村子看上去小，但其实出人意料地大呢。而且，这个时期，游客非常多，那么，让我想想应该怎么帮你们呢？”

“与其说您是帮我们的忙，倒不如说很有可能老板娘您是那个起主导作用的人呢。所以我想让您教我们。”

“教你们？什么？”

“那还用说吗？”小杉站起来走到窗边，指着远处可见的缆车说，“当然是在日本最高级的滑雪场怎么玩捉迷藏的游戏啦。”

20

当龙实把他再次偶遇“女神”的事告诉波川的时候，波川一脸不相信的样子，甚至怀疑龙实是不是把一个因为迷路，恰好经过的滑雪者看错当成了“女神”。

“绝对不可能。”龙实很肯定地说道，“她的滑雪技术也非常厉害。衣服也一样，不仅如此，我不知道怎么表达，就是我的直觉，她给人的感觉，整体的感觉很像……”龙实不知道怎么表达，有些语无伦次。

“还有她的气质什么的？”

半信半疑的波川说出这样一句话，龙实马上就说：“就是！就是那股气质。明星艺人和专业的运动选手都有一种独有的气质不是吗？就是那种即使在街上走路都很显得鹤立鸡群，整个身体都

在发光什么的。在新月高原滑雪场碰到她的时候就有这种感觉。然后刚才遇到的滑雪者也是这种感觉。她们有着同样的气场。一定是我前天遇见的女孩没错。”

“好！”波川点点头接着说道，“既然你都这样说了那我就相信你。然后呢，她是在什么时候出现的？”

“我不清楚，肯定不是我们来时的路线。她是从别的斜坡下来的。到底是从哪里呢？”

“这恐怕只有当地人才知道，肯定还有其他我们不知道的入口，毕竟这么大的滑雪场呢，规定雪道以外的地方简直就是迷宫一样啊！”

龙实完全同意波川的话。雪山的地形非常容易让人产生错觉，给人感觉不管走到哪里都是同一景色。有时候明明是感觉自己非常熟悉的地方，但是事实上这是完全不同的地方，产生这样错觉的情况也不少见。

“关键是，她是从哪里下山的呢？”波川说道，“如果我们能知道这一点，说不定能在山下找到她。她刚才往哪边滑去了？”

“那边。”龙实指着女孩消失的方向，“但是之后去哪儿就不知道了，因为我摔倒了。”

“总之，我们现在只能过去看看了。”

两人沿着可能是女孩留下的痕迹滑行着。树木还是比较密集，他们要想像“女神”一样轻快地滑行是非常困难的。他们也再次感知了女孩高超的滑雪技术。

在滑行的过程中也偶尔不经意地碰见稍微开阔一点儿的地

方，这时候以龙实他们的技术也能充分感受到粉雪带来的乐趣了。他们也发现好几条之前滑雪者留下的痕迹——这可能对于熟悉这里的人来说是必滑之地吧。

糟糕的是，这些痕迹中途出现了很多分岔，有的越过了山脊，有的消失在了树林深处。“女神”去了哪里他们完全不知道。就像波川所说，这些痕迹简直就像迷宫一样。

就这样两人也没有明确目标地滑行着，最终上了平坦的路上，而前面就是沼泽地，他们只能绕过沼泽继续滑行。到这里的时候，只有一条路了。

前面有一条绳子拦住了去路，这说明他们马上就要回到正规的雪道上了。这时他们发现一个穿着红衣的人站在前面，不知为什么一直看着他们。

“啊。”龙实认得这件衣服。是昨天在山上游行的时候，在山里碰到的巡逻员的制服。在他旁边的波川好像也注意到了这个人，小声说道：“糟了。”

这种情况下逃走是不可能的。龙实做好了心理准备，低头从绳子下面钻了出去。

巡逻员靠近了他们。龙实也做好了被训的准备，缩着肩。

“嗯？是你们……”他们没想到这位高高大大的巡逻员开口说的是这句话，“你不是昨天那个人吗？”

“啊？”龙实抬起头。

“你们昨天去参加山上游行活动了吧？”

听他这么一说，龙实想起来了，这个人是当时寻找那位失踪

滑雪者的巡逻员，当时是龙实给他带的路。龙实不由自主发出“啊”的一声。

“果然是你们。”巡逻队员神色缓和了一些，龙实看到他胸前的名牌上写着：根津。接着就听他说道：“昨天谢谢你，真是帮了大忙了。”

“没有……刚才听高野向导说，那位滑雪人员，肋骨断了三根。”

“是的，所以能及时找到他真是太好了。再次感谢您。”说着根津再次低头致谢。

“不不，没什么。我只是做了一个热爱雪山的人应该做的。”

“您能这样说真是让人佩服啊。”根津抬起头来看了看龙实和波川，“但是，在这碰到你们，却不是让人佩服的事啊……不不，看来你们是做了不能让人佩服的事啊。”根津指着他们滑过来的地方说道。

“对不起。”龙实开始道歉，“本来我们打算在规定的雪道上滑的，但不知什么时候就认错了路，就偏离了雪道……”

根津面对着龙实，一时沉默了。因为戴着护目镜，龙实看不到他的眼睛，但是，能切实地感受他在瞪着自己。

“撒这种低级的谎可不好。”龙实听到巡逻员冷冷地说，“因为你没有对你说谎的行为反省，所以更不能放过你们。”

“啊。对不起，我们说谎了。”

“你们到底是从哪儿出去的？我也会时不时在这里看守，不是当地人的话，很少有人从这样的地方出来的。”

龙实把他们从 Sky Highway 的背面上去，然后越过绳子都一五一十说了出来。

“原来是从那里啊。”根津点了点头说道。但是，他并不打算放过他们，接着说道：“即使经常来这里滑雪的人应该都不知道那，真难为你们却知道。”

“嗯，我们，感觉吧。”龙实又缩了缩脖子。

“莫非，是有人告诉你们的？”

“不是，那个……”

“啊。”根津像发现了什么，说道，“你刚才说和高野聊天了是吗？是不是听他说的？”

“啊，不是，不是的，是我们自己找到的。和高野先生没关系。”龙实不由自主提高了声音。

“别打算蒙我，除非有人告诉你们，否则你们不可能知道。是不是高野，回答我。”

龙实想还是招了吧，就小声说了一句：“是的。”

根津摇着头。“本来是应该制止别人这样做的人，他到底都做了些什么呀。”

“您别责怪他。是我们求他的。跟他说我们在找人，希望他告诉我们哪里有比较好的粉雪场地。”

根津偏了一下头问道：“你们在找人？”

龙实又把昨天说给高野的话向根津说了一遍。朋友对一位不认识的女孩一见钟情，想要再次寻找女孩，但是只知道女孩来了这边的滑雪场，很有可能在粉雪比较好而别人又不知道的

地方滑雪。

“而且，刚才还看到了一位长得非常像那个女孩的人。”

“啊？在哪儿？”

“我也不知道那是哪里，总之是在规定雪道之外的地方。从和我们完全相反的方向过来，瞬间就消失了。”

“嗯？我十分钟之前到的这里，但是没有看到任何人。”

“这样啊，可能又去别的地方了吧。”

“事情的经过我明白了，但是不管有什么理由，擅自到禁止滑行的区域去滑雪是不允许的。今后再被发现，就没收你们的吊椅券，把你们赶出滑雪场。因为有昨天的事，我也不想在这里跟你们纠缠，拜托以后别再这样做了。”

根津的口气没有高高在上，反而让人觉得很诚恳。既然根津能做巡逻员，那么滑雪经验一定非常丰富，他肯定也知道在未经人工轧过、没有其他人涉足的雪道之外的区域滑雪是一件多么令人快乐的事。但即使是这样，他们还是不能忽视危险性，正是这种使命感让他们采取严厉的态度来对待这件事。正因为有这样的人存在，他们才能安心地来滑雪场滑雪啊。龙实由衷地想。

“我知道了。”龙实低下头说，“今天我们会注意的。”

“拜托了。”根津说完利落地转身走了。望着他高大的背影，龙实想接下来该怎么办呢。要是不到规定雪道以外的地方去不就找不到“女神”了吗？

根津突然停下了脚步，回头看了看龙实他们，犹豫之后再次走了过来，说道：“我也不知道应不应该告诉你们……”根津再次

犹豫了一下，深呼吸了一口，接着说道：“有人在找你们。”

根津的话完全在他们意料之外。龙实疑惑了。

“是什么样的人？”一直没有说过话的波川开口说道，声音里充满了迫切感。

“他对我说是调查公司的人，是个侦探。”

“侦探？”波川惊讶地小声说道。

“昨天在居酒屋碰到的，有两个人。他把照片拿给老板娘看，问有没有来过店里。我有些好奇就问了一下情况，说是正在找离家出走的年轻人，说是你父母雇来的。”

龙实和波川对视了一下，父母雇了侦探来找自己？——不可能啊。

“然后呢？您是怎么做的？”波川问根津，“您跟他们说我们白天参加了山上的活动吗？”

根津正了正护目镜，看着龙实说道：“我跟他说了会比较好吗？”

“啊！”龙实又不由自主地挺直了身子。

“我想你们也有自己的苦衷，也没有义务帮那个自称侦探留着胡子的臭大叔，所以我就说不认识、没见过。如果，这样不好，你觉得我老实回答比较好的话，那我下次见到他们告诉他们好了。”

“不不不。”吓得波川慌忙摆手。

“你没说真是太好了，帮大忙了。虽然你没说具体是怎么回事，但是他们不是侦探，父母雇他们来找我们也是胡说八道。”

根津不置可否，一动不动地站在那里。看来他是在琢磨到底

应该相信谁。

最后，这位身材高大的说了一句："我知道了。对我来说，只要不在滑雪场闹事，怎么样都跟我没关系。这点你们能保证吧。"

"当然。"波川看着龙实说道。

"我保证！"龙实坚定地说。

根津重重地点了点头，刚要转身离开又停下了，微微偏着头说道："你们刚才说，你要找的女滑雪者从跟你们相反的方向过来对吗？"

"是的。比我们钻过的绳子的地方要再靠左边一点儿。"龙实说道。

"原来如此。"根津像是心里有了想法似的说道。

"有什么问题吗？"

听到龙实这样问，根津沉默了。看起来好像并不是在思考怎么回答而是在犹豫要不要回答。

"你们在 Sky Highway 那边滑过了？"

"还没有，就在要去的时候我们去了相反的方向……"

然后就是上了坡，钻过了绳子。龙实没好意思说出来后半句话。

"其实，"根津接着说道，"在一进入 Sky Highway 雪道的地方，有一处淘气的巡逻员想要涉足的地方。"

"啊？是吗？"

"因为 Sky Highway 是依山脊而建的雪道，所以只要你想，从哪里都可以滑下来。有的地方树木比较稀少，只要选对了路线，

就能充分享受粉雪带来的乐趣。但是，因为山下有的地方有沼泽，有几个高处有雪崩的危险，这样的地方是禁止滑行的。雪道两侧有很多积雪，平时正常在上面滑雪的话大家也都睁一只眼闭一只眼，但是，因为是理所当然的事，所以对于知道的人没有效果。如果是对这里非常熟悉的人的话，像今天这样的条件应该是不可能不去那里滑雪的。虽然，加大了我们的工作难度。”

听到这龙实明白了，原来根津帮他们推测出了“女神”会去滑雪的地点。

“谢谢您，给我们提供了重要的参考。”龙实把手放在身体的两边，郑重地低头道谢。

“谢我就不必了，但是，你们绝不能再到规定雪道以外的地方去了。”

“是，我们发誓。”

听到龙实坚定有力的回答，根津挥挥手走了。

波川走到龙实身边问道：“怎么办？”

龙实做摊手状，说道：“你没听到他刚才的话吗？我们去 Sky Highway那边看看。守株待兔的话，我们要找的女孩可能会出现。”

“好，我也这样想。但是自此之前有件事必须确认吧。”波川说着指了指龙实的鼻子，“就是到底是谁在找你。”

为了打公用电话，他们不得不回到昨天晚上的便利店。龙实想起来最近有报道说现在小孩子都不知道怎么使用公用电话了。

波川像之前一样拨通了藤冈的手机。

“我是波川，之后，那边有什么动静吗……当然是指警察的行

动啊。有听到什么新的消息吗……嗯，啊，果然是这样啊。”波川手里拿着电话，面对着龙实，说道：“今天早上警察联系他要求把迄今为止去过的滑雪场和住宿的地方全部汇报。”

龙实叹口气，点点头。想到从波川公寓出来被监控录像拍下来的时候就知道他们来滑雪场的事一定会被警察查到。

“然后怎么样了？你把我们住过地方的资料给他们了吗？”波川接着问藤冈。

“……嗯，没关系，没有必要隐瞒。全部给他们也没关系。反正我们现在在的地方是我们社团从来都没有来过的地方，我也是第一次，肋坂也是第一次……不能告诉你啊……不是，不是不相信你。只是为了以防万一……提示？雪质很好。但是，我们也没时间游玩。我们又不是来玩的。……跟你说了说来话长。等所有事情都告一段落了就告诉你。那我先挂了……嗯？你说什么？衣服？”波川的脸色阴沉下来了，接着他说：“……嗯。那又怎样……啊，那时候的照片啊……原来是这样。我知道了。”

波川放下电话，侧了一下头，取出了电话卡。

“怎么说？”龙实问。

“说一个警察来问他有关我们穿的衣服的事。”

“衣服？是这个吗？”龙实指着自己的滑雪服说。

“是的。”波川回答道。

“藤冈被警察要求尽量准确地说出我们在滑雪场时是什么样的装扮。上下身衣服的颜色花纹，还有帽子手套。还说想看到照片，于是藤冈就把我们去年一起出去的集体照给他们了。”

那张照片龙实也有。当时龙实穿的是灰色的滑雪服、粉色的裤子，帽子也是粉色，和现在穿的一样。而波川当时穿的是蓝色的滑雪服和黄色裤子，也和现在没有什么两样。

“我们整理一下。”波川说道，“现在警察已经知道我们来滑雪场了。但是，我想他们还不知道我们具体去了哪里的滑雪场，所以才向社团成员问我们之前去过的地方。到这里你有异议吗？”

“没有。”龙实回答道。

“一方面，警察在调查我们现在穿的衣服。这里应该怎么理解他们的行为呢？只有服装这一个线索，难道他们想向日本所有的滑雪场派人找我们？”

“不会吧……”

“我也认为不可能。但是，有没有可能他们根据什么线索已经知道我们在哪里的滑雪场了？”

“什么根据？他们应该没有办法知道我们来这里啊。”

“我也这样想，但是让我不放心的是那个叫根津的巡逻员的话，就是他说有个自称侦探的人在找你。”

“那，那个人，是警察？”

“如果是这样，那就和我们刚才推断的矛盾了。警察应该还不知道我们去了哪里的滑雪场。而且，如果是警察的话，他就不会隐瞒身份啊。”

“那，到底什么人？”

“不知道。又或许不是警察，而是追踪这件事的人。他想越过警察这方面。”

“越过警察？莫非是周刊的记者？”

“我们假设是这样。”波川看着龙实，又侧了一下头。

“然后呢？”

“不，你又不是名人，只是一所二流大学的大学生，即使越过警察这边，也不会有什么大的新闻。”

虽然波川说二流大学让龙实有点儿不爽，但是也没有反驳他，而是说道：“有道理。”

“所以应该就是警察，只有这样才能解释通。但是他为什么谎称自己是侦探公司的人呢？嗯，想不通。”

“话说回来，他们是怎么知道我们在这个村子里的？”

“这也是个疑问。”波川双臂交叉，说道，“可能是到处走访调查出来的吧。”

龙实原地踏步说道：“怎么办才好啊？”

“总之，现在有件事我们必须做。”

“什么？”

波川摘掉帽子说：“换衣服。”

21

桌上放着两张老板娘展开的地图。一张是里泽温泉村的地图，上面详细地记录着各式各样的住宿设施和商店；另一张是滑雪场的地图。

“好了。我们来开一个作战会议吧。首先我想问的是犯人是怎么来到里泽温泉村的呢？”

“我啰唆一句，还没确定是犯人，是嫌疑人。”

听到小杉的指责，老板娘皱起了眉头，说道：“这个时候就不要纠结这种小事了吧。因为我们没有时间了。话说，到底是什么情况？犯人来这个村子的理由搞清楚了吗？”老板娘左右看了看两个人，最后把视线放在了白井身上。

白井动了动嘴唇，最终做举手投降状。

小杉说道："完全不知道，现在只知道他们乘坐的汽车导航的目的地设置在了这里的滑雪场，并且外出时携带了滑雪板。"

听到小杉这样说，老板娘眨了好几下眼睛，最后用不可思议的眼神轮番看着两个人。

"怎么了？"小杉问。

"什么怎么了啊。为什么不早说呢？"

"你是说……"

"就是他们带着滑雪板出门这件事啊。如果是这样犯人的目的不就很明确了吗？"

"为什么，你的意思不会是说他们是来滑雪的吧？"

"你是说没有这种可能吗？"

"当然啦。作为一个杀人的嫌疑犯，都能知道要手机关机，当时是有逃跑的意图，这样的人怎么有闲情逸致来这里滑雪呢？"

"那我就要问问你了，一心想要逃跑的人为什么出门还要特意带着滑雪板呢？理由，你能告诉我吗？"

老板娘的指责奏效了。其实这也是小杉自己想不通的事。

"搜查总部的分析是，为了混淆搜查人员的视听，让他们以为逃跑的目标地点是滑雪场。"

老板娘默默地笑笑，摇了摇头，说道："那他们穿上滑雪服就可以了。两位警官拿过装滑雪板的箱子吗？不仅很重，而且非常不容易放上车。如果不是来滑雪，那只会成为他们的负担。"

"但是他们是被怀疑的犯罪嫌疑人啊，在逃跑过程中还有心情去滑雪也太……"

“是啊，这说不通。”白井帮腔小杉。

“不仅您二位，算上东京搜查部的各位，是不是最初的思路就错了呢？我从一开始就比较在意这件事。”

“思路错了？怎么错了？”小杉问道。

“我也不认为他们会在逃跑过程还有闲心去滑雪。我想，如果他们真的打算逃跑的话，应该会先做好计划，比如潜伏在哪里，逃跑过程需要用到的钱怎么解决，等等。但是，事实上他们不是这样做的。要是他们为了滑雪才逃跑的话，我倒是能理解了。”

“为了滑雪？”小杉没有完全理解老板娘话的意思，看了看白井，白井也摇摇头。

“犯人很喜欢滑雪对吧？”老板娘确认道。

“据说是，在大学还加入了相关的社团。”

老板娘挑了挑眉毛，说道：“什么嘛，犯人是学生吗？”

“是啊，我没说过吗？”

“我第一次听你说。顺便问一句，所谓的杀人事件是有计划性的吗？还是失手杀人？属于哪一类？”

“从现在的情况来看，整个事件被认为是有动机性的，嫌疑人以盗窃钱财为目的潜入到别人家里，被人家发现，不得已杀人。”

“原来如此，如果是这样的话就能说通了。”

“什么意思？简单明了地向我们解释一下。”

“不是什么难懂的事。要说的话，就是最后的晚餐的意思。”

“我想那个学生其实已经做好了被捕的准备，但是在此之前，哪怕只有一次，他想感受一下在最好的滑雪场滑雪的乐趣。在尽

情地滑完之后，没有什么遗憾了就向警察自首——他是这样打算的不是吗？所以说是最后的晚餐。对于滑雪爱好者来说，在最好的滑雪场滑一次雪就像临刑前的大餐一样。”

“哦。”小杉叹了一口气，身子靠在了椅背上。“你说的真是让人难以理解啊。”

“小杉警官，你有用滑雪板滑雪的经历吗？”

“完全没有。普通的滑雪的话年轻的时候倒是稍微玩过一点儿。”

“所以你可能就不理解了。那，如果我这样说呢？你有一个非常喜欢的女孩子，被捕之后就再也见不到她了。那你会怎么办？难道不想在被捕之前再见她一面，抱抱她吗？”

“你是说，对于肋坂来说，来这里滑雪就和见心爱的人最后一面是一样的？”小杉不经意间说出了嫌疑人的名字。

“对于那个人来说，什么才是最重要的呢？可能众说纷纭，虽说他这样做可能是为了混淆视听，判定他逃跑是不是太草率了些？除此之外，犯人特意拿着滑雪板逃到这个地方来还有别的理由能解释吗？”

白井看着找不到理由反驳的小杉陷入了沉默，然后举起手说道：“老板娘一票。我也非常同意她的观点。肋坂没有要逃跑的意思。他在这里玩够了，就会毫无遗憾地去自首。而和他一起的波川知道这件事之后，决定陪他一起来——这样想的话，事情就合理了。”

小杉紧闭着嘴，最后终于低声说了一句：“嗯……有一点儿道理。”

“既然你们接受了我的观点，那么，接下来，要怎么办呢？”

老板娘又开始盯着小杉看。

“你想说什么？”

“犯人没有要逃跑的意思。但是，就算是最后的晚餐，也不可能一滑雪就滑好几天吧。反正他早晚都是要去自首的，那就没有必要慌慌张张地追查他了吧。因为如果他要去自首的话是可以减轻罪行的吧？我想这对他们自己也有好处。”

“嫌疑人没有打算逃跑这件事只是老板娘你单方面的臆测。就算他现在没有这个打算，日后也十分有可能改变主意。所谓‘不管怎样，反正……’这种过于乐观的见解根本是不成立的。因为你好像理解错了，即使他们现在找到警察也不能构成自首。自首是指在犯罪事实没有被发现，警方完全没有掌握罪犯目标的情况下才成立。”

“是吗？所以还是要去追查？”

“当然，这是我们的工作。”小杉说道。

“哦。”老板娘有些失望泄气地说道，“我知道了，既然说了帮忙，就一定会帮你们到最后的。我再啰唆一句，犯人来这里的原因是想滑雪这点你们是认同的对吗？”

“那……就算是吧。”说着小杉摸了一下鼻子。

“要是那样的话。”老板娘把目光放在了摊在桌上的地图上。接着说：“您在这里就是浪费时间，需要调查的地点不是村里，即使再走访旅馆和商店也不会找到人的。”

“那我们应该去哪儿？”

老板娘站起来，笑着指了指窗外，说道：“小杉警官刚才不是

说了吗？捉迷藏游戏的舞台是这里的里泽温泉滑雪场。您说过年轻时候也滑过雪对吗？那就让我们好好见识见识您的风采吧。好了，我们出发吧。”

22

听了波川的话，高野惊讶地眨了好几次眼睛，说道：“你是说……衣服？”

“是的，什么样的衣服都行。旧的、烂的都行。甚至，不是单板滑雪穿的滑雪服都行，普通滑雪穿的衣服也行。”波川一边说一边向周围看。应该是在确认有没有人注意他们吧。这样的担心龙实也有，他在边上听着他们两个人的对话，每当入口有人进来他都要看一下。

他们现在正在当时申请山上活动的事务所，两人把高野叫出来，到角落里说话。说话的内容当然就是拜托高野能不能借给他们两件滑雪服应急用。不出意料，高野非常惊讶。但是现在对于龙实他们来说，能求助的人只有他了。

“要是衣服的话，只要我跟当地的朋友说一下，要多少都能凑出来，但是是谁穿呢？不能租借吗？”高野问出了谁都会问的问题。

波川看了看龙实，龙实点了点头。他们已经事先商量好了如何跟高野解释。

“其实，”波川开口说道，“我们现在正在被人追。”

高野惊得后退了一步。

“但是，请你放心，并不是大惊小怪的事。其实他是在爱知县也能屈指可数的财阀家的未来继承人。”波川指了指龙实，接着说：“所以他走到哪儿都有保镖跟着，要不就是有人陪着，行动非常不自由。在这样每天窒息的生活中，唯一能让他喘口气的就是滑雪。因为只有这时候他的保镖和随从才不会贴身跟着他。所以，前几天他自由地滑雪时碰到了一个女孩，然后对女孩一见钟情。”

“啊？”高野身子微微后仰说道，“这件事不是说是他的朋友吗……”

“对不起。”龙实道歉，“因为当时不好意思，说谎了。”

“这样啊。”

“请原谅我们说谎这件事，”波川用很认真的表情说道，“因为毕竟他是没有怎么谈过恋爱的小孩子。但是这次他是经过深思熟虑，无论如何都想要见那个女孩一面，还说见不到就去死什么的。”

“那就……”高野睁大眼睛看着龙实，像看一只怪兽一样，接着说：“那就糟糕了。”

“所以作为朋友的我决定帮帮他，但是难办的是，他不仅不知道女孩的联系方式，甚至连女孩的名字都不知道。唯一的线索就是听说里泽温泉滑雪场是女孩的大本营，她滑雪技术非常好，喜欢在树林里滑雪。所以我们才找到了这里来，但是，就像我刚才说的，他被事务缠身，不允许自由行动。寻找女孩之旅这样的事根本不能被理解。毕竟，他的父母已经为他指定了结婚对象。”

波川正在兴头上，所以话越吹越大，这之前商量时没有的内容，连龙实自己都吃了一惊，“啊”的一声看向波川。

“不是吗？”波川问道。

“不，那个，还没有到未婚妻这种程度……”龙实支支吾吾地说道。

“这样啊，原来没有正式的未婚妻啊，但是，应该有类似的这样的人吧？”

“嗯。”龙实被迫点点头。

“嗯……”高野边听边频频看向龙实，说道，“现在，还是有这样的事啊。”

幸好，他相信了。真是个淳朴的青年啊。

见势，波川接着说：“所以我们来这里的滑雪场是好不容易躲过那些保镖才到这的，但是不知道怎么回事走漏了消息，被他的父母知道了他现在在这，于是就命令那些人把他带回去，他们好像现在已经在来的路上了。”

“啊？”高野还是一脸疑惑的表情。可能是听到了这样的话，不知道该做出什么反应吧。

“但是，虽然追他的人已经来了，但是他还不能逃离这里。”说着，波川拍了拍龙实的肩膀，接着说：“毕竟，这是他能找到女孩的最后机会。而我，也想帮好朋友实现愿望。但是，在滑雪场这个有限的空间里，想要躲过对方的眼睛行动不是一件简单的事。最大的问题就是服装，追我们的人知道我们穿的是什么样的衣服。所以一定会以此为目标来找我们，所以我们只能换衣服。但是又不能去租，因为他们很有可能在租赁店等着抓我们。”

“所以，”波川提高了声调，然后看着高野，说道，“想来想去，只有向高野先生您求助了。我知道我们只是在山上活动的时候刚刚认识，您要责备我们厚脸皮我们也十分理解，但是我们没有别的选择，拜托了。能不能帮我们找两套可以穿的滑雪服。为了我的朋友，求您了，拜托了。”

说着波川深深地鞠躬，龙实也慌忙跟着波川做。弯腰的同时惊叹于朋友的口才，虽然说得十分牵强，但是逻辑上能说得通。龙实甚至想，这家伙日后有可能成为优秀的律师呢。他这不就若无其事地把黑的说成白的了吗？

“您别这样。在这里这样做……我会很为难的。”

“那，您能帮我们吗？”

“总之，请您先抬起头来。被事务所的同事看到了不好。”

感觉旁边的波川抬起头来，龙实也直起了身子。高野看了一下前台的方向，对他们说道：“我们出去吧。”前台的男性工作人员惊讶地看着龙实他们。

出了事务所，高野眼睛盯着地面，陷入了沉默。波川也沉默

着一动不动地看着高野。

最终，高野抬起头看来，说道：“我知道了，两套滑雪服，我帮你们想办法。”

“真的吗？谢谢您。”波川再次低头致谢。

龙实也想这么做的时候，高野急忙摆手阻止了。

“您别这样，很引人注意的。知道日向缆车乘坐处在哪儿吗？”

“您是指那条路线比较短的乘坐场是吗？”

“是的。在缆车的终点下来之后，右侧有几座建筑。其中有一家叫作‘布谷鸟’的餐厅，是我父母经营的店。你们在那里等着我。我把滑雪服拿过去。”

“店名‘布谷鸟’对吗？我们知道了。”

“那，一会儿见。”说完，高野回了事务所。

波川长长呼了一口气，说道：“搞定。”

“我一直以为没戏，就是来试试的。”

“这就是所谓的世上无难事，只怕有心人啊。好了，走吧。”

两个人重新拿起靠在旁边建筑物上的滑板，朝着日向缆车乘坐处走去。龙实一边走一边小心翼翼地注意着不要被人发现。因为根据根津所说，追捕他们的人已经来到了这里。

无论怎么想都觉得那两个人有可能是警察，但是他们为什么要隐瞒身份呢？龙实他们想不明白，但是这对他们来说正好。因为一旦别人知道追他们的是警察，就连根津也不会对他们有好感了吧。他们也不能像这次一样求高野帮忙了。

日向缆车一次可以乘坐六个人。一般情况下是背靠前后窗各

坐三个人，但是，这里的缆车不同，中间一个隔断，两边各三个人，背对背而坐，这样安排可能是为了让游客更好地欣赏风景吧。

龙实和波川坐在缆车的前面，一同乘坐的还有不认识的男男女女，虽然中间有隔断，但是并不隔音，所以在乘坐期间，龙实他们放弃讨论下一步行动。

“这里的雪质果然好啊，雪的质量和别处的不一样。”龙实听到坐在他们后面的人说道。

“尤其这周，看起来特别好呢。今天晚上再稍微下点儿雪，等明天天气一放晴，就是最好的滑雪条件了呢。”女士回应说。

“要是那样就好了。千晶也说她最担心的就是天气了，还说虽然之前总盼着下雪，但是明天差不多就行了。因为这个季节虽然不用担心下雨，但是要是遇上暴雪就不好了。”

“在大雪中穿着婚纱滑雪，想想都觉得很困难呢。”

“对于参加婚礼的人来说也十分不方便，要一直不动站在雪中等着新郎新娘滑下来，到时候他们肯定会心急地想要婚礼快点儿结束吧。但是，如果天气不好下大雪的话，最遭罪的就是摄影人员了，什么都拍不清楚了。”

“但是，要是这种程度的话还是不要紧的。反而为婚礼增添了浪漫的气氛不是吗？”

“是啊，我们也要加油为婚礼呈现最好的表演啊。”

两人的对话，让龙实听得云里雾里，不知道他们在说什么。什么穿着婚纱滑雪、雪场婚礼，可能是要举行雪中婚礼吧。龙实想真是世界大了什么样的人都有啊。据说明天举行，不知道规模有多

大，会不会影响他们的行动呢？龙实对这一点比较关心。

缆车到达了终点，龙实跟在波川后面下了车。

“看来明天这里要举行婚礼。”波川边走边小声对龙实说。当然，车上的话波川也听到了。

“嗯，不知道他们在哪里举行。”

“一会儿问问吧，应该可以自由观看。”

“你想看婚礼？”

听见龙实这样问他，波川停了下来看着他，因为戴着护目镜，龙实看不清楚他的表情。

“不能说不想看。我好奇到底是什么样的婚礼。但是，你觉得我们现在有时间去参观婚礼吗？”

“那你刚才为什么说……”

“我们虽然没有时间去看，但是她——‘女神’可就不一定了。因为女生通常对婚礼，尤其是婚纱特别感兴趣。就连平时喜欢在规定雪道外滑雪的‘女神’，也会想一睹新娘的风采，去现场观看的。这是十分有可能的。”

龙实听后用戴着手套的手拍了一下大腿说道：“对呀，她很有可能就在观看的人群当中。”

“我们必须尽一切可能找到她，毕竟，我们没有时间了。走了。”波川说完又开始向前走。

到了滑雪区域，两人穿上滑雪板，开始滑行。不一会儿就看到了高野所说的右侧成排的建筑。再走近一些，发现了写着“布谷鸟”的牌子。餐厅是小木屋风格，两侧装着大大的玻璃窗。

走进店里，两人坐在靠窗的位置。脱下外套之后，有位男性店员过来点单。店员身材又瘦又高，看起来像是高中生。

“太累了，吃点儿好的补充一下吧。”波川说着点了杯生啤。看到菜单上推荐法兰克福肠，于是他又追加了一份这道菜。

店里客人的上座率在一半左右，大部分都是欧美人。

店里的墙上挂着好几张裱起来的照片，都是滑雪者从阿尔卑斯山脉上漂亮地滑下来的照片。看起来像是在某个大赛上拍的照片，还有选手上台领奖的照片。

看着那张照片，龙实惊讶地“啊”了一声。因为站在领奖台上的不是别人正是高野，全名高野诚也。

“高野先生原来不是一个普通的向导啊。”波川好像也注意到了那张照片，“好像是顶尖的滑雪者呢。”

龙实看了一眼厨房，虽然看不到人脸，但是能看到是上了年纪的一男一女。应该是高野的父母吧。他们应该以儿子为骄傲吧，所以才把他的照片贴在墙上作为装饰。

啤酒被端了上来。虽然没有什么干杯的理由，但他们还是隔空做了碰杯的姿势，然后大口喝下满是泡沫的啤酒。今天他们一直在走动，所以早就口渴难耐，此时，便感觉身体就像干涸的沙砾吸饱水一样畅快淋漓。

接着法兰克福肠端了上来，上面满是番茄汁和芥末酱。

“这个看起来很好吃啊！”

波川刚想对美味伸手时，年轻的店员开口说道：“您二位是波川先生和肋坂先生对吗？”

“是的。”波川回答道。

“我哥哥说让我把衣服交给您。”

“啊！你是高野先生的……”波川惊讶地说道。

“弟弟。”

“啊，原来是这样啊。”龙实说道。

听男孩这么一说，两人觉得他们眉眼之间是有些相似。

弟弟叫高野裕纪。

“哥哥说他因为工作走不开，所以让我把衣服给你们。要现在拿过来吗？”

“当然。”波川点点头。

“那我去拿。”少年说着点头示意了一下离开了。

看着他的背影，龙实说道：“我不想让这里的滑雪场给我留下不好的印象。”他想到了高野说过的话。高野自己是滑雪场的向导，父母在这个滑雪场附近经营餐厅，弟弟在店里帮忙。他们的生活和滑雪场息息相关。

高野的弟弟——裕纪回来了。不知为什么还有一个和他年龄相仿的年轻人一起回来了。两个人每个人手里提着一个袋子。

“这是我的和我朋友的滑雪服。”高野裕纪说道，并介绍了站在他旁边的朋友。

他们好像是从小学时就认识的朋友，男孩叫川端健太。给人感觉是个很有意思的年轻人。

两人拿出纸袋里的滑雪服，一件是茶色，另一件是迷彩色。这和龙实他们穿的滑雪服完全不一样了。

“谢谢，太好了。”波川致谢说道。

“卫生间就在下楼梯的地方，请去那里换衣服吧。”高野裕纪说道。

“明白了。还有，你可能也听你哥哥说了。”波川小声说道，“我们情况比较复杂，在滑雪场有人在找我们。你们可能会碰到他们，到时候——”

“我知道怎么做。”高野裕纪点点头自信满满地说道，“你们的事绝对不会说出去，放心吧。”

“你能这样说我就放心了——对吧？”波川看着龙实说道。

“拜托了。”龙实也低头道谢。

“那个……”那个叫川端健太的男孩子开口说话了，“您说有人追你们，请问是什么样的人啊？您知道长什么样子吗？”

龙实看了一眼波川，说道：“听说是两个人……”

“两个人……这样啊。”

“怎么了？”

“没事，没什么。”川端健太微微摆手说道。龙实看到年轻人的眼神里有着强烈的好奇心。

23

走出去几米之后，老板娘停了下来，应该是注意到后面没有人跟上来吧。她回头看到小杉大口地喘着气，整个人都不好了的样子。

“您在磨蹭什么？”

放下滑雪板，小杉肩膀一抖一抖地喘着气，调整了一下气息才开口说道，“你就不能走慢点儿。穿这样的靴子，不好走啊，而且滑雪板这么重。”

“穿着滑雪的靴子不好走是大家都知道的。您要换上单板滑雪时穿的靴子吗？穿它要好走一些。”

“不，我没穿过单板滑雪时穿的靴子。”

“那您就别抱怨，好好走路吧，磨磨蹭蹭天都黑了。毕竟我们

连滑雪场的大门都还没进呢。”

“还有多久？”

“快的话五六分钟。好了，加油啊。”老板娘说着转身向前走去。

“还有那么远啊。”小杉一边抱怨着，一边抱起滑雪板，穿着不舒服的滑雪靴子开始继续向前走。

前进中的老板娘脚力很强，换上滑雪服的她完全给人一种运动员的气质。

出了“木梨”旅馆之后，小杉他们被带到了租赁店，因为老板娘说要租滑雪的工具。

“要想在滑雪场玩捉迷藏，穿着长靴可不行啊。”听她当时说话的口气，完全是一种看好戏的感觉。

小杉上次滑雪还是在二十年前。听到这话，老板娘跟小杉拗着来，说道：“这么简单的事，很快就能习惯的。”

当时，白井吓得举手投降，说从来没有滑过雪，因为毕竟自己是在南方长大的。

不管怎样，显然让一个初学者跟着只会碍事，所以小杉和老板娘商量之后决定让白井走访附近的租赁店。因为肋坂他们想要变装的话很有可能去租赁店租衣服。

因此，只有小杉一人跟着老板娘去了滑雪场。但是很久没有滑过雪的小杉穿上滑雪的靴子之后感觉又硬又重，而且是在有积雪的路上走，很容易滑倒，所以单是走路他就很紧张。不知道是不是用力的方法不对，小杉只要稍微一动就冒汗。

对于滑雪板小杉也觉得有违和感。比他记忆当中的要短很多，这也就算了，他感觉形状也和之前的很不一样。听说叫 Carving Ski，但是自己到底能不能驾驭还是未知数。老板娘则不停地鼓励他说："习惯就好。"

终于看到前面有了建筑物，好像是缆车乘坐处。小杉看到牌子上写着"长峰缆车乘坐处"。听老板娘说这里的滑雪场有两条缆车路线，而这里可以一直到达山顶，大概需要十五分钟，中间有可以下来的车站，路线很长。

拿着老板娘准备的乘车券，两人向乘坐处走去。客人稀稀落落地排着队，并没有多到需要拼车的程度。

负责的工作人员是一个被晒得黝黑的男性，他熟练地引导客人上车，看到老板娘的时候他眼前一亮，说道："呀，您好呀。"

好像是老板娘认识的人。因为老板娘的护目镜戴在帽子上面，所以别人能认出她来。

"不好意思，有件事想拜托你，现在方便吗？"老板娘说道。

工作人员疑惑地眨了眨眼睛说道："嗯？现在吗？"

"是的，不好意思。"

"嗯……可以是可以，那，稍等一下。"

他说完向小杉的方向看了一眼，然后从不远处叫了一名年轻的工作人员过来接班。

三人走得离乘坐处稍微远一些之后，老板娘说道："小杉先生，你把那个学生的照片给他看看。"

小杉从手机里调出肋坂和波川的穿着滑雪服的照片来，给男

士看。

“你见过穿着这样两件衣服的人吗？一个穿着灰色滑雪服，一个穿着蓝色滑雪服。”

面对老板娘的询问，男士侧着头说道：“嗯，让我想想，感觉见过好几个相似的人……但是，不好意思，我记不清楚了。”

“情有可原。”小杉想。客人络绎不绝，他不可能一一记住他们穿的衣服。

“那，现在先记下吧。如果发现这两个人的话，请跟我联系。这是我的手机号码。”老板娘说着从口袋里拿出了名片。

男士接过名片，再次看了看小杉手机里的照片，问道：“他们两个到底是什么人啊，做什么坏事了吗？”

“秘密，如果能帮忙顺利找到他们的话，下次，请你免费喝酒。”

男士眯了一下眼睛说道：“这买卖不错，我知道了，会帮忙留意的。”

“拜托了。”老板娘说完示意小杉，两人再次回到了队伍当中去。

不一会儿就轮到了他们，两人上了缆车。据说缆车可以一次乘坐十二人，确实，小杉觉得很宽敞。

“有老板娘帮忙真是太好了，”小杉真诚地说道，“可以请那位工作人员那样协助，如果换作我，不出示警察证件是做不到的。”

老板娘脸上露出了笑意，说道：“嗯，可以这么说吧。”

“真佩服你有这么大的面子，怪不得能经营居酒屋和旅馆。”

听到小杉这样说，老板娘哼了一声说道：“还有一些别的原因的。”

“嗯？什么样的原因呢？”

“我出生在这个村里，很多人都认识。而且，虽然从我嘴里说出来有点儿不好，但是，我曾经也是这一带的名人呢。当然，是在做‘木梨’老板娘之前的事了。”

看到小杉困惑地偏了一下头，老板娘摇了摇带过来的滑雪板，说道：“我是说这个。别看我现在这样，年轻的时候也是在阿尔卑斯滑过雪的。虽然很多人都说是在阿尔卑斯滑雪的，但是分为技术型和速滑型。日本人在世界上被认为技术型较多，但是我擅长的却是速滑型，而且是在低坡度区。年轻的时候还被称作信州的‘如飞姑娘’。当然，体重至少比现在瘦十公斤以上。”

“啊？”小杉听后上下打量着老板娘。从道理上讲，老板娘应该是有运动员的气质的。

“所以，我会参加各种大赛，有时候全村都会去支持我。”

“原来如此。那确实是个名人呢。”小杉赞同地点点头，接着说，“也就是说那个时候的明星成了现在村里有名的居酒屋和旅馆的老板娘了啊。”

“承蒙关照，现在还算过得去。”

“我记得你刚才说，你是十几年前嫁过来的对吗？”

老板娘点点头说：“您好记性。是十五年前。”

“你的夫家一直经营旅馆？”

“旅馆是从祖父那辈传下来的。我丈夫以前也是滑雪运动员，

在役的时候在一家公司上班，退役之后回到了村里，继承了旅馆。继承家业五年之后和我结了婚。”

“那也就是说到现在已经经营旅馆二十年了。但是在居酒屋和旅馆都没有看到你先生，他是出门了吗？”

听到小杉有些像自言自语的话，老板娘眯了一下眼睛，嘴角上扬，看起来有些悲伤地笑了，说道：“要说是出门，也是出门了。只不过再也不回来了。”

“嗯？”

“去那边了。”说着老板娘用右手指了指天。“已经八年了，是肝癌。”

小杉听后忍不住“啊”了一声，说道：“是这样啊……”

“我们居酒屋开张不久他就得了病，想想那时候真是不容易啊。虽然当时也想抱怨他病生得真不是时候啊，但是看着他那么可怜，最终没能说出口。”

“那之后，老板娘一个人把居酒屋和旅馆做起来了？”

“是的。”老板娘说道，“但是，也并没有觉得很辛苦，因为有很多人的帮助。所以，不管用什么样的形式，我必须要报恩。不管是对村里还是滑雪场。”

“所以知道杀人犯逃到了这里，你就是脱一层皮也要找到他？”

“可以这么说吧。”老板娘笑笑重新戴上护目镜。缆车即将到达终点。

下了缆车出了站，老板娘并没有穿上滑雪装备的意思，而是扛着滑雪板在雪上走了起来。小杉一边追一边问理由。

“这里的滑雪场并不是单纯靠一条缆车线就能上到山顶的，这里的山不是那么小的。总之跟我来就行了。”老板娘脚步不停，气息不乱地边走边说。

再往上登了一会儿山之后，老板娘放下了滑雪板，说要滑行到下一个可以乘坐缆车的地方。听老板娘这么说小杉紧张了，因为毕竟他已经二十年没有滑过雪了。年轻的时候还能上手，现在已经不确定了。

等小杉反应过来，老板娘已经消失了，看来是滑走了。小杉赶紧穿上装备。

小杉颤颤巍巍地开始向前滑，令他吃惊的是速度要比他想象的快很多。他知道需要用腰上的力气来控制，但是完全不得要领，慌慌张张地把滑雪板控制成八字形，用必死的信念来减速。知道自己不能姿势优美地耍酷，小杉采取了蛇形路线。

小杉就这样一边冒着冷汗一边慢慢滑行，发现老板娘在不远处等着他。

“这么久没有滑雪还能这样，看来还可以嘛。让我重新认识你了。”

小杉摇摇头，喘着气说道：“完全不行啊，我知道现在自己一定是一副战战兢兢的样子。”

“你知道这一点就很了不起啦，习惯了就好。我们接着向前走吧。”

说着老板娘转身，轻快地向前滑去。

小杉艰难地跟了上去，就在快要不行的时候到了吊椅乘坐处。

接着四个人同乘一辆吊椅，向山顶进发。同样，在这里，老板娘也向工作人员打声招呼之后，让小杉给他看了照片，并嘱托如果发现有长得像他们两人的话就联系他。

吊椅一直向上也还是没有到达山顶，他们又乘坐了另一辆吊椅。当然在这里老板娘也和工作人员说了同样的话，拜托了同样的事。小杉对老板娘人脉之广已经见怪不怪了。

这次下了吊椅，终于到达山顶了。站在山上看着周围360度的广阔雪景，遥望远处的山脊线。小杉不禁感叹道："终于到了啊。"

"什么嘛，一脸满足的样子。我们工作才做完一半。还要向其他重要的吊椅乘坐处和缆车乘坐处的工作人员打招呼拜托他们留意呢。"

"接下来去哪儿？"

"我不是说过吗？这里的滑雪场有两条缆车乘车路线。虽然我们不知道他们要去哪里滑雪，但是都必须去乘坐缆车。总之，我们再去另一条线上的缆车乘坐处看看吧。"说着老板娘开始滑了出去。

"哇，等一下。"小杉慌忙在后面追赶。

从后面看老板娘的姿势，即使是个门外汉也能看出来很厉害。虽然为了等他会放慢速度，但是感觉她控制得毫不费力。她停下的技术是其他滑雪者所不能比的。可能是她具备想在哪里停就在哪里停的实力吧。

就在拼命追赶老板娘的过程中，小杉慢慢找回了滑雪的感觉。

不论是速度，还是这个叫作 Carving Ski 的滑雪板，都让他感觉可以适应了。

本来，他的运动神经也不差。他自己也能感觉到他滑得越来越大胆。恐怖感和不安感消失之后，取而代之的就是滑雪的快感。小杉感觉到听着风声，疾驰在雪上，这种运动越来越有乐趣。

“您这不是滑得越来越好了吗？”中途小憩的时候老板娘对小杉说道，“和刚开始滑的时候完全不一样了呢。”

“多少掌握一点儿要领了。”

“那我们就再快一点儿吧。”

不顾小杉的连连反对，老板娘已经快速滑了出去，速度快了很多。小杉连忙追了上去，一边小声抱怨着服了，一边自己也感觉到心跳加快了不少。

但是——

滑雪场太大了，被称为全日本最高级的滑雪场也不是浪得虚名。不停地前进、不停地滑，仿佛有无数个斜坡无数个形状不同的雪道在等着他们。快到缆车乘坐处的时候，小杉都快没有喘气的力气了。

“马上就到了，加油啊。”

已经筋疲力尽的小杉被老板娘的小鞭子啪啪地抽着，不得不继续向前滑。

到了入口处，小杉看到牌子上写着“日向缆车乘坐处”。

工作人员是一位男性。幸好，当时也没有客人。老板娘走向他和他说话。小杉拿出手机，调出肋坂他们的照片后向两个人

走去。

工作人员看到照片后，立刻说道：“啊，这两个人啊——”

“你见过？”老板娘问。

男士点点头说道：“他们坐缆车上去了，一个小时前左右。”

“已经这么久了？你没记错？”

“应该是没错。”男士指着照片说，“这位穿灰色衣服的人手里的滑雪板和我的一样，所以有印象。这款滑雪板是限量款，拥有的人很少。”

老板娘看看小杉，小杉点点头，看来是他们没有错。

“之后还再见过吗？”

“我想他们已经下了缆车了。”

“明白了，谢谢。再见到他们给我打电话。”老板娘递给了男士一张名片。

24

一个滑雪团队出现在斜坡的上方位置。他们列队整齐，伴随着音乐，姿势优美地从上面滑了下来。他们手里的滑杆被粉色的长布包裹着，因为材质较轻，配合着他们的动作在风中飞舞。

“嚯——”根津发出一声感叹，“真漂亮啊！”

但是，旁边的千晶和莉央并没有反应。根津转头一看，两人正认真地看着队伍。因为他俩都戴着护目镜看不太清楚表情，但是根津能感受到两人犀利的眼神。

普通式滑雪团的后面登场的是单板式滑雪团。他们每人两只手里都拿着花，保持着等间距开始了表演，而且动作不是杂乱无章的，是事先规定好了的。

“动作不够整齐。”千晶不满地说道。

“右侧这组有些慢了。”莉央补充道。

“可能是因为听不到音乐，一会儿必须确认一下。”

“明天之前能来得及吗？”

“绝对来得及，不要担心。”

里泽温泉第一场滑雪场婚礼就在明天了，导演和她能干的助理，依然在用不允许有任何闪失的口气说着话。根津想，这时候还是不要上去添油加醋地奉承她们的好。

之后又有几组普通式滑雪团和单板式滑雪团出现表演了他们原创的节目。看到最后一组结束后，千晶和莉央开始探讨细节。她们声音比较小，根津没有听到。

看了一下手表，根津确认了时间。为了明天正式的婚礼，雪道的一部分借给他们彩排，但是也不能时间太长，否则会给其他游客带来不便。

“那我再去和摄影师商量一下。”莉央说道。

“嗯，拜托了。”千晶说着开始在台本上写写画画做标记。

“没有看到主角啊。”根津说道，“新郎新娘不参加今天的彩排吗？”

“长冈哥正在接受特别训练。虽然想让叶月姐来的，但是她说婚纱的尺寸有些问题，拿到长野县外的婚纱店修改去了。莉央说应该没有问题，因为新娘只是蛇形地自然滑下来而已。”

“到时候是穿着婚纱滑下来对吗？那应该也能拍得不错。”

“但愿如此。你还有什么特别提醒的吗？”

“我是外行啊。”

“所以想听听你的意见。想什么说什么就可以。”

“嗯……”根津想了想说道，“非要说有的话，那就是服装。”

“服装？”

“就是滑雪表演者们的衣服不统一这点让我有些在意。好不容易滑得那么美，服装不统一可惜了。”

“关于这个……”千晶重重地点了点头，“没关系，我会认真想想的。”

“啊？真的吗？”

“明天会给你惊喜的。”

“我很期待啊。然后，可以的话……”根津看了看手表。说道：“差不多到时间了。”

这时千晶举起右手做祈求状说：“对不起，请再给我十五分钟。”

“你想借用上面的雪道去拍照对吧？没有时间了呀。”

“这个我自己会想办法的。因为这里是最重要的环节了，求你了。”

说着千晶把台本夹在腋下，双手合十求根津。

根津无奈地叹口气说道：“真的只有十五分钟哦。”

“我保证，谢谢。帮大忙了。”千晶快速地走向滑雪表演者们。

根津拿出对讲机，告诉正在巡逻的队员们，雪道外再延长十五分钟。

根津站在稍远一点儿的地方看到千晶手舞足蹈地在和表演者们边说边比画着什么。

“那我们再试一次，大家加油。”千晶击掌道。

表演者们开始朝着爬山电梯处走去。看到这里，根津走到千晶身边说："能找到这么多人，难得呀。"

"十几岁就在这个圈子里混，所以认识的人也多。"

"好好利用这些人脉，不是任何事情都不难了吗？"

"任何事情？"千晶有些意外地看着根津，"比如说呢？"

"比如说……我一时半会儿说不上来，不过我想应该有很多吧。做生意什么的。"

"嗯，我也这样想。"千晶慢慢点头说道。但是，千晶的眼神慢慢冷却了下来。

"怎么了？你有话说吗？"

千晶想了想之后刚要开口，却发现口袋里的手机响了，她拿出手机，心情不爽地说道："喂，是我。……什么在哪里，当然是里泽温泉啊。……我不是说过了吗？要参加朋友的婚礼。……我知道，下周就回去。……我知道。正装嘛，我会准备的。……我知道。我会好好表现的。……还有事吗？我现在很忙。……我没有在玩，我挂了。好好，那下周见啊。"千晶挂了电话摇摇头不耐烦地说了句"烦死了"。

根津苦笑，说道："谁的电话？你好像很不愿意接。"

千晶皱着眉头把手机放回去说："我妈。"

"哦？"根津看着她说，"很少听你说起父母啊。"

"嗯，因为不怎么交流。"

"你刚才说正装什么的，是让你相亲吗？"

当然，根津是开玩笑的，但是千晶却没有否认。

“是啊，在某种意义上就像是相亲。”

“……发生什么事了？”

千晶耸耸肩表情无奈地说：“几年前家里就说让我回去继承家业了。因为有雇佣员工，所以事先要和他们见见面。”

“什么家业？”

“幼儿园，虽然规模不大。”

根津一时无言以对，看着千晶。他和这位女滑雪者认识是好几年前的事了。当时他从男子越野雪板退下来之后不久，千晶也从运动员退役。了解到彼此的事之后，很谈得来。一到冬天就会经常联系，有时候会一起滑雪。但是很少谈及彼此的私生活。根津也是第一次听说千晶家里在经营幼儿园。

“我爸爸是理事长，妈妈是园长。现在父亲七十三岁，母亲六十五岁。他们现在担心将来的事业无可厚非了。”

“没有兄弟姐妹吗？”

“没有，我是独生女。”千晶摇摇头继续说道，“所以要找人继承家业就只有我了。”

“世袭制？”

“这样的幼儿园比较多，听说这样比较有利。”说完千晶自嘲地笑了笑说道，“听说这样的词不应该从我这个继承人这样的人嘴里说出来对吧？”

“是之前就决定好的吗？”

“糊里糊涂就决定了吧。所以，别看我这个样子，我可是有幼师资格证的。但是，我求他们说，至少在我年轻的时候让我做自

己想做的事。我想挑战自己到底可以做到什么程度。”

“所以你参加了越野雪板运动。”

“是的。自己说这样的话可能有点儿那个，但是我觉得我还是取得了一点儿成绩的。虽然没能参加奥运比赛，但是自己不后悔。所以，我自己也知道，差不多是时候进入人生的另一个阶段了。我的年轻时期已经接近尾声了。”

“所以。”千晶接着说道，“如果继承家业的事定下来，我就再也不会回到这个圈子里来了，也不会再滑雪。”

根津惊讶地睁大了眼睛说道：“你是开玩笑的吧？”

“我是认真的。我想我必须有这样的心理准备。想要什么都要，两者兼顾什么的这样的想法太天真，估计行不通。虽然也有人说可以把滑雪作为一个爱好不也挺好的吗？但是，我觉得这种不上不下的事不适合我。”

看到千晶坚定地望着前方，不服输的眼神，根津确信了她是认真的。他了解她这种对自己严格要求，固执的性格。

“那等明天的活动结束了……”

“嗯。”千晶点点头，接着说道，“我就和这个纯白的世界告别。所以表演者滑雪留下的痕迹也是我退出这个舞台的夹道。”

“原来是这样。”根津低声说。注意到自己也受到了影响，情绪有些消沉。

“根津哥，你也要回去继承家里的事业吧？”

“嗯。虽然是新潟县一个小小的建筑事务所。”

冬天以外的时间，根津也作为一个建筑师在事务所工作。冬

天下雪之后，无法进行作业，所以，根津就在滑雪场当巡逻员。

“以前，我记得你说过你的梦想。”千晶说道，“造一个像游乐园一样的滑雪场，有巨大的迷宫、过山车，还有什么来着？”

“还有蹦极，U 形雪道，还有滑雪式滑翔伞。”

“哈哈哈，”千晶拍着手笑道，“是吗？写出来都是外来语呢。”

“我曾经有过这样的梦想啊。”

听根津这样说，千晶又恢复了一脸认真的表情，说道：“你已经放弃了吗？梦想不再？”

“不。”根津摇摇头说道，“我没有放弃，它一直在我心里。”

“听你这么说我就放心了。”千晶开心地笑了，上了斜坡，说了一句，“毕竟我曾经也想跟你一起实现梦想呢。”

根津看着千晶的侧脸，想说什么，但最终没有开口。

25

下了双人吊椅，小杉环视周围，有几个人正坐着穿固定器，但是没有他要找的目标。

“看来这里也没有啊……”

根据工作人员的证词，一个小时以前肋坂他们上了缆车，小杉就和老板娘把他们可能去的地方都一个不漏地找了一遍。每当看到穿着相似衣服的人他们就追上去，但是走近之后发现不是颜色稍微有些差别，就是其中一个人的衣服不对。

小杉看着手表说道：“时间一点点过去了。”

老板娘打开了滑雪区域的地图，说道：“现在有在运行的主要吊椅和缆车我们都找了一遍了。嫌疑人如果在滑雪场的话我们应该已经找到了。”

“反之，如果说我们没有找到，那就是说他们已经不在滑雪场里面了。”

老板娘一边把地图放进口袋一边摇摇头说道：“这句话说出口，这件事就完了。现在只能相信他们还在。”

“但是，他们是一个小时之前乘坐的缆车，之后完全不见踪影，只能说明他们已经出了滑雪场了——”

小杉还没说完，老板娘伸手示意打断了他的话。老板娘口袋里的手机在响。她说道：“看吧，来了。”老板娘拿出手机放在耳边说道：“是我，您辛苦了。……啊？你看见他们了？什么时候……嗯……我知道了，谢谢。”老板娘挂断电话，把手机放回口袋里，说道：“是小玉升降机A处的工作人员打来的。他说刚看到照片上的两个人上了电梯。”

“小玉升降机A处在哪儿？”

“你跟着来就知道了。”

小杉慌忙追赶已经奋力滑走的老板娘。

不一会儿，两人来到了可乘坐四人的升降机，但是小杉看了看牌子，上面写的并不是“小玉升降机A处”，听老板娘说，要乘坐这里的升降机上去才是A处。

“听说他们穿的衣服和照片一样，也就是没有换衣服。”老板娘和小杉并排坐下之后说道。

“看到警察还没追到滑雪场，他们疏忽大意了吧。”

“一个人穿着灰色上衣、粉色裤子对吧，另一个人穿着蓝色上衣、黄色裤子？”

“是的。都是非常鲜艳的颜色，所以在众多滑雪人员中也应该很容易就能找到。”小杉下了升降机四处张望，看到很多人在滑雪。因为平坦的距离够长，坡度不大，所以对于不会滑雪者和初级滑雪者来说是非常有利的区域。

“和家人来玩的话应该会很开心吧？”

听到小杉情不自禁地这样说，老板娘说道：“请一定带家人来。您有孩子的吧？”

“可惜我单身。”

“真的吗？可惜了你这个人了。”

“托工作的福，上面总想把我调到偏远地区，如果这次不能顺利逮捕肋坂他们，被发配可能就要成为现实了——”刚说到这，小杉就不经意发现前面有个穿着鲜艳蓝色和荧光黄色裤子的人。他一边想着“不会吧”一边迅速看向周围，紧张地屏住了呼吸。而这时就看到一个穿着灰色上衣、粉色外套的人就在那个人的旁边。而且，两个人看起来就是同伴。

“啊！”老板娘先发出了声音，“在那！快看，那里那里！”

“我也发现了。”

“灰色上衣、粉色裤子，蓝色上衣、黄色裤子，没错吧？”

小杉看到他们两人非常开心地滑着，不一会儿便经过了他们下方的位置。

“啊，妈的。我又不能跳下去追。”

他们距离雪面将近三米，如果跳下去的话，可就不是受轻伤那么简单了吧。

小杉和老板娘坐在升降机上向后看，两个滑雪者正在挑战一个高的滑雪台。最先跳的是一穿灰色上衣的人，他漂亮地翻个跟头完成了动作。

“啊呀。”老板娘忍不住发出感叹，“很厉害嘛，他完成得相当不错啊。”

“一个杀人事件的嫌疑人，玩得倒挺开心。”小杉咬着嘴唇，盯着两人说道。

“他能有那样的技术，不论在哪儿都能滑得很好的，不知道他们要去哪儿，我们快点儿追上去吧。”

虽然老板娘这样说，但是只要还乘着升降机就是想快一点儿也没有办法。小杉着急地拍打着安全把手。

终于到了终点，老板娘不等停下来就冲进了雪道，小杉紧随其后。

老板娘用比之前都快的速度飞驰着，几乎没有转弯，直接滑下去。虽然说是缓坡，但是小杉还是有些害怕，不过现在也顾不了那么多了。小杉放低身子，拼命追了过去。

正在小杉内心惶惶不安不知道要滑到哪里去的时候，发现老板娘突然停下来了。小杉慌忙中也想停下来，但是一时身体失衡，摔倒了。

“哇，到底怎么回事？”

老板娘右手拿着滑杆指了指空中，小杉顺着她指的方向看过去，不由得“啊”了一声。那两个人的身影出现在了升降机上。

“他们两个，又上去了？！难道是想从上面再滑下来一次吗？”

“可能是。不管怎么看，他们好像完全处于松懈状态，竟然在这么多人的地方如此招摇地滑雪。”

“太小看人了，好，我们快追。”

小杉刚要滑出去，发现老板娘没动。

“怎么了？不追吗？”

“我们没必要去追，他们可能还要从这条雪道上滑下来，那么我们在这里等就行了。”

“原来如此，说得对。”

小杉和老板娘停在雪道边上，等着两人下来。

“话说，他们两人玩得很开心啊。不像是杀了人在逃跑的样子。”

“我也这样想。是不是只是穿相同衣服的两个人，我们找错人了？”

“不，有这么巧的事吗？一个人还说得过去，两个人的衣服都相同呢。”

“嗯……”老板娘好像还是不能释然地微微点了点头。

“喂，来了。”小杉说着指了指坡上面。只见穿着灰色滑雪服和蓝色滑雪服的两个人动作流畅地跳跃着出现了。

“走吧。”老板娘说着便气势汹汹地滑走了。

那两个年轻人时不时灵活地回旋着滑行，看上去就像跳舞一样。他们的轨迹很难预测。小杉和老板娘一边注意避开路上其他的滑雪者，一边朝着两人的方向移动滑行。

就在即将靠近两人的时候，手里拿着滑杆的小杉两手挥舞着

用力地喊道："喂，那边的两个人，停下。"

"停下！"老板娘也跟着一起喊了起来。

两人好像听到了声音，动作发生了变化。他们停了下来，在距离小杉他们几米远的地方并排站着。他们不仅戴着护目镜还戴着面罩，所以完全看不到脸上的表情。

小杉穿着滑雪板靠近他们，面向穿着灰色滑雪服的人，说道："你是肋坂龙实同学吧？我有话跟你说，请你跟我来一趟。"

听到小杉这样说，两个人互相看了一下彼此，意味深长地快速点了点头。

"怎么回事？"就当小杉问出这句话的时候，两人突然跳起来转身，下一瞬间就从小杉的旁边穿了过去，快速滑走了。

"哇。"小杉反应过来伸手去抓，穿蓝色滑雪服的人快速挡开了他的手。小杉一下子屁股着地摔倒了。

"啊，小杉警官，你没事吧？"老板娘问道。

"没事，妈的。快追。"

小杉立刻站起来去追两个人。肋坂他们从雪道的分岔点进了树林。

林中的坡度比较小，因此小杉他们不得不把滑杆收起来。这样失去助推力，滑雪板在林中行进难度应该更大。果然不出所料，小杉他们这样想着就从后面看到了两个人的身影。能看出来他们也因为提不上速度而着急。

好，就要追上了。就在小杉这样想的时候，前面的两个人突然就消失不见了。小杉他们一直搞不清楚发生了什么。

等小杉到达肋坂他们经过的位置的时候，才发现原来林中的雪道像藤蔓植物的茎一样曲折迂回，看来他们是抄了近路，钻进了树林深处。

在小杉犹豫自己到底要不要追上去的时候就听见老板娘在背后说道：“小杉警官继续沿着林中的雪道滑。以你的技术不可能在林中追上他们。而且林中的路很不好滑，我想就算是他们也不是那么简单就能滑下去的。”

听到当地有名的滑雪者都这样说，小杉肯定是没错了，说道：“我知道了。”

当然老板娘继续追赶两人，进入了树林深处。小杉看到她“嗖嗖”地穿梭在树与树之间，用的也不是深雪时要用的滑雪板，想想真是了不起啊。

小杉继续沿着林道前进，坡度慢慢变大，滑雪板也能提上速度了。

几个急转弯之后，老板娘在右前方广袤的森林里看到了肋坂他们的身影。正如她所说，看样子在茂密的森林里，他们也不能快速地移动。

等到滑了一段距离之后，小杉想差不多他可以在林道上埋伏着等着了，等两人出现后就把他们绊倒什么的阻止他们再逃跑。

但是就差一点儿没来得及。两个人从右侧的林子里出来之后横穿过林道直接就又钻进了左边的林子里。感觉他们完全没有犹豫，动作极其大胆。

紧接着就看到老板娘出了林子，在小杉身边停了下来，后面

扬起高高的雪烟。

“他们从这下去了。”小杉指着两人下去的地方说道。

“看来是。对不起，没追上他们。中途滑雪板陷进雪里了。”

“不，我觉得能在那样的地方滑雪就已经很了不起了。”

“安慰奖吗？没有意义。没能在这追上他们真糟糕。”老板娘不甘心地说道。

沿着林道向下滑来到了宽阔的雪道上，但是已经看不到那两个人的影子了。看来还是让他们完美逃脱了。

老板娘烦躁地把滑杆插在了雪上。

26

从午后就一直纷纷扬扬下起来的雪现在终于停了，从云的缝隙里隐约可以看见蓝色的天空。像同乘一辆缆车的男女所说的那样，明天可能是个晴天。龙实想，明天要在滑雪场举行婚礼的两个人现在的心情一定很激动、很兴奋吧。

“喂。”穿着迷彩滑雪服的波川冲龙实喊道，“干吗这样悠闲地看着天空，发呆的话可能就看漏了啊。”

“啊，嗯……”龙实点点头，便继续看着下面广袤的林海雪原。

换上从高野裕纪他们那借来的衣服，龙实他们继续在滑雪场找那个女孩。她穿的滑雪服的颜色是白底红色波点花纹——这样个性的设计，非常引人注意。他们相信，只要花些时间就一定能找到。

但是，现实是残酷的。

只有两个人来找的话，对他们来说这个滑雪场未免太大了。他想如果知道女孩在哪儿停留过，顺着这个线索一处一处找下去总会见到的吧，但是事实并不是这样。他们每移动到一个地方都会产生是不是又在某一个地方错过了的不安感。

再三思考之后，两人来到了这里。这里是 Sky Highway 雪道的入口附近稍微偏离雪道外的地方。据根津说，这里是喜欢深雪滑雪者最中意的地方。他们不打算做无用功到处去找，而是在这里等着女孩出现。

在这里等了差不多一个小时的时间，在这期间确实有看起来是当地人的滑雪者出现，他们也不在乎是不是禁止滑行的区域，而是一副习以为常的样子在树木之间穿梭。

但是，这些人当中，并没有他们要找的女孩。为了女孩一出现就能马上追上去，两人一直整装待发两脚穿着滑雪板，但是事实让他们一直坐在椅子上。

“今天她应该不会来了吧？”龙实看着林子里出现的几条其他滑雪者留下的滑痕说道，“如果想要享受粉雪的话，应该在下雪之后的一大早就出来，但是都这个时间了，已经没有特意到雪道外的意义了。”

“确实。”波川同意道，“那怎么办？”

“我想如果她现在还在滑雪场的话，我们最好去她最可能出现的地方等她。”

“你说的我都明白，但是比如说哪儿呢？升降机乘坐处？缆车

乘坐处？你知道滑雪场有多少这样的地方吗？”

龙实摇摇头，说道：“我们不去乘坐处，而是去她下来的地方。虽然我不知道‘女神’要去哪一条雪道滑雪，但是在一天当中她总要乘坐几次升降机。”

波川陷入沉默考虑一阵之后，指着龙实说：“你是说的到山顶的升降机？”

“对。已经这个时间点了，她可能也要回去了。我想但是在此之前，作为收尾她一定会再次到达山顶滑下来的。”

“有这个可能。”说着波川站起来拍拍屁股上的雪，说：“走吧。”

要乘坐去山顶的升降机先要下到山麓的位置，然后乘坐缆车。龙实和波川在规定雪道外滑了下去。虽然可能被根津发现训斥，但是也没办法。

他们看到前面的绳子了，从下面钻出去就是正规雪道。但是，当龙实靠近后突然停了下来。因为，绳子的对面有巡逻队员。只是现在背对着他们，看来还没有发现龙实他们。

“糟了。”波川滑到龙实身边说道，“他们在干吗？”

龙实看了看斜坡上面，发现还有一名巡逻队员在看雪上告示牌。牌子上写着：外借关闭中。

“这时候把雪道外借？怎么回事啊？”龙实小声说道。

“不知道。”波川也直摇头。

不一会儿，又有几名双板滑雪者滑了下来，而且都是用非常漂亮的姿势滑行。就算是不玩双板的龙实也能看出来他们是专业水准。他们手里拿的滑杆上都裹着粉色的长布。因为他们都是按

照一定的线条轨迹滑下来，所以看起来就像一条长布蜿蜒曲折从雪面上滑了下来。

接下来出现的就是单板滑雪团体。同样，他们看起来也不简单。就像跳舞一样从他们眼前经过。“好厉害。”波川忍不住说道。

最后，单板和双板滑雪者都滑走了，但是他们看起来不是毫无章法地滑，而是明显有一定的规则。如果从下面看的话就能明白了。

“这个……可能就是在为明天做准备。”波川说道。

“什么准备？”

“上次谈到滑雪场婚礼的那两个人，不是说表演啊什么的吗？说的不就是这个吗？”

“原来如此。”龙实刚说完这句话，就看到一个新的团体滑了下来。

这次是单板和双板的滑雪者混在一起下来的。和之前不同的是，这次他们手里都拿着花，看来真的是婚礼的一部分。

其中有一个人让龙实盯着一动不动。那个人穿着白底红波点的滑雪服、浅蓝色裤子，戴着黑色安全帽——她不是别人，正是他们要找的女孩。

“啊啊啊啊……”龙实想告诉波川，但他一时激动得说不出话来。

“什么？怎么了？”

龙实调整呼吸，指着女孩离开的方向说道：“刚才那个就是我们要找的女孩，就是‘女神’。”

波川一下子挺直了身子说道："你说什么？真的吗？"

"不会错。我们快追上去。"

龙实刚想出发，被波川抓住了肩膀，说道："你等一下，巡逻员还在。"

"但不赶快的话就不见了。"

"你忘了吗？警察很可能还在滑雪场里，搞不好闹出事，把他们引来怎么办？我们再等等看。"

波川说的不是没有道理。龙实无法反驳，气得挥了一下右手的拳头。

27

进入坡度较缓的林中地带，前进中的老板娘采取了 Downhill 姿势，小杉本来也试着模仿她，但是感觉速度受到了影响，再加上路面很硬，所以要是勉强自己摔倒了可就不是晒伤这种程度了。

他们一口气滑到了目的地，长峰缆车乘坐处下车的地方。两人脱下滑雪板，立在路边，看着人们从车上下来。

刚才长峰缆车乘坐处的工作人员给老板娘打电话说，他看到他们要找的两个人上了缆车。当时正好小杉他们在山顶附近。于是想，只要在他们下车的地方等，总能等到肋坂他们出现。至此，小杉感觉，这场追踪剧总算快要落幕了。

小杉看了看手表，缆车的乘坐时间大约是十五分钟。

“好奇怪。”老板娘说道，“差不多也该出现了啊。”

"是不是我们到这的时候他们已经滑下去了？"

"我想不会。我们到的应该比缆车早很多。"

"也对。"

小杉的手机响了，是白井打来的。

"我几乎查遍了所有的租赁店，但是，没有查到肋坂他们的形迹。"这位后辈刑警如是说。

"是吧。看来他们没有换衣服。"

"这样啊。那，我现在应该怎么办呢？"

"你找个地方待命吧。差不多应该快结束了。"

"啊？真的吗？"

"嗯，多亏了老板娘。"

之后，小杉看到老板娘拿出电话，放在耳边。说了几句之后，他看到老板娘的脸色不好看了。然后她看着小杉，摇了摇头。

"再联系。"小杉赶紧挂断白井的电话，问道："发生什么事了？"

"被整了，那两个人乘坐了别的缆车。乘车处的工作人员联系说的。"

"别的缆车？他们没有乘坐这里的缆车吗？"

"上车了，但是中途下来了。"

小杉忍不住"啊"了一声，想起来这里的缆车有中途下车的车站。

"我们走吧。顺利的话还能赶上。"

老板娘快速滑走，小杉拼命紧随其后。

穿上滑雪板，迅速滑走，老板娘的动作一气呵成，没有任何犹豫。他们两人选择最短路线滑向肋坂他们乘坐的缆车下车的地方。

看到下车的地点了，老板娘停了下来，小杉也停在了一边。巡视了一遍斜坡，远远地看见那个穿蓝色滑雪服的人，而穿灰色滑雪服的人就在他的旁边。确定是他们两人没错。

“追！”老板娘滑了出去。

小杉也开始拼命地滑，现在已经不是害怕的时候了。

不一会儿，老板娘在雪道上停了下来，因为出现了岔路。

“往哪边走？”小杉问。

“我不知道。因为从这里走的话，哪边都能走通。”老板娘说道，“你等一下。”说着她摘掉了手套，开始摸口袋，看来是有电话打进来。

“是我。……您辛苦了。……嗯？现在……哦，原来如此啊。”老板娘一边接听一边四处张望，说道：“我知道了，谢谢您。”说完挂断了电话对小杉说道：“有人联系说，那两个人出现在了离我们不远下面的乘坐处。”

“不远的下面？哪一个乘坐处？”

“我们稍微走一段距离应该就能看到。”

老板娘又开始滑行，小杉紧随其后。不一会儿就看到了乘坐处的柱子。空中吊着威亚，双人座的空中吊椅运转着。

小杉不禁发出“啊”的一声，因为他看到那两个人就在上面，分别穿着灰色滑雪服和蓝色滑雪服。

而这时对方好像也发现了小杉他们，用手指了指他们。而他们接下来的举动，让小杉很无语。

他们竟然冲着小杉他们挥手，好像在说："来呀，来抓我们呀。"这摆明了是在捉弄他们——

"什么啊，这两个家伙，完全不把我们放在眼里。"小杉气得拿滑杆拍打着雪面，"我们快点儿吧，吊椅乘坐处？往哪边走？"

但是老板娘却沉默了，远远地看着两个人的脸。

"老板娘！"小杉大声喊道。

老板娘像刚回过神来一样一下子站直了身子，说道："啊……不好意思。"

"你怎么了？"

"没事，稍微思考一下。"

"我们去吊椅乘坐处吧。再不走，这次真被他们跑掉了。"

但是，老板娘反应迟缓，没有要行动的意思。

"小杉警官。"老板娘说道，"怎么说呢，你不觉得奇怪吗？那两个人。"

"嗯？"

"正如您刚才所说，那两个人看上去不像是杀了人在逃的犯人该有的表现啊。"

"是啊……但是，那他们又是谁呢？"

老板娘侧着头思考了一会儿说："现在几点？"

小杉看了看手表说道："下午三点多一点儿。"

"三点。……那差不多是时候了。"老板娘像自言自语一样小

声说道。

“是时候了，什么是时候了？”

但是这次老板娘没有回答他而是说：“请跟我来。”说完就开始滑行。

28

龙实出了汉堡店，看到波川也从旁边的餐厅走了出来。他的表情没有什么变化，龙实就知道他那边也没什么收获。

两人走近彼此之后，波川问："又都不行？"可能是因为他看到龙实的表情也没有什么变化吧。

"向店员确认之后，他说记得那些人没有来过。"

听到龙实的答案波川点点头说道："我这边也是。本来这些店也不是一下子能招待那么多人的大店。"

"那，接下来怎么办？"

"怎么办呢？"波川把手臂交叉在胸前一边看着周围一边说道。龙实也把目光投向周围，但是并没看到他们要找的人。

当然，他们是在找"女神"，就是那个穿着白底红色波点滑雪

服的女孩。

现在他们已经确定女孩要在明天的滑雪场婚礼上进行滑雪表演了。

因为当时有巡逻员在场，所以龙实和波川从女孩滑走的雪道上绕了一大圈去追她，一直到了山脚下。但是找遍整个滑雪区域也没有找到那些可以进行华丽表演的人。他们猜到看来是他们滑向了和他们不同的地方。

虽然迅速上了附近的吊椅，到处去找，但是仍然没有看到那些人的身影。可能是他们滑雪的练习结束了。

但是，他们不能放弃希望。即使彩排结束，为了明天的正式表演应该还有很多需要商量的事，是不是还有些人留下来了呢？龙实想。

所以他们来到餐厅喝咖啡，碰碰运气。于是两人分头行动，把滑雪场附近的店从头到尾看了一遍。

但是，让他们失望的是，哪儿也没有找到这些人。当然，也没有找到女孩。

“没办法了，用最后的方法吧？”

“最后的方法是什么？”龙实问道。

“就是拜托高野先生，让他帮我们介绍雪地婚礼的工作人员。我想他应该认识吧。”

“还要再拜托人家，感觉不好意思啊。”

“你这样说也没用啊……因为我们也没有别的可以求助的人了，这不是没办法嘛。”

“嗯……那倒也是。”

“但是，我不想把话说那么明白，被追我们的人知道就完了。”

“这就是你说的最后的方法？”

“是的。”

两人抱着试试看的心态再次来到高野工作的事务所。今天，这是第二次来了。前台的男工作人员看到龙实他们露出惊讶的表情。可能是因为龙实他们换了衣服。

听龙实他们说要找高野，男工作人员挥挥手说：“他不在。好像刚才有人给他打电话，他上去了。”

“上去了是指去‘布谷鸟’了吗？”

听到龙实这么问，他点点头。

于是两人道谢，随后出了事务所。

“正好。”波川说道，“差不多也到了日向缆车结束营业的时间了。我们去‘布谷鸟’餐厅吧。”

“OK！”

龙实他们自己的衣服还寄存在“布谷鸟”店里。他们说的是今天关门之后过来拿，然后把借的衣服还回去，不过现在看来只能明天再还了。

这时候的日向缆车乘坐处，乘客已经比较少了。和正在准备收工的工作人员点头示意之后，两人上了缆车。这位工作人员看到龙实的滑雪板欲言又止，可能是因为这款滑雪板是限量版的原因吧。

两人下了缆车，穿上滑雪板。滑向“布谷鸟”餐厅。滑雪场

也慢慢安静下来。

在“布谷鸟”门前停下，龙实他们把滑雪板立在一边，看到门口挂着“准备中”的牌子，应该是今天已经停止营业的意思吧。之前听高野说结束营业时间是下午三点半。

他们推开门走了进去。高野诚也和裕纪就坐在门旁边的桌子旁。对面坐着裕纪的朋友，川端健太。

“呀。”龙实向他们打招呼。

“谢谢你们的衣服，帮了大忙了。但是不好意思我们的事情还没有办完。可以的话我们想明天再还，非常感谢。”

龙实一边说着感觉气氛有些奇怪。高野兄弟的表情看上去很紧张，川端健太也是。他们都像做错事一样缩着身子。

龙实又注意到更奇怪的事。旁边空着的椅子上放着两件上衣，一件是灰色，另一件是蓝色滑雪服，正是龙实和波川的衣服。

“怎么回事？”

就在龙实问出口的时候，就听到有人在他视线外问道：“你是肋坂龙实吧？”

龙实循声望去，只见一个四十多岁坐在窗边的男人，慢慢站起身来。对面还坐着一个比他年轻一些的女士。

“糟了。”波川小声在龙实耳边说道。与此同时，龙实意识到了事态的严重性。

龙实他们转身想走，但是不知道什么时候，这个体格健壮的男人已经堵在了门口。

龙实看着高野他们。到底发生了什么？怎么会这样？龙实完

全想不明白。

“对不起，”高野诚也道歉说道，“好像我弟弟他们做错了事。”

“对不起。”高野裕纪双手合十说道，“是我们做得太过了。”

川端健太也羞愧地低下了头。

“这两个家伙说他们穿着你们的衣服去滑雪场，想看看会发生什么事。然后故意找到找你们的人，让他们追。”

听着高野的解释，龙实感到头晕目眩，高野这么稳妥的人怎么会有这么个冒失鬼弟弟呢？

“我们是在作战，我们用的是扰乱作战法。”川端抬起头来说道，“我们想扰乱找你们的人的视线。完全没有想要妨碍你们。而且，我们想以我们的技术完全可以逃脱。”

听着川端拼命地找理由解释，龙实盯着他想，原来罪魁祸首是你啊。

“就算逃了，被发现身份不也就没有意义了吗？”

听到高野这样说，川端健太再次缩起了身子。

看到龙实不明所以地沉默，高野接着解释说：“滑雪回来之后，我弟弟他们到了这里，就发现这两位已经在这里等着他们了。”说完看着这对中年男女。

“我们吓了一跳。想不到追我们的人竟然是姑姑。”川端健太一边挠头一边说。

“这应该是我的台词吧，”坐在窗边的女士说道，“刚发现你们的时候我就觉得不对，哪有一个逃跑的人会在滑雪场最宽敞的雪道上，故意引人注意地滑雪呢？还跳来跳去的。之后还以那样

的形式躲过我的追踪，这不是生人能够做到的。所以我就想到肯定是当地的淘气鬼孩子们。而要说这些人经常来的地方就是这家店了。所以我们放弃追踪，直接过来守株待兔。不出所料就等来了你们，而且，其中一个还是自己的侄子，真是丢人啊。”

“但是，姑姑，你为什么站在他那边啊？正常情况下，不管怎么想都应该支持这两个人的吧？”

听到这里，女士想说什么又没有说，抬头看了看站在旁边的男人。

“看来你们是完全被他骗了啊。”男人浅笑，靠近龙实说道，“你是怎么跟他们说的？”

看龙实没有开口解释的意思，男人说道：“算了。”一边从口袋里拿出了什么东西，接着说：“我叫小杉，请你跟我回东京。你知道什么事吧？还是想在这解释一下。你不是不想让他们知道吗？”男人拿出来警察证件，上面写着小杉的名字。

“啊？”最先发声的是川端健太，“怎么会这样？”

高野裕纪瞪大了眼睛没有动，应该是太吃惊，无法做出反应吧。

“请等一下。”波川站在了龙实旁边，“您搞错了，肋坂不是嫌疑人。”

“到警察署解释吧。”

小杉再次靠近龙实，波川挡在了前面。

小杉动了动眉毛说道：“你想以妨碍公务罪被逮捕吗？”

“嫌疑人？逮捕？怎么回事？”川端小声对谁说着什么，“什

么嘛，这是。搞不懂啊。”

“吵死了。”女士大喊一声，“你闭嘴。”

小杉拨开波川，看着龙实，轻轻地说道：“变装游戏结束了。去换上自己的衣服吧。”

“请您听肋坂解释。”波川恳求道。

“我不是说要解释到警署解释吗？要是拒捕的话我就采取其他手段了。我可是有逮捕肋坂非法入侵他人住宅罪逮捕令的。”

“现在，他还不能离开这——肋坂，你倒是说点儿什么啊？这是你自己的事情啊。”

听到波川这样说，龙实咽了一口唾沫开口说道：“不是我干的，我没有杀福丸先生。”

“杀人？真的吗？”川端健太叫了起来。“健太！”女士呵斥。

小杉盯着龙实的脸问道：“不是你干的你为什么要跑？你们手机关机不就是为了逃跑吗？”

“不是为了逃跑。”

“难道还有别的解释吗？算了。不管怎么样，你们是知道了案件发生后再行动的吧？那时候，关于案件的一切都还没有报道，如果不是犯罪嫌疑人，你怎么会知道案件的发生。”

“这个说来话长。”

“原来如此。那具体情况就留到警署慢慢说吧。”

“不可以。我还有件事情必须办。我要找到一位女性，我也是这样和他们说的，所以才借的衣服。”

小杉看着高野裕纪他们。

“他说要找一个一见钟情的人……”高野诚也代表大家说。

“哈，你这个理由真是别致啊。”

“一见钟情是假的。但是确实是一位对我来说非常重要的女士，她是证明我当时不在场的证人。为了找到她我们才来这里的。”

29

“咚”，外面传来一声巨响，好像是雪从房顶上落下来的声音。

白井站起来，走到窗边。但是他在意的好像不是落雪。

“外面的天近乎全黑下来了，果然山里的白天就是短啊。滑雪的人也少了很多呢。”

“我想我们也最好下山去吧。因为照明到不了这里。”高野诚也坐在离小杉他们稍远一点儿的椅子上说道。

他的弟弟以及弟弟的朋友——高野裕纪和川端健太已经不在这里了，因为大家让他们先回去了。虽然他们也想留下来听听这件事，但是有关杀人事件的调查是不可以告诉高中生的。

“白井，你想怎么下去？”小杉对依然望着窗外的白井说道，“话说，你是怎么上来的？”

听老板娘的建议来店里之后，小杉也给白井打了电话让他过来。但是并没有告诉他怎么过来。当时想没有必要，但是现在想想，白井既不会双板滑雪也不会单板滑雪。

看看白井的脚，发现他还是穿着原来的长靴。

“怎么上来的？坐缆车啊。”

“下了缆车到这呢？”

“走过来的。”

小杉想象白井一个人在雪道边上吧嗒吧嗒走的样子。

接着问：“回去怎么办？现在缆车已经不运行了。”

“啊？”

“只有三公里。”

“不是吧？”白井一副要哭出来的样子，眉毛向下撇。

“没关系。”高野笑着说，“我背你。”

“真的吗？太好了。”

“劝你别，这家伙有一百多公斤呢。”小杉对高野说道。

“没有那么重，只有九十公斤多一点儿。”

“没关系。我习惯了，”高野若无其事地说道，“因为有游客在山里脚受伤了，都是我背着滑下来的。”

“拜托了。”白井鞠躬九十度。

见状，小杉又重新把视线放在了坐在桌子对面的两个人身上——波川和龙实老实地沉默着。

小杉望着放在桌上的笔记本，上面记录着龙实他们的话。其中有“新月高原”“女单板滑雪者”“自拍”“下午三点”这些关

键词。

小杉叹了口气，挠了挠头。

为什么没有马上向警察表明身份呢？为什么要来这里呢？为什么手机关机呢？对于这些问题他们都进行了正面回答。小杉已经没有要问的了。

像要打破这种沉默似的，小杉上衣口袋里的手机响了。从口袋里拿出手机，看了看显示屏，小杉皱眉。不出意料，是南原打来的。

“不好意思失陪。”小杉说着拿着上衣站了起来。

穿上羽绒上衣，小杉出门接通了电话。“您好，我是小杉。”

“你在干什么？我要说多少次要随时向我汇报情况你才明白？”南原的声音听起来很烦躁。

“不好意思。刚才一直在找目击证人。”

“找到了吗？穿那两件衣服的人？”

“不，有很多人都穿着相似的衣服，很不好找……”

小杉听到南原咂舌的声音。

“现在不是磨磨蹭蹭的时候，情况很糟。”

“出什么事了吗？”

“搜查一课的人找到了肋坂的车，是一个叫藤冈的社团后辈藏在了自己的停车场里。听说肋坂他们是开着藤冈的车逃走的。给你提供消息的那位女大学生搭的就是那辆车。”

小杉也知道藤冈这个人，是在大学附近的烧烤店见到的大学生。而借车这件事，小杉也已经听肋坂他们说了。

南原说了藤冈的车牌号，小杉知道他的意思是让他立刻去找这辆车，但是他并没有打算拿本子记下来。

“现在逃跑车辆已经明确，花菱系长已经火速行动了起来。不仅检查了N系统，还把全国滑雪场以及附近的监控录像全部调了出来，准备地毯式搜索，快的话，可能明天早上就能锁定目标地点。”

“那就糟了。”

“非常糟，如果那样事情就完全在花菱系长的掌控下了，他会让所有的搜查员总动员起来的吧。我们就没有胜算了。因此，我们的期限就是明天中午之前。在这之前，不管怎样都要把肋坂找出来逮捕他。明白了吗？”

听到小杉没有反应，南原大叫着说：“喂，你在听吗？”

“我在听。那个，系长。其他方向查得怎么样了？”

“其他方向？什么意思？”

“犯人可能另有其人。”

“啊？”南原不耐烦地说道，“你在说什么？”

“我想肋坂不是凶手也不是没有可能。”

“他逃跑了啊。不去抓一个逃跑的人你想干什么？”

“肋坂也可能事出有因。”

“什么事出有因？”

“就是……”小杉又把话憋了回去。想现在还不到时候。

“不要想这些没用的。我等你的好消息。”像之前一样，南原自顾自地说了一通便挂断了电话。

把手机放回口袋了，小杉无奈地摇了摇头。

“您还是没汇报给上司啊。”后面传来一句话。小杉回头一看是老板娘，她笑着说道：“您没有把找到两人的事告诉上司啊。”

“老板娘你怎么想？”

“什么？”

“就是他们所说的。你觉得是真的吗？”

老板娘微微耸肩说道：“要是他们编造的话那真是了不起的人物呢。编得非常好。但是，我不认为他们在撒谎。我看人还是有一定自信的。”

“我也这样想。”小杉点点头接着说道，“他们的话有道理。如果过早地配合警察一定会被束缚住手脚，到时候就没有机会出来找证明自己不在场的证人了，所以优先选择了逃走，而他们在滑雪场的行为也印证了这一点儿。”

“他们还特意换了衣服去找那位单板女滑雪者了呢。”

“是啊。但是这话要是说给上司，他估计一定不会相信吧。不管肋坂是不是嫌疑人，他们只会烦人地说‘先控制住，逮捕他’这样的话。”

“原来如此。那，你打算怎么办？”

“怎么办呢？”小杉望着人已经越来越少的滑雪场，脸上一片愁云。

30

龙实呈大字形躺在榻榻米上面，感觉全身每一个细胞都放松了。他用力地伸伸手脚，痛快地发出一声“嗯”的声音。不知道是不是因为把话都说了出来感觉解脱了，眼睛也变沉了，刚闭上眼睛就睡着了。但是他听到波川“喂”的一声，睁开眼睛，发现波川站在门口。

“现在还不是睡的时候。”

“啊，我知道。”龙实起身，正坐说道，“好久没有睡榻榻米了，不经意就……”

波川也坐了下来，看着屋里的四周，说道：“我们确实幸运。”

“你是说那个女人，旅馆的老板娘对吧，还有在‘布谷鸟’店里，那个刑警……小杉警官是吧。被他逮到的时候我还以为

彻底完了呢。”

“她和黑心的大叔真是帮了我们大忙了。如果他如实向东京搜查本部汇报，我们俩现在就不在这里了。肋坂你可能被铐在审讯椅上呢。”

波川不像是在开玩笑，这话吓得龙实身体一震。

“真危险啊。听他说可以等我们到明天时真是松了一口气。而且还能住上旅馆，此时心情就像棒球比赛逆转打了个满垒一样。”

小杉说，可以等肋坂他们到明天中午之前，在此之前他们可以去找证明他不在场的女孩。但是，也有条件，明确场所，不能逃走。

这时候老板娘举手说可以住在她经营的旅馆。他们现在住的就是旅馆其中一间。关于住宿费，老板娘只说了句“以后再说吧”。

“话说，小杉警官说的时间截至明天中午之前是真的。”波川说道，“刚才我去向藤冈确认了。正如小杉警官所说。今天白天，藏在停车场的车被发现了。因为警察追查，所以藤冈就把借给我们车的事交代了。”

“事情果然成了这样啊……”

龙实不怪藤冈，反而觉得把他卷进来对不起他。

“虽然我们没有走高速，但是我们经过了N系统能够监视的地方。如果警视厅认真调查的话，有可能调取其他远一些地区的监控录像。正如小杉警官所说，我们最好做好明天中午大量搜查员涌向我们的准备。”

“啊？很多人吗？”

“所以，在此之前，无论如何我们都要找到‘女神’。”

“是啊。”龙实把手臂交叉在胸前，“事情顺利就好了……”

“肯定会顺利的吧。”波川是不会说出这样盲目乐观且不负责任的话的，一时间沉默的气氛蔓延在房间里。就在这时，外面响起了敲门声。

“请进。”波川应声。

门被打开，高野诚也向里面张望。“呀。”龙实和他打招呼，“刚才麻烦你了。”

“我进来了。”说着，高野进了房间，“之前的事，我去确认了一下。”

“你是说婚礼的事？”

听到龙实这样问，高野点点头，说道：“我问了一下认识的相关工作人员，正如您二位所说，为了明天的婚礼，确实找了好几个双板和单板的滑雪者，说是为了祝福新郎新娘进行的滑雪表演。”

“就是这个！”波川激动地伸出食指，说道，“没错。”

“还了解到表演的组织者，她是一位专业的女单板滑雪者，也是我认识的人。”

高野说是一个叫濑利千晶的女孩，她曾经在单板越野滑雪队，听说目标还是参加奥运会呢。

“这么一说……”龙实想起来白天在日向缆车乘坐处一起乘坐缆车的那对男女说的话，他们也提到了千晶这个名字。

“我和千晶联系了，说关于明天的表演有些事想问她。她说可以。”

“太好了！”波川高兴地拍手，说道，“这样我们就能找到‘女神’了。”

“那我们去哪儿见面？”龙实问高野。

“她说哪里都行，所以我就跟她说在‘木梨’会合了。就是这家旅馆的老板娘经营的居酒屋。”

“那走吧。”波川快速站了起来。

居酒屋就在旅馆步行几分钟的地方。他们一拉开推拉门就听到从前台传来一句热情的“欢迎光临”。这人穿着和服一时没有认出来，仔细一看原来是在“布谷鸟”餐厅见过的老板娘。

“坐里面吧。”老板娘说道。

那是一张六人座的桌子，一会儿不知道还有几个人来，龙实他们三人并排坐下。

不一会儿，就听到推拉门被拉开的声音。

高野回头，用明快的声音招呼道：“这儿。”说着，他微微招手。

进来的是一男一女。龙实抬头看到男士的时候，心想哎呀，这不是巡逻队员根津吗？

“什么啊，听说有两个人想见千晶，原来是你们啊。”根津也一边一脸意外地看着龙实他们，一边坐到了对面。

和根津一起来的是一个看起来很要强的女性。她身材虽然很瘦，但是感觉体魄强健。她和龙实他们打声招呼说“你好”之后也挨着根津坐了下来。

女服务员来点单，他们要了五杯生啤。

“你们找到那位喜欢粉雪的女孩了吗？”根津看了看龙实

和波川。

“什么意思啊，那是？”千晶苦笑着皱了皱眉头，说道，“听起来很老套哎。”

“就是有一个让他一见钟情的女孩，唯一的线索就是女孩是喜欢粉雪的单板滑雪者。”

“不是的，不是这么简单的事。其实，我们找她还有更加重要的事情。”波川说完就不停地催促龙实，“接下来的你来讲。”

龙实干咳了一声开口说道：“我出了一些状况，在明天中午之前找不到她就糟了，是关乎我人生的大问题。”

“为什么就糟了？你找到她之后呢？”

“请她帮我做证。”

“做证？”

根津一脸疑惑地看着旁边的濑利千晶。此时千晶也一脸疑惑。

啤酒端了上来，大家都默默地伸手端过来，当然，现在的气氛并不适合干杯。

“感觉，是很麻烦的事情。”根津脸色变得警戒。

“是的。说实话，是非常麻烦的事。”

龙实一边注意不被周围的客人听到，一边简短地把事情经过说了一遍。可能是听到跟杀人事件有关，根津和濑利千晶的脸色变得严肃起来。

“我尽量不给那个女孩添麻烦，只是让她帮我做证就可以。”龙实对两个人坦白道。

“事情我大概明白了。”濑利千晶喝了一口啤酒说道，“那这

件事和明天的婚礼有什么关系？为什么叫我来？”

“今天我们在滑雪场见到了那个女孩。就在你们暂时封起来的雪道上，那些看起来很专业的双板和单板的滑雪者，不停地滑行，她就在那群人当中。”

“应该是那个时候吧。”根津说道，“就是拍摄推广视频彩排，在雪道上面的部分滑行的时候。”

“你怎么认出她来的？”

“因为滑雪服，它非常有特点，一眼就能认出来。其实今天早上也见到了。在规定雪道以外的树林里滑行的时候。”

“什么样的滑雪服？”

“红白两种颜色的，白底红波点花纹的。”

“而且听两人说其他成员当中没有穿相同花纹衣服的。”高野说道。他没有用敬语，可能是因为他们之间关系比较好吧。“所以我想问问千晶，想着你是不是知道那个人。”

濑利千晶微微摇头，看着龙实，问道：“两天前你在新月高原滑雪场见到她了对吗？你看清楚她的样子了吗？”

“看清了。”

“还记得吗？见到之后能认出来吗？”

“我想我能认出来，印象很深刻。”

“嗯……”千晶又喝了一口啤酒，脸上看不清是什么表情。

“千晶，你帮帮他们吧。”高野说道。

“拜托了。”龙实说完低下头去，旁边的波川也低下头。

“别这样，请抬起头来。”千晶用冷淡的语气说道，“如果

是这样的话，我也想帮你们，但是，我不能陪你们做这样不靠谱的事。”

“不靠谱？您是什么意思？”龙实看着濑利千晶一脸好胜的表情问道。

“就是你认错人了。彩排时你看到的滑雪的那个人不是你要找的女孩。”

“你怎么知道？”

“因为……”千晶一下坐直了身子，直直地盯着龙实，说道：“因为当时彩排滑雪的就是我。”

“啊！”龙实惊讶地睁大了眼睛。

“当时那个人穿着白底红波点滑雪服，浅蓝色裤子，两手拿着花对吧？”

“是的……”

濑利千晶听后微笑着说道：“那就是我。为了最后确认，我自己也去滑了一次。”

龙实说不出话来了，只是不停地眨眼睛。

“顺便说一句，今年我一次新月高原滑雪场都没有去过。所以，我也没有见过你。”濑利千晶一字一句慢慢说完之后，最后又加了一句，“所以你只是单纯地认错人了。”

龙实感觉脑海里有什么东西在一点点咔咔地敲碎他的思想。他变得完全无法思考，甚至自己现在也不知道自己是什么样的表情。

“那今天早上呢？”波川问道，声音激动，“今天你到雪道外

的树林里去了吗？”

“不好意思，那也不是我。今天我没有到雪道以外的地方滑雪。”千晶再次进行了否认，说道：“我很忙，没有那样的空闲时间。”

“那，可能就是你之前碰到的女孩。”波川对龙实说道。

龙实一边发呆一边摇了摇头，说道：“可是衣服完全一样啊……”

“也不是没有可能吧。”根津说道。

“本来像滑雪服这样的东西，经常有很多相似的。认错人，也是常有的事。”

“但是那件滑雪服太有特点了。我没有见其他人穿过相同颜色的衣服。”龙实还是不肯放弃地说道。

“是的，我想这句话说得通。”千晶很认真地同意道，“那件滑雪服是非常特殊的，我想应该没有流传那么广，也就是说，一般人是不会穿的。”

“什么意思？”

“那样款式的滑雪服是某个滑雪场用来出租的，所以市面上应该没有卖的。可以说它的设计非常独特，非常显眼对吧？就和打保龄球时租用的一样，据说是为了防盗特意做成那样的。”

“确实很显眼。”龙实说道。

“但是已经过了好几年了，衣服已经很旧了，所以我扔掉了。于是我就想先借一借。根津哥也说过，在看雪场婚礼表演的时候，大家各穿各的衣服看上去很乱。我也比较介意这一方面。那款滑雪服是红色和白色也很吉利，这个时候穿最合适了。于是我就租了

五十几件，自己承担运费请他们寄了过来。其中的一件，就是我今天穿的那件。为了看看在雪上呈现的效果。我就穿上滑了一次。”

“原来是这样啊。我还不知道这件滑雪服有这样的来历。”根津由衷地说。

“因为毕竟我们资金不足，不得不在各个方面精打细算。”说着濑利千晶有些骄傲地抬起头。

“等一下，那今天早上我在雪道外遇到的女单板滑雪者也……”

听到龙实的话，濑利千晶微微点头。

“如果是穿着那款衣服的话，那应该就是明天参加活动的人之一。因为几天前我已经把衣服给他们了。”

“就是这样。”波川打了一个响指，说道，“虽然不知道是不是今天早上遇上的那个人，但是肋坂在新月高原遇到的肯定是表演者其中的一个吧？”

“有可能。”千晶点点头。

“所以，千晶你去确认一下怎么样？”根津说道，“给表演者们发个短信就可以，问他们前天有谁去过新月高原滑雪场。再问问她是否是穿着明天活动时穿的衣服去的。”

千晶还没回答，波川就低头说道：“拜托了。”龙实见状也赶紧低下头请求。

“没办法了，虽然很麻烦。”

听到千晶不情愿的回答，“太谢谢您了！”龙实和波川异口同声地感谢道。

31

抬头看天，星空真美。大都市里看不到这样的夜景。天气预报说今晚会降雪，但是现在还是晴空万里，所以小杉有些怀疑。但是，也可能会下雪，因为雪山里会发生什么谁也无法预料。

小杉走在有些昏暗的街道，前面看到了一点儿橙色的灯光。再稍微走近一点儿的话，应该能看到牌子上写着“木梨饭店”。小杉加快了脚步。

晚饭已经在旅馆旁边的餐厅吃过了，但是小杉不想吃完饭就回房间，所以一直信步走到了这里。白井说累了就先回房间了。现在应该泡着温泉，一个人慢慢喝着啤酒吧。

小杉刚走进小店，入口处的推拉门突然就被拉开了，几个人走了出来，有肋坂、波川和高野。小杉迅速看了看周围，藏到了

停在旁边的轻卡的阴影里。

看着年轻人三三两两地走远之后，小杉才再次向店里走去。

刚一打开推拉门，就听到老板娘惊讶地说："哎呀。那些人刚走——"

"我知道。"小杉说着走近吧台，拉了把椅子坐下。店里还剩下一桌客人。

老板娘拿上来了热毛巾。小杉谢过之后，接了过来，然后点了生啤和毛豆。

"他们，有什么进展吗？"小杉问道。

"具体情况我没有听到，但是好像有点儿收获。好像知道要去哪里找能够证明肋坂同学不在场的那位女孩了。"

"是，那就好。如果明天能尽快找到的话，我也解脱了。"

老板娘把啤酒杯把手那面放到小杉面前，接着端上了一盘毛豆。

"你说的解脱是什么意思？"

小杉喝了一口啤酒，一边伸手去拿毛豆一边说道："虽然这样对不住肋坂，但是最晚明天下午肋坂就必须在我的控制之下了，而我也要把这件事报告给上司。当然，他一定会命令我把人带回东京的。那时候如果还没找到可以做证的那个女孩的话，事情就麻烦了。"

"你把这里的情况跟上面说明一下，稍微晚一点儿把人带回去不行吗？"

"跟他们说不通。他们一定会聒噪地命令我立刻把人带回去。"

“但是，要是那时候把人带回去，很有可能就失去了可以证明肋坂无罪的机会了呀。”

“所以我说，如果能尽快找到那个女孩我也就解脱了。肋坂自己也能安心，我也不用把他当作嫌疑人对待了。这样我就能轻轻松松地回东京了。但是，如果找不到的话，事情就不是这样了。不仅如此，把人带回东京之后，就正式开始对肋坂进行调查，我也要在别人手下干杂活了。”

“嗯……”老板娘好像不能理解似的侧了一下头，“感觉，很奇怪啊。不管有没有找到证人，小杉警官看来都不相信肋坂是凶手。但是，你却一直说你不得不这样做。”

“没办法啊。我们也是听别人差遣。小兵就别多嘴，只能听从命令，不能违逆上面的意思。”小杉吃了一颗毛豆，端起啤酒喝了一口。

背后传来一句“多谢款待”的声音。最后一桌客人拉开椅子站了起来。

老板娘结完账，关了店，回到了吧台。

“我差不多也该走了吧。”

“您不用客气，请慢用。要不要再来一杯啤酒？”

“不喝啤酒了。来日本酒吧，你推荐什么？”

“那就来这个吧。”说着老板娘拿出一个一升的酒瓶，上面写着“水尾”的字样。

“好啊。老板娘也来一杯吧。”

“谢谢，那我就不客气啦。”

他们用杯子里的日本酒干杯。这种酒香气浓厚，入喉之后很清爽。

“这样啊，底下的小兵不能违逆上司啊。”老板娘一边看着酒杯一边接着刚才的话题说道。

“就是这么回事。”

“但是，”老板娘说道，“你已经违逆了一次了对吧？”

“嗯？”

“我是说今天早上的话。我说要把这件事向当地的警察和盘托出的时候，你并没有阻止我。面对紧张的白井警官，你觉得让他陪你做这样麻烦的事很不好意思。”

“哦，你说这件事啊。”小杉轻声说道。

“那个时候我就想，这个人是个有着五分灵魂的人。”

“五分灵魂？”

老板娘喝了一口酒，“呼”地吐了一口气。

“我丈夫当初从滑雪场退下来打算继承经营旅馆的时候，周围都是反对的声音，不，不仅仅是周围的人，就连当时正在经营旅馆的父母都劝他放弃。当时是泡沫经济时期，人们滑雪的热潮散去，不管是滑雪场还是旅馆都不景气。但是我丈夫却说，正因为这样才应该有像我这样的滑雪傻瓜站出来啊，于是力排众议，实实在在地做了很多尝试。比如到旅行代理店交涉，到电视台游说，但是，结果却不好，客人还是越来越少。我嫁过来的时候就是这个时期，了解了内情之后，简直吓了一跳。因为他欠了全村人二十亿日元的债啊。当时我就想完了，真想逃走了。”

虽然不知道老板娘说这些话接下来是什么走向，但是小杉喝了口酒润润口，问道：“然后呢？”

“就在那时，突然间听说有一家大的企业要收购滑雪场。当时有不少人顺水推舟，说什么滑雪场就交给你们了，我们维持我们自己的生活，这样大家都找到一条新路不是很好吗？而正面反对这种声音的就是我丈夫。他说把村里最大的财富卖掉就相当于出卖自己的灵魂啊。虽然我们每个人都是蜉蝣一样的存在，但是就算一只一寸的虫子都有五分灵魂，把这些灵魂聚集起来就一定能成为一股很大的力量。他这种理想主义人们认为是逆势而为，但是他没有放弃。最终同意他的人多了起来，大家决定再尽力拼一次。但是这样的话，我丈夫的担子就更重了，一直很努力但还是失败了。但是，事情还没有结束，他还牺牲睡觉的时间，像拴在马车上的马一样日夜不停地工作。就因为他这样不停工作，所以就连自己得了癌症都不知道。”

一直以很轻松的语气讲这些事情的老板娘表情一直都不阴郁，就好像在说一件很令人高兴的事一样。正因为如此，故事的后半段，让小杉吓了一跳。

“你知道吗？肝脏被称为沉默的内脏，就是人不会感觉到痛。经常有癌变发现已经是晚期的情况。我们家那位就是，眼看着人慢慢瘦下去，最后卧病在床不能动……他最后对我说的话就是，对不起，后面的事就交给你了。可是他所说的后面的事到底是什么呢？我们又没有孩子，如果有所托的话也就是旅馆了。想要守护旅馆，就只能像我丈夫所期望的那样，让滑雪场重回昔日的活

力。虽然我不知道自己能做什么，但当时我就下决心凡是能做的一定尽力做。一寸的虫子也有五分灵魂——我也这样想。不论被人笑呆笑傻都无所谓。”

听着老板娘充满激情的讲述，小杉想附和也没有插上话。只能真诚地说一句：“祝你愿望成真。”

老板娘用手托着脸颊，有些害羞地笑了。

“不好意思让你听我毫无章法地说了这么多。”

“不，你说得很好。”

老板娘坐直了身子，正面看着小杉说道：“所以呢，小杉警官的灵魂是怎样的呢？”

“我的？什么怎么样？”

“小杉警官不会没有任何野心就想当一名普普通通的警员吧？我不明白你们警察的组织架构是怎样的，但是真的是——即使知道正确也不做，谋杀自我的地方吗？”

小杉表情严肃，撇了一下嘴说道：“你真是说到痛处了啊。”

“如果说了让您不高兴的事请原谅。您可能觉得我是在说风凉话吧。但是，我想小杉警官是一个有五分灵魂的人。难道说就因为您是一个兵，上面交代什么就做什么这样真的好吗？偶尔按照自己想法行动也不是一件坏事吧？我想，如果这样做结果反而立了功的话你的内心一定很澎湃的。”

听她这样轻松的语气，小杉苦笑了。她确实像是在说风凉话，但是很奇怪他却不生气。

“你说我应该怎么办？”

“那我这个外行人就不知道了。但是，逮捕犯人是警察的职责吧？如果有空去抓明知道不是犯人的人，倒不如多花点儿精力去找出真凶更好一些吧？”

小杉本来要去端酒杯的手停在半空中。

“老板娘……你果然是个很有意思的人啊。”

“您又拿这句话夸我，谢谢啊。如果我说了什么不恰当的话还请多原谅。”老板娘说着低了低头，一口干了杯子里剩下的酒。

32

正在看电视机里播放天气预报的时候，龙实听到放在床上的电话发出了尖锐的响声。

龙实走近拿起电话，波川用遥控器消掉了电视的声音。

“您好。”龙实说道。接着就听到一位男工作人员说道：“有外线进来，是一位叫濑利的女士。需要给您接进来吗？”

“啊，拜托接进来。”龙实重新握了握听筒，感觉有些紧张。

“啊，您好您好。”

“是肋坂同学吗？”

“是的，是濑利小姐对吗？”

“是的，不好意思，打扰你睡觉了吗？”

“不，完全没有。话说，怎么样了？您找到了吗？”

波川也走过来，凑近耳朵听。

“嗯……那个，还是没有找到。”

“啊？”龙实看了看波川，接着问道，“是怎么回事呢？”

“总之，明天所有参加活动的滑雪者都回复了信息，没有一个人前天去过新月高原。”

“啊？怎么会这样？”

“我再确认一下，是前天对吧？日期没有搞错吧？”

“没有，就是前天。”

“嗯……”千晶轻声说道，“那就对不起了，现在的表演者当中没有你要找的人。我想你只能再想想别的办法了。”

“别呀，但是……只有表演者才有那款衣服吗？”

“应该是这样，但是也不能断定。我刚才也说了，衣服是租来的，也有可能有其他人像我一样租借呢？并不排除这种可能的。”

“你是说那个人又恰好今天来到的滑雪场吗？我想没有这么巧的事情的。”

“你这样说，我也不好回答你。我只是受你们所托给明天的表演人员发了信息确认而已。问他们有没有前天穿着那件衣服去新月高原滑雪场，还有就是有没有人今天早上在雪道外滑雪。不仅是女性，男性我也问了，就是现在告诉你们的结果。”

“啊……这样啊。不好意思。”龙实声调降了下来。

“以防万一，我还问了他们有没有把衣服借给别人。”

“没有人这样做对吧？”

“嗯。”千晶回答道，“我再确认一遍，真的是那件衣服没错

吗？白底红波点花纹，有没有可能是你记错花纹的样子了？”

“我想没有。确实是那个花纹。因为那个花纹给人印象太深刻了，我不可能记错的。”

听到龙实回答得那么肯定，千晶也用沉静的语气说了一句：“我想也是。”

波川在旁边伸出右手示意龙实把电话给他。因为他一直在旁边听着，看来大致的情况也都了解了，龙实把电话递给了他。

“您好，我是波川。”波川开门见山地说道，“我在旁边都听到了，你刚才说在表演者当中没有我们要找的女孩对吧。……原来如此。是这样啊。但是，我想并不能保证所有的人都说了实情。”

在旁边听着朋友的话，龙实也吃了一惊。

“……是的。我想有人可能说谎了……我不知道为什么。我是说有可能……所以我想让肋坂当面确认一下不是最好吗……是的，所有人都让肋坂见一面……您稍等一下。”波川用手捂住电话，看着龙实问道，“你还记得她长什么样子吧？见面之后能认出来吧？”

“我记得。”波川重新对着电话说，“……好的。九点对吧。长峰缆车乘坐处……我知道了。我和肋坂一起去……好的，拜托您了。”波川放下电话，抬头说道：“就是你听到的这样。”

“你的想法是那个女孩可能在说谎对吧？”

“也不是没有这个可能吧。”波川又回到原来的位置上盘腿坐下，接着说道，“但是，我想这个可能性接近零。”

“我想不通了，这到底是怎么回事啊。”龙实说着直摇头，“衣

服明明没有错，为什么就没有人承认呢？”

“确实让人难以理解。不管是不是新月高原滑雪场遇到的‘女神’，但是今天早上你确实看到了一个穿着那件滑雪服的单板滑雪者啊。至少，没有人承认这点就不正常。”

“是啊，啊，到底怎么回事啊？”

就在龙实挠头的时候，听到了“咚咚”的敲门声。

一边想着是谁，龙实一边冲着门口处说：“请进。”

客气地打开门走向屋里的，是他们没有想到的一个人。龙实赶紧调整姿势，波川也从盘腿坐变成了正坐。

“好了好了。这就是你们住的房间啊。”小杉摆摆手说道。

虽然他这样说，但是，他们还是有些不知所措。龙实把手放在膝盖上，默默地看着他。

小杉站在门口，向屋里扫视了一眼说道：“现在方便吗？有些话想问你。”

“啊，请进。”龙实快速点点头。

小杉脱了鞋子进了屋，他手里还提着一个白色的塑料袋。看到波川要给他拿坐垫，小杉说道：“不用客气。”说完直接坐在了榻榻米上。“你们也随便一点儿吧，这样我们才好说话。”

龙实和波川对视一眼，又恢复了之前的姿势。

小杉脱掉羽绒服式的滑雪服，说道：“可以的话，你们也来点儿？”说着把白色塑料袋放下，从里面拿出了罐装啤酒。

“谢谢。”波川说着拿起了一瓶，见状龙实也伸手拿了一瓶。

小杉拉开瓶口，喝了一口啤酒之后，问道：“所以呢，你们这

边是什么情况？找到那个能证明你不在场的女士了吗？”

“没有，那个，碰到难题了……”龙实拿着啤酒，低着头说。

“难题？怎么回事？”

“就在我们看到希望的时候，却没有找到人。本来没有这种可能的……”

“那就不好办了。”小杉皱着眉头说道。

“刑警先生。”波川说道，“明天我们一定会尽全力寻找那个女孩的，但是中午之前不太可能找到。您能再等等吗？比如说明天一天？”

小杉用犀利的眼神看了看波川，接着又看了看龙实，说道：“这话你跟我说也没用。问题是搜查本部很快就能查到你们在这里吧。我无法阻止他们，如果你们不想被捕的话，只能从这里逃走了。”

“但是如果那样的话，我们就没有机会找到她了。”龙实说道。

“而且，也不能永远逃跑啊……”波川小声说道。

“你们说得对。所以无论如何，明天尽快找到那位女性。我只能做这么多了。”

龙实把手放在额头上，表情严肃，太过焦虑身体都热了起来。

“但是，还有一个办法可以救你。”小杉把啤酒放在桌上说道，“如果不是你杀的福丸，那么犯人就另有其人。如果能找到这个人，也能证明你的清白。”

龙实看着小杉，说道：“我知道，但是这样的事我能做到吗？”

“我不知道，但是我想试试。本来这就是我们的工作。”小杉说着从脱下来的滑雪服的口袋里拿出了手机和笔记本，“你能协

助调查吗？”

龙实立刻坐直了身子，不停地点头，说道：“只要是我能做的我一定尽力。”

“好。”小杉说着打开了笔记本。看到他这样，龙实有一种不可思议的感觉。自己只是一心想着找到不在场证据，但是就像小杉说的，这个案子真正的犯人是另有其人的。但是他自己却都没有一次考虑过这件事。

“首先我们来说一下案件的大致内容吧。”

小杉一边看着笔记本，一边说出了如下内容。

案件发生时是中午。第一个发现被害人的是打工下班回家的福丸家的家庭主妇加世子，而且玄关处的门没有锁。紧接着她发现客厅抽屉里的现金被偷，佛坛上装饰用的、死去的狗的狗拴不见了。

龙实是第一次详细地听说发生在福丸家的事，这样看来，确实是一起入室盗窃杀人案。自己被怀疑成是这样案件的凶手又再次让他感到惊恐。

小杉抬起头来，问道：“有什么想问的吗？”

龙实想了想问道：“福丸先生，当时在干什么呢？”

“据推测，是在一边看电视一边研究围棋。发现遗体的时候电视机是开着的。而且旁边还放着棋盘，上面有几颗棋子。”

“哦。”龙实点点头，想象了一下那个场景。他想起来，福丸老人经常在房间里这样。“对于一个喜欢围棋的老人来说，那可能是他最幸福的时光吧。”小杉像是同意他的观点似的合上了笔

记本。

“好了，听了我刚才说的，你有注意到什么吗？虽然你们在一起的时间并不长，但是最近这段时间你每天和被害人接触。我想，甚至可以说比起和他同住的儿子、儿媳在某种程度上更了解被害人不是吗？”

“嗯……”龙实做思考状。

“怎么说呢，福丸先生确实跟我说过不怎么和儿子儿媳说话。”

“根据推测，凶手既然使用狗拴作为凶器，那就说明杀害被害人不是有计划性的，从这方面考虑，你有什么线索吗？”

“你是说凶手最初的目的只是单纯地想盗取钱财，是吗？”

“确实，有这种可能性。之所以怀疑你，也是这个原因。”

“真是服了。”龙实用手抱头。

“但是，”小杉接着说道，“如果凶手另有其人，那他是怎么进到家里的呢？这个疑问也困扰着我。因为只有玄关处的门是开着的，所以认为从玄关处进入屋子才是比较合理的。以盗窃为目的从玄关处进入到家里的凶手，即使发现屋里有人，也不至于激动到把人杀了。”

“我也这样想。”波川也用非常肯定的语气说道。

“我想，”小杉舔了一下嘴唇继续说道，“并不是凶手闯进家里的。应该是被害人认识的人，从玄关处被引到家里的。但是，就像我刚才说的，这时候他还没有打算杀害被害人。但是之后，不知道为什么和被害人发生了什么冲突，情况发展成凶手激动之下，失手杀了被害人。”

“我觉得，您推理得很好。”波川眼睛放光崇拜地说。可能正是因为他是法学部的学生，才对案件比较感兴趣吧。

“因此，关键就是被害人的人际关系。”小杉看着龙实说道，“你有没有听说，福丸阵吉先生有跟什么人结怨吗？有没有和谁发生过冲突之类的事。”

龙实努力回忆福丸的人际交往，那位老人都和他说过什么话呢？

“怎么样？”小杉催促说。

“我不记得听说过类似的事。他跟我说的都是围绕 Pero……就是狗的事情。”

“那，福丸先生是一个怎样的人？比如性急、神经质什么的。”

“嗯……我想想。我觉得他没有表现出过这种情况。”

“你不是说因为狗遭遇了事故，所以被开除了？那时候他是什么反应？是不是训得很惨？”

“那件事是我不对，因为自己的疏忽造成事故，我感觉非常抱歉。但是也没有被骂得很惨。他只是说不应该把自己那么心爱的狗交给别人照看，所以我就觉得更愧疚了。”

“你是说，被害人不是一个容易招人恨的人，对吧？”

龙实深深地点头。

“他是个很好的人。对我也很好，甚至还请我吃过寿司。”

“寿司？”

“因为好像白天就他一个人在家，所以午饭就去便利店买盒饭解决。但是偶尔也去商店取东西，于是有一次他就对我说：‘你饿不饿，我请你吃饭。’然后他也帮我点了一份寿司。”

“嗯……看来他还是挺有钱的啊。”

“好像是有临时收入，特别是那时候他的心情很好。”

“嗯……”小杉静静地点了点头。这可能和他脑海里构建的思路以及被害人的人际关系不一致吧。“这也没有办法。”龙实想，我也不能说谎啊。

“我可以说几句吗？”波川举了举手，说道，“没有找到凶手留下的物品或者痕迹什么的？”

“如果有这样的东西，我们也就不用这样辛苦了。”小杉苦笑道。“找到的最大的痕迹就是之前在备用钥匙上肋坂同学留下的指纹。所以事情才发展到这一步。”

“对不起。”龙实垂下头说道。

“话虽如此，我也没有亲自见过现场的情况，只是通过录像确认了一下。”说着小杉拿出手机调出录像，把画面转向龙实他们那一边，“你们看，就是这样。”

画面呈现的就是龙实印象里的日式房间。房间里有电视，佛龛和放茶具的橱柜并排放着，还有一个比较矮的桌子和椅子。桌子旁边放着棋盘，棋盘上放着几个棋子。

榻榻米上有几条白线摆成了一个造型，一看就是人体的形状，应该是警方勾勒的被害人被害时倒在地上的情况吧。

“怎么样？有没有发觉什么不对的地方？”小杉问道。

“桌子上放着几本书对吧？”龙实指着画面的某一部分说道。

“是的。”

“这是什么书呢？”

小杉用手放大了画面，那本书是《提高围棋等级术》。

“好奇怪呀。”龙实小声说道。

“什么奇怪？”小杉问道。

“这本书，是我还在福丸先生家打工的时候他买的，但是后来他说买失败了。”

“买失败了？为什么？”

“他说上面写的都是他已经知道的事，一点儿用处都没有。他是在书店读了最初的几页就买了，书的后面部分没有什么好内容，他觉得被骗了。”

“也就是说，”波川插进来说道，“你是说既然这样他还在读这部书就很奇怪了对吧？”

“是的。”龙实回答道。

“但是也不能断言吧，因为有可能他再次回过头来读了读又发现了这本书的亮点了呢。”

听小杉提出不同意见，龙实降低声音说道：“虽然也有这种可能……”

“除此之外呢？还有注意到别的不对的地方吗？多细小都没关系的。”

龙实再次仔细地看过画面之后，慢慢摇摇头，说道：“好像没有什么特别的……”

“这样啊。”小杉一边点点头，一边收起了手机。

“已经这么晚了，我差不多也该撤了，不好意思打扰到这么晚。”

“不不，是我们不好意思。没帮上什么忙真是对不起。”

“你没必要道歉，某种意义上讲你也是被害者。但是我们却没给你应有的对待。我很担心明天的事，要是能顺利找到那位女士就好了。”

“无论如何我们会尽力的。”

“我祈祷奇迹的发生。”小杉拿起滑雪服站了起来，说道，“这时候如果福丸老爷子在天有灵的话一定恨得牙痒吧。”

在天有灵的话——小杉不经意的一句话刺激了龙实大脑中的某条神经。就像有件事情本来已经忘记了，但是拼命想要记起来的感觉。电光石火之间他感觉抓住了什么。

“肋坂。”波川说道，“你怎么了？”说着摇了摇龙实的身子。

就在这时，刚才好像被什么控制住神经的龙实突然间回神，抬起头看着小杉说道：“警察先生，我能再看一遍现场的照片吗？”

小杉从口袋里拿出手机调出刚才的画面。

“照片上的电视机是关着的，但是发现遗体的时候是开着的对吗？”

“听说是这样。”

“福丸先生当时在看的是什么？电视节目吗，还是 DVD？”

“这重要吗？”

“非常重要。”

小杉陷入了思考，接着从龙实手里拿过了手机，快速地拨出号码，把手机放在耳边，说道：“白井吗？是我。……稍微绕了段路。我想再问能提供信息的人一些话……具体内容稍后再说。但是，有件事我想问你，当时被害人在房间里看的是电视节目还是

DVD……DVD？确定吧？”

“是什么 DVD？”龙实问。

“是什么 DVD……啊？你说什么？”小杉瞪圆了眼睛，说道，“真的假的……嗯，我知道了，再联系。”挂了电话，小杉又说道：“真是让人吃惊啊。”

“是什么样的 DVD，让我猜猜看。”龙实说道，“是类似租赁的那种黄色 DVD，我有说错吗？”

“没错，就是这样。你怎么知道？”

“因为这是福丸先生的兴趣之一。您没有看电视机柜子的抽屉吗？里面有很多光碟。”

“即使八十岁了，但也是个男人啊。”

“听说他是为了在学习围棋的时候能够随时观看才放在这里的。用他的话说就是学习累的时候正好放松一下。”

“原来如此。但是如果要是这样的话不也没什么问题吗？”小杉说着再次把画面转给了龙实，接着说道：“正如你刚才所说。”

“不，有问题。”龙实指着画面的一部分说道：“佛龛是开着的。”

“佛龛？”

“因为我看他很喜欢这类 DVD，还曾经送过他一张。福丸先生当时很高兴，说立刻就想看。但是在把 DVD 放进 DVD 机里面之前，福丸先生关上了佛龛的门。问他理由他说开着佛龛就像他死去的老婆在看着他一样，会紧张，所以每次看 DVD 的时候都一定会关上。”

小杉看了看照片，说道：“但是，照片上的佛龛却是开着的……”

“所以我说奇怪。”

“会不会是忘记关了？”波川说道。

“我想不会。”龙实立刻否定了这一说法，“他不是那样粗心大意的人。”

“那，是凶手行凶之后打开的？”

“不，不可能。”这次是小杉进行了否定。他接着说，“犯人所使用的凶器，也就是那条狗拴是放在佛龛里面的，如果当时佛龛的门是关着的，那他应该看不到狗拴。”

“这样啊。”波川小声说，“那这到底是怎么回事呢？”

“如果往DVD机里放光盘的是福丸先生的话，佛龛一定会被关上的。”龙实说道，“佛龛开着是因为放光盘的不是福丸先生。”

“你是说，是凶手放进去的？”小杉问道。

“我想只能是这样。”

“他为什么这么做？”

“那……我不知道。”

“我想问肋坂。”波川说道，“福丸先生一边下围棋的时候一边看的是黄色DVD，还会看别的吗？”

“我不清楚。我想他不会看着什么电影之类的。只会在下围棋的间歇时候放些背景音乐，说到底也是为了放松一下。”

“波川同学，你想说什么？”小杉有些着急地问道。

“我是这样想的。如果本来播放机里就什么都没放，那么凶手没有理由特意把DVD放进去。他之所以会这样做肯定是因为播

放机里已经有 DVD 了，而他需要把它替换成黄色 DVD。”

“也就是说，”小杉激动地说道，“原本放在播放机里的 DVD 是对凶手不利的 DVD。”

“就是这样。”

“那是什么样的 DVD？”

“我正在想。既然佛龛是开着的，那就应该不是黄色 DVD 之类的东西吧。所以我才问你啊，除此之外，福丸先生在下棋的时候还看什么样的 DVD。”

“我想想……”

“如果是为了放松一下才看的，那么应该是大自然或者动物之类的吧。这样能转换下心情。”

听了小杉的意见，龙实不敢苟同，他说道：“我想福丸先生是不会看这类东西的。”

“那如果不是为了放松呢？”

听了波川的话，龙实和小杉同时看着波川。

“不是为了放松，而是把棋盘放在跟前认真地观看 DVD 呢？那是什么样的 DVD 呢？”

“原来如此。”小杉大声说，“难道是和围棋有关的 DVD？”

波川一副终于有人懂我的表情，不停地点头：“也有这种可能不是吗？”

“这么一说我想起来了，福丸先生曾经说过，除了电视新闻和围棋的节目，他不看其他节目。”

“没错，就是这个。”小杉肯定地说道，“福丸先生正在看和

围棋有关的 DVD。但是，DVD 留在现场对凶手非常不利，因为那个 DVD 是——”

“是凶手自己带过来的。”龙实和波川异口同声地说道。

“福丸先生认为写得非常烂的放在桌上的教科书也是凶手的著作。他替换 DVD 是为了掩饰福丸先生当时是一边看 DVD 一边研究围棋的事。”龙实很肯定地说。

小杉拿起手机再次站了起来。

“调查的方向已经明确了。现在不是在这悠闲地泡温泉的时候，我坐明天最早的一班车回东京去。”

“那我们应该怎么办？”龙实问道。

“我会尽一切努力找到真凶，但是不知道能不能马上抓到他。这样，你依然是第一嫌疑人。如果被抓了就等着地狱般的盘问调查吧。”

龙实吞了一口唾沫，想这真是赤裸裸的威胁啊。“所以呢？”

“所以你们无论如何要找到能给你做证的女士。不要以为警察什么都会听你的，警察不会积极寻找有利于嫌疑人的证据。只有你自己能保护你自己。实在不行，就拼命跑，绝对不要被抓到。”

一口气说了这么多之后，小杉说了句“再见”就走出了房间。

33

根津睁开眼，听到哪儿有电子产品在响。虽然是自己已经习惯的闹铃的声音，但是不知为什么今天听起来格外清新。根津从床上起来，关掉放在桌子上的闹钟。之所以不把它放在枕边是为了防止伸手关掉再睡过去。

他迷迷糊糊地走到冰箱前，拿出水瓶，回到了桌子前。斜靠着床坐下，打开瓶盖喝了口水。桌子上放着几个空的啤酒瓶。之所以现在很口渴可能是因为昨天晚上喝多了吧。在“木梨饭店”和千晶他们喝了一次，回到房间又自己喝了一顿。

空酒瓶的旁边摊着一本旧的笔记本。是他很久之前用过的，从书架上拿下来的。打开的那一页画着的是一幅冰雪过山车的设计图。它的构造是在倾斜的雪面上弯出一个半圆形，然后从上面

滑下来，样子接近雪橇比赛。根津计算出的最大时速可以达到 30 千米，但是实际感觉更快，被认为是非常惊险刺激的设计。产生这个构想是在十年以前。他当时向滑雪场的巡逻员上交提案，被否定说“你是傻瓜吗”，他们当时还说“这太危险了，维护费用太高了”。

“确实是。”根津苦笑着说。如果自己是管理者的话也会反对的吧。只有梦想和理想是不能做生意赚钱的。

根津把本子拿在手里，哗啦哗啦地翻了翻。在记载着威亚 U 形池的那一页上画着令人难以理解的复杂的图形。这种构思是用威亚把单板滑雪者吊在空中，然后可以让其体验像拥有专业水准的滑雪者在 U 形池上滑行跳跃的一样感觉。图形的旁边写着的数字是维护管理费用和人工费用的大概值，中途放弃计算是因为自己也意识到数字太过庞大。

合上笔记本，根津叹了一口气，又喝了一口水。

千晶的脸浮现在脑海里。

他恨自己为那么重要的朋友什么都不能做。只能对苦恼着的她说一句“我没有放弃自己的梦想”这样丢人的谎话安慰她。

根津站起来，打开窗帘。虽然有些暗，但是抬头看天，乌云已经彻底消失不见了。

根津想，今天，应该是一个谢幕的好天气吧。

34

列车刚经过高崎站不久，小杉上衣口袋里的手机开始振动。上面显示是南原打来的。小杉站起来拍拍正在睡觉的白井的肩膀，这位后辈睡眼惺忪地把脚收起来。

一边在过道上走着一边接听了电话。“您好。”小杉小声说道。

“是我。”对面传来长脸系长不招人待见的声音。

“早上好。”小杉走到列车连接处，身子靠着出入口旁边的墙上。

“怎么样了？”

“您指什么？”

“还用问吗？当然是问你有没有找到他们了。昨天不是告诉你他们逃跑时开的车的车牌号了吗？”南原问话的语速非常快。好

像他一大早心情就很烦躁。

小杉深呼吸了一下说道：“与其说没有找到不如说根本就没有找。”

“你说什么呢？你想干什么？”南原问道。小杉已经能够脑补他唾液横飞的样子了。

“系长。”小杉用平静的语气说道，“这次的真凶并不在里泽温泉滑雪场。”

“什么？都到这个时候了你还跟我兜什么圈子？我可是听说花菱系长他们已经开始行动了。”

“发生什么事了？”

“事大了！肋坂他们开的车被长野县境内的N系统拍到了，所以他们的目的地被锁定在几个地方，其中一个就是里泽温泉滑雪场，而且入口处的监控录像已经被收集了过来。”

“然后呢，在那被拍了吗？”

“拍得清清楚楚。”南原失望地说，“前天早上进入停车场的时候被拍了。就在刚才他们已经对长野县警方提出了协助请求。不久就会派搜查员到滑雪场去吧。看来很快就能逮捕肋坂他们，所以也派出了调查审问人员。”

“这样啊。事情发展得要比我们想象的快很多啊。”

“你怎么说得好像跟你没关系一样？为什么刚才不找那辆车？据我所知，那辆车也没有停在什么特别难找的地方啊。现在去还不晚。竭尽全力，无论如何要首先控制住肋坂他们。至于为什么你们能先到那找到他们，我替你找个适当的理由。”

小杉没有回答，因为他在考虑怎么解释这件事。

“喂！”电话里传来南原焦躁的声音，“你在听吗？小杉，你倒是说话呀。”

“没用的。”

“啊？你刚才说什么？”

“我说没用的。肋坂不是凶手，真凶另有其人。”

“小杉，你脑子糊涂了吗？”

“糊涂的是谁啊？”

南原有一瞬间怀疑自己听错了，没有反应过来，紧接着大声嚷道：“你再给我说一遍！”

小杉咂了一下嘴说道：“你没有五分灵魂吗？”

“五分……你说什么呢？”

“系长，这是一次机会。我要给本部的那帮人点儿颜色看看，请交给我吧。请相信我。”

“你在说什么？你，现在，在哪儿？”

“我在新干线上。回东京的途中。”

“你说什么？！……”小杉无视了南原的话，挂断了电话，接着拨通了另一个人的电话。

“早上好。”电话里传来老板娘充满热情的声音。可能是看了来电显示知道是小杉打来的吧。

“昨天谢谢，承蒙关照了。”小杉说道。

“不不，能帮上忙就好了。”

“帮了大忙了。如果没有老板娘，事情还不知道会怎么样呢。

然后，不好意思，还有件事能请你帮忙吗？有些话我想让你帮忙传达给那两个人——就是肋坂他们。”

“您尽管说。我现在就做笔记，您说吧。”

“不需要做笔记，搜查本部的人已经查到他们两人在哪儿了，不久长野县的警察就会赶到里泽温泉滑雪场，如果实在找不到能证明他不在场的女孩就赶紧跑——就这些。”

“啊？警察要来这里吗？”老板娘惊讶地说道，“今天可是要举行婚礼的啊，您能想想办法吗？”

“我无能为力。总之你先把这话告诉他俩。”

“我知道了。”听到老板娘这样说，小杉挂断了电话。紧接着旁边的门被打开了，白井从车厢里走了出来，手里拿着手机。

“系长的电话，问我们怎么回事，为什么回东京，大喊大叫的……”

“跟他说，回到警署再慢慢跟他解释，如果他没什么事干很闲的话就请他帮忙找找被害人的棋友吧。”

小杉说完就转过身去，去了卫生间。

35

吃过早饭，龙实他们回房间换完衣服，老板娘来了。听了她的话，龙实起了一身鸡皮疙瘩。老板娘说，小杉联系说，搜查本部最终找到了这里，警察很快就会来。

“很快？这不是比跟我们说的时间早了很多吗？”波川站起来说道，“说话不算数。”

“小杉警官说，如果你们找不到那位能做证的女孩，就赶快跑。”

听了老板娘的话，龙实抱头说道：“到底该怎么办呀？”

“现在不是郁闷的时候。”波川拍了拍龙实的背说道，“总之我们先去找千晶吧。”

换完衣服他们出了旅馆。他们还穿着从高野那借来的衣服，

但还是不放心。警察一定会想尽一切办法找到他们的吧。

可以看见长峰缆车乘坐处了。濑利千晶说早上九点来这里见面。

走近乘坐处的建筑，龙实睁大了眼睛。那里聚集了数十个双板和单板滑雪者，并且每个人都穿着白底红波点的滑雪服。裤子的颜色也都是浅蓝色。

“哇嗷，好壮观啊。”波川忍不住感叹道。

看着龙实他们走了过来，一个女孩跑了过来。虽然她带着遮阳镜，但是一看就知道是濑利千晶。她也穿着同样的滑雪服。“早啊。”千晶欢快地打着招呼。

“早上好。不好意思，你这么忙……”龙实道歉说。

“嗯，还真是挺忙的。所以，我们赶紧结束吧。这边。”

濑利千晶招手，龙实他们跟在她后面。

一走近穿着相同衣服的这群人，千晶就提高嗓门说：“女滑雪者，大家听我说。就是刚才跟大家说的那件事，想请大家让他认一认大家的脸。请大家把护目镜和口罩都摘了。先说好了啊，不是相亲，不需要做出无用的表情啊。”

听濑利千晶这样说大家都笑了起来。女滑雪者都把护目镜和口罩摘了下来，也有人把帽子和安全帽摘了下来。

“好了，现在我们能好好看清了。”

听到波川的催促，龙实走近她们。女孩们都一副津津有味的样子等着他。可能是已经习惯被人看了吧，她们好像一点儿都不害羞。反而龙实很紧张。

女滑雪者很多都是美女，有的人妆稍微有些浓，但是没有很夸张。在这个时候，龙实还是会没出息地忍不住想，这要是选女朋友该有多幸福啊。

最后一个人确认完毕，她是个美女，却不是他们要找的“女神”。

“好像没有啊。”濑利千晶说道。可能也从龙实的表情看出来了吧。

“所有人都在这了是吗？”龙实再次确认。

“是的，所有人都在这里了，没有别人啊。”

听到濑利千晶这样说，龙实彻底失望地低下了头。所有的希望都泡汤了。

“如果你能接受这个结果的话，我这里没其他事了，我们差不多该上去了。”

“啊，好的。可以了。谢谢您。”龙实对千晶低头致谢。

她点点头，指示女滑雪者上了缆车。穿着相同衣服的滑雪者开始一个接一个地向乘坐处移动。

龙实看了看波川。迄今为止不论怎样都能拿出对策的朋友，看来这时候也想不到什么好办法了，只是慢慢地摇了摇头。

濑利千晶再次走近他们，她抱着单板，另一只手拿着安全帽。

“对不起，没帮上你们。”

“不不。”龙实摇摇头说道。

“不在场证人是吗？祈祷你们能找到她。”

“谢谢。”

“再见。”说着她拿起了安全帽。就在这时候，有什么东西进入到龙实的视线。

“啊。”他忍不住叫出来了，“那个……那个安全帽……”

“嗯？什么？怎么了？这个贴纸，是我在单板越野队的时候我和我的竞争对手一起做的。我们约定谁在比赛当中赢了就在自己的安全帽上贴上一个。”

“你说的竞争对手，现在在滑雪场吗？”

面对龙实的提问，她回答说：“当然，必须的。她是这场婚礼的导演呢。”

“在哪儿……她现在在哪儿？”

“在上面，坐上缆车就能见到。”

“走吧。”波川说着开始走了起来，龙实他们就和濑利一起走向乘坐处。

听千晶说她的竞争对手叫成宫莉央，是今天婚礼上新娘成宫叶月的妹妹。

“如果肋坂见到的女单板滑雪者是莉央的话那事情就对上了。因为确实她在林中和粉雪上的滑雪技术不是半吊子。”

“太好了。”波川拍拍龙实的肩膀说道，“成了，这简直太好了。”

“要是就好了。”虽然龙实回答得很慎重，但是脸上还是忍不住露出了笑容。

缆车乘坐处的乘客并不太多。一共可以乘坐十二个人，但是大家并没有拼车坐的。跟着工作人员的引导，龙实和濑利千晶、

波川相继上了车。

后来又有两个人和他们一起上了车。都是看起来身材高大强壮的男士。一个穿着红色的滑雪服，一个穿着黑色的滑雪服。他们坐在了龙实他们的对面，一边看着手机一边开始悄悄地说着什么。

缆车启动之后，没过多久，“不好意思，您能把护目镜摘下来吗？”穿黑色滑雪服的双板滑雪者对龙实说道。

“嗯？”龙实看着他。

只见这位双板滑雪者从滑雪服的口袋里拿出了什么东西。

“请协助我们调查。”他拿出的是警察证件！

对方突然的举动，让龙实没有反应过来。一时间不知道说什么，只觉得脑子一片混乱。

“失礼了。”说着，另一个穿红色滑雪服的滑雪者手伸向了龙实的脸部。他抓住龙实的护目镜迅速拿了下来。龙实任由他做动作，因为他震惊到无法行动。

两个人把手机上的头像和龙实进行了比对，然后互相点点头。

“你是肋坂龙实，对吧？”黑衣人说，“我们被命令来控制住你的行动，所以来到了这里。”

“啊，等一下……等一下。”波川也显得有些不知所措，“什么事？这是怎么回事？”

“你是波川省吾对吧？”黑衣人说道，“我们奉命来控制住你们。”

波川和龙实对看一眼，明白了状况。他们撞上了长野县警察

为抓捕他们布下的网。应该是在缆车乘坐处蹲守来着。他们没想到他们这么早就能在这里蹲守等着他们自投罗网。

他们感觉头上的血开始倒流，不知道怎么办才好，无能为力，在这狭小的缆车中。想逃也逃不掉。

话说，他们是怎么找到他们的？

穿黑色衣服的滑雪者开口说道："没有换掉滑雪板是你们最大的失误。"

龙实看了看自己拿的单板。

"你们可以换衣服，但是我们推测你们应该不会换滑板和鞋吧。早就猜中了。"这位黑衣滑雪者——长野县的警察的语气有一种说不出来的轻松感。

而那位穿红衣服的人开始拿出手机打电话。"两个人，人身确保。"龙实听到他这样说。他打完电话之后在穿黑衣服的警察耳边悄悄说着什么。

"请等一下。请听我们……请听肋坂说，他有不在场的证人。"波川拼命诉求，拍了拍龙实的大腿，"你快说点儿什么呀。"

"啊？"龙实僵硬地坐着，说道，"是……是啊。我有不在场证人。所以，这个证人……现在在上面……我们正要去找她。……"龙实紧张得说不出话，结结巴巴的。

"不如上去之后再解释吧。"濑利千晶用冷静的口气说道，"见到莉央事情就好办了。"

"啊……对啊。那个，上去之后我解释给你们听。"

但是黑衣警察摇摇头说道："我们不去上面，上面命令我们在

中途下车。终点游客太多，有可能引起混乱。”

“怎么会有这么蠢的事。求您了，请上到终点，那有我的证人。”

“我不管那有谁，我们只按照指示做事。我们不能擅自做决定。上面要求我们把你们交到警视厅，如果有什么话说，到时候再说吧。”

龙实看了看波川，这位谋士朋友，在这样的困境下也只能是一副苦恼的表情了。

“我给莉央打个电话吧。”千晶说道，“如果她真是你们所说的证人，可能能来这里给你做证。”

龙实想着是个好办法，但是黑衣服却说：“不可以，请你在我们把两人带走之后再和外部联系。”

“怎么可以这样？我只是打个电话而已。”

“我们走之后你可以慢慢打。”黑衣服冷漠地说道。

最终他们离中间站点越来越近。

龙实拼命地思考。

如果就这样被抓住，真的没问题吗？被交给警视厅之后再提出要求说要成宫莉央提供证词，他们会听他的吗？他们会不会直接无视他的要求？

不行，万一成宫莉央不是他们要找的那位“女神”怎么办？如果濑利千晶说的是真的，成宫莉央应该和这件事有关，但是，前提是警察会帮他好好调查这件事吗？

不经意间，龙实想到了小杉的话，那位有经验的警察这样说

过，警察是不会真正替嫌疑人搜集有利于他的证据的。自己的命自己守护——

缆车进站。

工作人员走了过来，打开了门。红衣服的警察站了起来，先出去了。

“好了，你们也下车。”黑衣服的警察也催促道，接着又对千晶说道：“你留在上面继续乘车。”

龙实抱着滑板下了车，接着波川也跟了下来。黑衣服的下车之后就关上了缆车的门。缆车上只剩下濑利千晶一个人，继续走远了。红衣服的警察招呼了一声工作人员开始向前走，看来是要到对面向下走的缆车乘坐的一侧，那边没有工作人员，可能是没有乘客的原因吧。

到了乘坐处，红衣服说：“好了，上车。”

波川先走了上去，突然不经意迅速抬头看了龙实一眼。虽然看起来没有任何不对，但是龙实明白了他的意思。他在波川旁边的位置坐下。

两位警察也上来坐在了龙实他们对面的位置。不知道是不是因为工作告一段落，他们看起来放松了不少。

缆车的门开始慢慢关上。

龙实知道不能错过这个唯一可以逃脱的机会。强烈的冲动推动着他行动。就在他站起来的一瞬间，龙实迅速扒着即将关上的门，从夹缝中钻了出来，同时听到背后“啊”的一声。

龙实没有时间回头看。他一溜烟地向出口的地方奔去。警察

没有追过来，刚才肯定是波川阻止了他们。因为他看穿了龙实想要逃出缆车才坐在了里面的位置，而把门口的位置让给了他。

出了乘坐处，龙实迅速穿上单板，必须尽快逃离这里。这是毋庸置疑的，于是龙实拼命地滑行了起来。

要逃到哪儿去——龙实一边滑行一边思考。首先，需要找一个可以藏身的地方，然后和濑利千晶取得联系。让她帮忙筹划见到成宫莉央。为了摆脱现在的困境，只能这样了。

忽然，龙实感觉到背后不对劲。回头一看，吓了一跳。

不知什么时候，背后出现了大量的单板滑雪者朝着他追了过来。而且滑雪的技术不是一般人能比的。

几名单板滑雪者超过了龙实，但是他们好像并不打算离龙实太远，很明显他们故意控制住了速度。

而龙实的两边也开始有滑雪者并行滑了过来，后面也有，也就是说他完全被包围了。看来逃跑是不可能了，他们的身份一目了然。

龙实开始减速，他们的速度也慢了下来。等完全停下来之后，龙实就地坐了下来。

36

看着试衣镜前身体僵硬的后辈，根津忍不住一下子笑了出来。

“怎么了根津哥，看起来有那么不合适吗？”穿着晚礼服的长冈慎太回头看着根津问道。他转身的样子像机器人一样。

“没有啦。反而我觉得很适合你呢。但是，我看到你就忍不住想笑。你太紧张了。脸上表情那么僵硬，有点儿恐怖啊。”

“啊，是吗？”长冈说着用手拍拍自己的脸。

“放松一点儿，今天你是主角，享受这个过程就好。”

“正因为我是主角才紧张呢。要是出丑了可怎么办，总会胡思乱想。”长冈一脸愁容地说道，“流程太复杂了，我感觉自己会搞错。莉央要是把流程安排得简单一点儿就好了。”

“有那么复杂吗？不就是穿着礼服滑下来就好了吗？”

“被要求说要是有些即兴表演就更好了，但是，我真的做不来，只能请他们帮忙想，但是，表演起来很难。”

“人家也都是为了你们好啊。你别任性。”

根津看了一下手表，快到时间了，想要看婚礼表演的客人差不多都应该到山下了吧。根津也想到那边去，但是因为要管理雪道，需要在上面待命。

“好了，加油啊。我在雪道边上看着你们。”

“拜托了，我会尽力的。”长冈直挺挺地回答道。

根津拍了拍新郎的肩膀转身走了出去。这里是位于缆车终点站的滑雪场中心内部的休息室。把楼层的一部分装饰一番隔出来做了新郎新娘的准备室。

根津站在新娘准备间的门口，说道：“我是根津，可以进来吗？”

成宫莉央从隔断间里探出头来说道：“请进。”

“打扰了。”说着根津走了进来，然后不由自主地“啊”了一声。

成宫叶月穿着婚纱坐在椅子上。因为专业人士做了发型，原本就很漂亮的脸上更增添了雍容华贵的韵味，看上去神采奕奕。

“美到认不出来啊。”根津忍不住说道，“便宜长冈那小子了。”

“谢谢。”叶月笑着说，“怎么说呢，好像装扮得太过了，有点儿不好意思。”

“没有没有，很漂亮——是吧？”根津回头对莉央说道。

“嗯，妆容很自然。”莉央点点头说道。作为导演的她好像也很满意。

“可是，话又说回来。”根津说着看了看叶月的婚纱，“穿成这样能顺利地滑雪吗？”

腰部以上很利落简单，但是下面的裙摆优雅宽大，而且白色面料的衣服很有光泽，经过强烈的阳光照射肯定会反光刺眼。

“我要小心不能摔倒。”叶月说道。

“真的必须这样。”莉央认真地说道，“要是在婚礼上新娘摔倒了就完蛋了啦。”

“我知道，婚礼的时候一定会小心滑的。”

“拜托了。还有别忘了戴上面纱，还有手捧花。嗯，虽然工作人员会提醒你。”

说完，莉央从裤子的口袋里拿出了手机。好像有人给她发来了信息。

“是千晶。这是怎么回事？这个，内容好奇怪啊。”

“内容奇怪？”根津问道。

“说要救人，让我做好滑雪的准备然后就到长峰缆车的终点站去。”

“救人？滑雪？什么情况啊这是？”

“不知道。我去去就来。”

目送莉央出了隔断间，根津又看着叶月说道：“怎么回事啊，没出什么乱子就好。”

“不知道啊。”叶月也一脸疑惑，之后，又一脸愁容。

“怎么了？”根津问道，“哪里不舒服吗？”

“没有，没关系，什么事都没有。”叶月又露出了笑容点点头，说道，“别担心。”

“那就好……”

有位女士工作人员进来，问道：“你现在方便出去吗？”好像要做什么准备，不方便有外人在场。

“那一会儿见。”根津对叶月说完走了出来。

根津刚出休息室，正好碰到莉央经过门口。她抱着滑雪板，已经换上了滑雪时穿的靴子。

“莉央。”

循声望去，是千晶从缆车出口一路小跑过来。

“你刚才说的到底是什么意思啊？”莉央问道。

“莉央，你三天前去新月高原了对吗？”千晶单刀直入地问道。

“新月高原，什么意思？”

根津不禁“啊”了一声，说道：“那两个人，就是肋坂他们正在找的那个女单板滑雪者，难道就是莉央吗？”

“可能，就是——没错吧？”千晶向莉央确认道。

“等一下。你这样没头没脑地说，到底是什么事我完全没听明白啊。”莉央急得头和手一起摇起来。

千晶开始语速很快地解释。一个被怀疑是杀人凶手的学生为了证明自己当时不在凶案现场，正在找案发当时在新月高原碰到的一个女性。这个人的特点就是穿着和今天表演者一样的滑雪服，还有就是安全帽上贴着只有千晶和莉央才有的星形的纸贴。

“那个人是你吧，莉央。在新月高原的树林里，你见到了这个学生对吧？你给他做证吧。”千晶说道。

莉央没有立即说话，而是俯下身来思考着什么。

“怎么了？”

莉央抬起头，问道：“那两个人现在在哪儿？”

“我想下山就能找到他们。”

“好，那我们走吧。”莉央抱起单板，快速向前走了起来。千晶也紧跟在后面。

37

推拉门被粗暴地拉开。龙实抬头看到波川上了车，紧跟在他身后穿着滑雪服的人应该是长野县的警察吧。看到波川在龙实旁边的位置上坐定，他说了一句“稍等一下”，就关上了门。

这一幕发生在警车里。座位是那种面对面式的，但是现在龙实他们对面的座位是空着的。他们不知道谁会坐在那。

“你还是被他们抓住了啊。”波川说道。

“嗯，追我的警察人数多到让我震惊。”

“也是，我想跑也白跑。”

“知道你还让我跑？”

“让你跑？你说什么呢？”

“在缆车里，你不是故意把门口的位置让给我的吗？”

波川做出一副生无可恋的表情，用鼻子发出哼的一声，说道："怎么可能呢，那时候，我想只能死心完全放弃了。所以看到你逃跑，很是吃惊。"

"是吗？"

"是叫成宫莉央对吗？只能在她身上赌一把了。"

"如果不是她呢？"

波川无法回答这个问题，重复了一遍说道："只能赌一把了。"

推拉车门再次被拉开，外面一个穿大衣的男人面无表情地向车里看了一眼。从他的眼神里可以看出，他对龙实他们完全没有兴趣。看他们就像看路边的石头一样。

男人上了车，坐在对面的座位上。出示了警视厅的证件之后，非常不耐烦地说了一句，我是中条。接着从怀里掏出一张叠着的文件，说道："名字。"

"啊？"龙实没听明白。

中条非常不高兴地皱起了眉头，说道："问你叫什么？快老实回答。"

"哦……胁坂龙实。"

"你呢？"中条用下巴示意龙实的旁边。

"波川省吾。"

中条又默默地把文件叠好放回了怀里，接着拿出了手机，开始打电话。

"喂，我是中条。现在在等什么……和当地警察打个招呼？有这个必要吗……哦。这样啊。嗯，真麻烦。总之，我们现在把嫌

疑人赶快押送回去……知道了，拜托了。”

中条挂断电话之后并没有把手机收起来，而是又开始操作着什么。

“那个，刑警先生。”波川小心翼翼地说道，“请您听肋坂解释。”

中条停下手中的动作，迅速地看了一眼波川之后，注意力马上又回到了手机上。看来他并没有打算理他。

“刑警先生。”这次是龙实鼓起勇气说话了。

“说我是嫌疑人，是和福丸先生被杀一事有关吧，但是，我有不在场证据。”

但是，中条还是没有反应。不但没有停下摆弄手机的手，还跷起了二郎腿。

“刑警先生。”波川再次叫道。

“烦死了！”中条一副疲惫不堪的语气说道，“既然你这么想说，那就回到东京慢慢听你说。”

“现在，她就在这。”龙实说道，“这里，能证明我不在场的人，她应该就在这家滑雪场里面。所以，请听我在这——”

“吵死了，闭嘴。”

就在中条怒目而视恫吓龙实他们的时候，他手里的手机响了。看了看显示屏，中条露出了讶异的表情，保持着这种讶异，他接听了电话，说道：“你好，我是中条。现在有什么事，我听说小杉警官你已经不再参与这个案子的调查了。”

龙实和波川看了看彼此，他们听出来打来电话的好像是小杉。

“嗯？你说什么……怎么回事……我为什么要听你的……你什么意思……喂？喂？”对方挂断了电话。

中条盯着手机看了一会儿之后，抬头看向了龙实他们，说道：“你们认识小杉警官吗？”

龙实沉默着没有说话，他不知道该怎么回答。波川也没有回答。

“回答我，你们到底认不认识小杉？”龙实心里有数了，中条并不站在小杉这一边，回答道：“不认识。”

中条握着手机在思考着什么。不知道小杉电话里跟他说了什么。

“咚咚。”有人在敲车门上的窗户。中条打开门，外面站着一位穿防寒服的警官，好像他在向中条报告着什么。

中条一脸不愉快的表情，一会儿好像很犹豫地看着远处，一会儿又看看手机，最后面向了龙实他们，说道：“听说来了两个女士，说有很重要的事要跟你们说。”

波川看着龙实说：“是千晶他们。”

“能让我们见一面吗？”

听到龙实这样问，中条依然面无表情地沉默着，却最终动动下巴好像在说：下车。

跟着警察走了一段路之后，他们看到两个女单板滑雪者站在那里。她们都穿着白底红波点的滑雪服，其中一个一看就知道是濑利千晶，另外一个戴着护目镜。

龙实走到了她们面前。

"莉央，给他看一下脸。"濑利千晶说道。

那个叫莉央的女性摘掉了护目镜，龙实屏住呼吸看着她。

龙实忍不住"啊"了一声，身体的力气像被抽空了一样。

"怎么样？没错吧？"濑利千晶问道。

但是，龙实只是摇了摇头。

"啊？不是吗？"

"不是，不是这个人……"龙实弯下腰，把手放在膝盖上。打击太大，他站都快站不住了。

"嗯，是吧。"这位叫莉央的女性用干脆利落的声音说道，"不是我，那天，我并没有去新月高原滑雪场。"

"啊？你没去吗？不是你吗？"濑利千晶反复说道，"那你为什么要跟我过来？这不是没意义吗？"

"不是。我没来得及和你解释。那个，我说，你是叫肋坂对吧？我能帮你证明你当时不在案发现场。我可以帮你。"

"啊？"龙实一下子站直了身子，说道："真的吗？"

"没骗你。我说，你再仔细看看我。虽然你当时见到的是别人，但是看到我你没有发现什么吗？"

被她这么一说，龙实再次审视着她，终于"啊"地叫了一声。

龙实说道："啊，很像。……眼角，还有鼻梁什么的。和我在新月高原见到的人很像。"

"果然是这样。"成宫莉央点点头，"果然我想得没错。"

"啊？莫非……"濑利千晶好像也发现了什么。

"是我姐姐。我想是她拿着这个，去滑雪了。"说着，成宫莉

央抓了抓自己的滑雪服。

“你姐姐？不就是今天的新娘……”龙实忍不住直眨眼睛。

成宫莉央拿出手机开始打电话。

“喂，是我。我姐姐现在在哪儿？我想让她接电话。”说完之后，她的脸色瞬间就变了。“……什么？真的吗……嗯……嗯。……那个，情况不妙。绝对不要轻举妄动。……我说了不可以。……我会想办法的。……你在那等着我。”说完莉央挂断了电话。自言自语地说了一句：“出事了。”

“怎么了？”濑利千晶问道。

“就在刚才，姐姐突然身体不舒服。好像说肚子疼。”

“肚子疼？吃坏东西了？”

“不是。”成宫莉央在原地徘徊起来，说道，“糟了，这样下去，雪场婚礼就举办不成了。”

“啊！”濑利千晶发出一声悲鸣。

想不到事情会发展成这样，龙实呆呆地站在那里不知怎么办。好不容易找到了证人，却又发生了意外。回头一看，警视厅的中条他们已经走近了。

成宫莉央停下来脚步，说道：“嗯，看来只能这么做了。”说着就走到濑利千晶面前，用手抓住她的两个肩膀说：“千晶，你听我说我今生最大的愿望。”

38

“怀孕？”根津不敢相信自己的耳朵。就在刚才之前，他根本就没有想过这件事。

“听说已经三个月了。”长冈慎太的脸上还留有疑惑和震惊的神色。还有一种不同于刚才站在试衣镜前的紧张。他现在已经脱掉礼服的外套。

两个人现在就在新娘准备室的外面。压低声音是因为叶月就在里面。只不过叶月不再穿着婚纱，现在应该躺在从救护室拿过来的简易床上。

长冈接到根津说叶月的情况有点不对的电话是在二十分钟之前。据说叶月突然说肚子疼，想在床上躺一会儿，于是就和救护室联系，拿了一张简易床过来。

当时大家怀疑是肠胃病。根津还想，是不是面对这么大的活动，太紧张导致身体不适了。但是长冈却脸色苍白地告诉他，叶月怀孕了。

“你不知道吗？”根津希望自己想错了，向长冈确认道。

“完全不知道。”这位巡逻队的后辈摇了摇头说道，“要是知道我就说了。”

是啊，根津点点头，想这是喜事没有必要隐瞒啊。

“谁都不知道这件事吗？”

于是，长冈说道：“听说只告诉了莉央一个人。其实，是莉央先发现了叶月才告诉她的。她们不愧是姐妹。也是三周前才知道的。”

“也就是说莉央也瞒着我们啊。”

“她们也是不想让大家担心，因为要举行今天这么大的活动。如果告诉大家她怀孕了，一定不会让她有剧烈运动。关于穿着婚纱滑雪这件事，莉央也很苦恼。如果告诉大家，大家一定不会同意这么做。这样新娘不能滑雪那就不能形成美好的画面。”

根津突然明白了，说道：“所以才用最简单的蛇形姿势？”

长冈点点头说道：“她们商量好尽最大的努力减轻身体的负担。叶月本人说道，到时候如果速度感效果不好的话，她可以做到模仿卡宾转弯那种程度，但是莉央绝对不允许她这样做，态度很坚决。”

一心为姐姐着想的莉央肯定会这样做吧。根津可以想象。

“所以呢，你想怎么做？”

“我不知道，现在叶月正在和莉央商量。并且也和工作人员说明了情况，大家处于待命状态。”

“最坏，就是中止婚礼活动了吧。”

“有可能。”长冈一脸苦闷的表情，双臂交叉。

“不知道那件事怎么样了……”根津自言自语道。

“哪件事？”

“说来话长，是另外一件事，莉央和千晶还因为这件事下山去了一趟，要是没那么麻烦就好了。”

这样说着，根津皱起了眉头，就在这时隔断间传来一声微弱的声音：“慎。”抬头一看是叶月在向外看，脸色苍白。

“叶月，你怎么起来了，快躺下。”长冈紧张地说道。

“没事，我有话跟你说，我想请根津也听我说。”

“啊，好。”

根津走进准备间。长冈扶着叶月躺在了床上。刚才她还穿着的婚纱，现在用衣架撑着放在一边。

“慎，我有事想拜托你。我想你现在立刻送我去医院。我觉得没有很严重，但是以防万一。”叶月躺在床上说。

“当然可以，只是……”

“但是，在此之前，我必须见一个人。如果我不去的话，那个人就会被冤枉问罪的。”

听到叶月这样说，根津忍不住发出“啊”的一声，说道：“莫非你才是那个神秘的女单板滑雪者啊？”

“看来根津很了解情况。”叶月苦笑着看着他说道，“对不起，

因为我的一点儿小小的任性的举动，引起了骚动，让大家担心了，但是也因此能给那个孩子做不在场的证明，所以对他来说也不是坏事吧。”

“等一下，我完全不明白你在说什么……”长冈不明白是怎么回事也情有可原。

“上了缆车再说吧。总之现在要准备出发了。”叶月坐了起来。

“等等，那婚礼怎么办？”长冈问道，“要中止吗？”

叶月摇摇头说道：“不可以。现在已经来不及了。我们两个暂且不说，这是关系到这个村子和整个滑雪场的命运的大事。”

“那，怎么办——”

就在长冈连着问这些问题的时候，根津感觉背后有人进来。回头一看，正好是千晶进来的时候。她的表情非常严肃，问道：“叶月姐，你没事吧？”

“啊，千晶，我没事。正好，我正想跟你们两个商量。”

千晶此时的表情就像嘴里含了什么苦涩的东西一样，说道：“说实话，这件事从我自身来讲我是非常想逃开的。”

“别这样说。千晶如果你要是不答应的话，我们就再没有别的办法了。”

“是吗，可我觉得还有别的办法。”

“这种情况下能指望的没有别人了。就连千晶你也是这样想的吧。”

千晶“嗯”了一声，说道：“我听了莉央说了她毕生的愿望了。”

“我想真的是这样的。千晶你能答应，我很感激。”

听着两人的对话，根津一脸疑惑，说道：“你们到底在说什么？”

“当然是婚礼的事啊。我们想请千晶来挥最后一棒球。”

听到叶月的话，根津惊得身子向后仰，说道：“真的吗？”

“我，能驾驭得了这样的衣服吗？”千晶用不安的眼神看向那件纯白的婚纱。

“我想绝对会适合你。我保证。”叶月很肯定地说道。

然后，就听到一位女性工作人员说“不好意思打扰了”而后走了进来。

“千晶小姐，莉央小姐跟我说明了情况，我会抓紧时间快速帮你化好妆，请拿上婚纱跟我来。”

“现在逃跑还来得及吗？”千晶一副视死如归的样子走近婚纱。

“等一下，新娘由千晶代替，那新郎呢？”长冈问道。

叶月意味深长地笑笑说：“这样的人选，只有一个，不是吗？”

手里拿着婚纱的千晶看向根津。“你可不能丢下我一个逃跑啊。”

“原来如此。”长冈像是能理解了的样子，摘下自己蝴蝶形领结用力扔向了根津。

39

被红绳隔开的雪道的周围已经聚集了穿着各式各样滑雪服的观众。看着这种景象让龙实觉得这简直就像冬季奥运会的赛场一样。不，就算是奥运会，如果不是特别有人气的项目的话也不会聚集这么多人吧。听说不仅是里泽温泉村的人，还动员到了隔壁町村子里的人，大家的热情都被调动起来了。

据刚才播放的广播说，这场滑雪场婚礼要比当初计划的时间推迟了一个小时，还有一些其他的变动。龙实衷心希望，不管怎样一切顺利。

这时，龙实感觉手里的手机有消息进来，一看是藤冈发来的。“您被证明无罪，我真的放心了。肋坂哥的车被找到的时候我真是愁坏了。请快回来吧，我等您讲述您此次的旅行经历。”

什么旅行经历啊，你还不知道我有多惨呢。龙实内心骂道。显然，他就是想听听这惊险刺激的故事吧。手机再次振动，这次是住在隔壁的松下发来的短信，内容就是祝福龙实他们平安顺利。

手机三天没有开机，打开之后消息、短信堆积如山。虽然不能一一回答他们的问题，但是对重要的人和事还是必须要回复。虽然手机一直不能离手，但是这样的感觉很让他怀念，甚至感激。

“啊，原来是这么回事。”同样在龙实旁边一直摆弄手机的波川自言自语道。

“怎么了？”龙实问道。

“你还记得我们接了藤冈的车出发的时候，那个让我们带她到车站的女孩吧？听说好像是她向警察透露我们的目的地是里泽温泉滑雪场的。她擅自看了导航。”

“这样啊，真是个麻烦的女人啊。”

“她好像没有意识自己的多管闲事犯了多大错，竟然还悠闲地问我里泽温泉的雪质怎么样。回到东京我要好好惩罚她。”

听波川这样说，龙实想，反正肯定是能让他心情很爽的惩罚吧。

两人回到了培训事务所。这里是高野诚也工作的地方。这次高野帮了他们不少忙。现在他们已经穿回了自己的衣服。

龙实他们透过玻璃看着滑雪场上热闹的游人。感觉现在映入眼帘的和几十分钟前的景象完全是另外一个世界，现在的一切都是那么美好。

在雪道边上看到了高野他们的身影，和他一起的还有他的弟

弟裕纪和川端健太。而穿着和服在最前面的是“木梨”的老板娘，她也帮了他们大忙。

但是，对于龙实来说，最大的救世主还是成宫莉央。虽然她当时说的话让人意外，但同时也解决了所有疑问。

莉央十几天前听濑利千晶说，想让参加滑雪场婚礼的表演者的着装统一。白底大红波点的设计虽然个人穿有些土气，但是在婚礼这样的场合最适合不过了。就是自己也很有可能穿，所以莉央也拿回家了一件挂在了衣柜里。那个衣柜她从做运动员的时候就一直使用，里面放了一些滑雪板和滑雪靴子和其他滑雪用的小饰品什么的。

当听说了新月高原滑雪场的事的时候，莉央就知道肯定是叶月。那天，叶月说有事开车往新潟县方向去了。可能当时她一个人顺路去了新月高原，自己去滑雪场的树林里痛快地滑行了一番吧。她最初就打算把滑雪服和安全帽从衣柜里拿出来放在车里的。应该也没有刻意挑选的理由。可能是因为叶月自己的滑雪服还被锁在壁橱里，她正好看到这件就顺手拿走了吧。

她的滑雪服被收在衣柜里是有原因的。

叶月以前是双板滑雪运动员，但是作为业余兴趣有时候也会滑单板。甚至在她退役之后喜欢单板滑雪多一点儿。所以她经常在降雪之后一个人抱着单板去上山滑雪。

但是，今年有必要封印这种乐趣了。因为她检查出自己怀孕了。不过只是因为这样的话不告诉周围的人就可以，但是还是被莉央发现了。担心姐姐身体的妹妹，改变了演出内容，放弃了让

新娘从急坡上华美地滑下来的想法，改成安全的蛇形滑雪形式。而且还严令禁止姐姐一切单独的个人滑雪行为。甚至还说如果她破坏约定就不做滑雪场婚礼的导演，撒手不管了。

叶月听从了妹妹的指示。所以，她一次自己的滑雪服也没有穿过，滑雪服被一直收在壁橱里。

莉央听说叶月身体稍微恢复一点儿了，就打电话问她，最后确认事情果然和她推理的几乎一样。叶月承认自己实在忍不住就到新月高原滑雪场滑雪了，还和一个穿蓝色滑雪服的年轻男孩说了话，当时的照片还留在手机里。还有就是昨天在雪道外滑雪的也是她。

龙实听了莉央的话，激动地抱着波川大喊万岁。

当然，还是没有完全放心，因为中条说没听到证人本人直接说这件事一切都不算数。

但是，之后很快他们就见到了成宫叶月，龙实也终于放下心来，对叶月感激涕零。这个女孩——就是那天他在雪中见到的“女神”。被新郎扶着的成宫叶月，脸上画着精致的妆容，而眼神还是像当时一样坚韧无比，熠熠生辉。

而且她还记得龙实，微笑着说：“谢谢你当时帮我按快门。”

这样龙实的不在场证明就被证实了，虽然不能说完全不追究他的责任，但是已经不用担心被怀疑是嫌疑人了。随着这件事的明了，之前出现的大量的长野县的警察不知什么时候已经不见了，龙实他们虽然还处于被监管状态，但是也被允许一定程度的自由活动。于是就有了他们现在等待婚礼的一幕。

中条在离他们稍远一点儿的地方打电话，这个电话在耳边贴了有三十分钟以上。他脸色苍白，没有什么表情，但是，想必电话那头也一样。事情发生了三天，而他们却费尽全力在追一个和这件事毫无关系的学生，头疼是必然的吧。

龙实想到了小杉，那位警察现在在干什么呢？刚才他跟中条在电话里说了什么呢？龙实重新燃起了好奇心。

不经意间，滑雪场上空响起礼炮的声音，而且是连续三声。刚才还热闹着的观众现在突然间安静了下来。

接着音乐响起，是《G弦上的咏叹调》。管弦乐稳定柔和的旋律从洁白的雪面上流淌而过。

向远处望去，人们不禁“哇”的一声。手里拿着粉色丝带的双板滑雪者排着整齐规律的队伍姿势优雅地滑了下来。他们全都穿着那款——白底红色大波点的滑雪服。正如成宫莉央所说，这件很容易就显得没品位的衣服在今天这个舞台上却大放异彩。

之后，配着不同的音乐，双板和单板女滑雪者又表演了其他形式的华丽滑雪项目。

最终音乐变成了大家熟知的《婚礼进行曲》。所有的滑雪者站成两列，组成一个通道，就像演员出场和谢幕时走的通道一样。

坡面上出现了两个身影：一个是穿着黑色礼服的双板滑雪者，一个是穿着婚纱的单板滑雪者。他们都用非常快的速度滑下来，身后扬起一阵雪烟。

“哇，好厉害呀。”旁边的波川忍不住惊叹道。

龙实站起来，注视着他们。他听说了是谁代替了成宫叶月

他们。

新郎新娘慢慢放慢了速度，走到大家为他们排列成的通道的时候，滑双板的新郎抱起了滑单板的新娘。

在一片掌声、口哨声中，走过通道的时候两人周围弥漫着不像是替身能散发的幸福的氛围。

40

虽然把手伸向空中什么也感觉不到，但是一收起伞衣服渐渐就湿了。这种程度的雾雨一直阴阴郁郁持续着。透过手里拿着的那把看起来廉价的透明塑料伞，小杉看到一户人家。一座旧的木质结构小屋，看起来得有三十年了吧。不知道门前灰色柱子上门铃通话器能不能接通，小杉试着按了门铃，就隐约听到屋里门铃响的声音。

但是扩音器里没人应声，只是玄关的门打开了。一个蓄着胡子的小个子的老人露出脸来，大概七十五岁吧。他穿着茶色毛衣，黑色开衫。

“是冈仓贞夫先生吧？”

小杉走了进去。白井跟在后面。

老人露出讶异的神情说道："我是，您是？"

小杉从大衣的口袋里拿出警察证件。

"我是警察，有问题想问您。可以耽误您五六分钟吗？非常感谢。"

"……什么事？"

"在这站着说有点儿不方便……拜托您了。"小杉撑着伞低下了头。

冈仓的眼神里明显透露出了害怕和犹豫。看样子并不像是单纯地听到有警察来内心不安那么简单。

"但是……屋里又乱又狭小。"

"没关系，打扰了。"说着小杉收起了伞半推着冈仓的身子从旁边走进了屋子。白井紧贴着小杉的身子在后面跟着进去了。

"不，等一下。你别硬闯啊……"

小杉就这样半强硬地走进了屋里，迅速四处打量屋内的情况。从玄关处进来，右边是洗手间，左边是一间日式风格的房间。

冈仓一副不情不愿的样子，说了句"请吧"，就带他们进到了房间。"打扰了。"小杉说着走了进去，看到了放在墙边的电视机，连着 DVD 机。下面的架子密密麻麻地排列着的是录完影像的 DVD。

冈仓并没有给他们拿些饮料的意思，就那样坐了下来。当然小杉也没打算喝，穿着外套也正坐了下来。

"我想说的不是别的，是关于福丸阵吉先生被杀的案件。"小杉单刀直入地切入话题，"您认识福丸先生，对吧？"

“嗯……也不是不认识。”

“也不是不认识……你们没有这么不熟吧？我们去围棋会所调查过，你们的关系看起来很亲密啊，经常一起切磋，技术势均力敌什么的。”

“不，怎么说呢……”冈仓摇摇头，始终不看小杉。

“我还听说，你还玩金额很大的赌博。”

“嗯？不，没有……没这回事。”他开始支支吾吾。

小杉笑着摆摆手说道：“没关系，我没打算追究这样的事。不管是高尔夫还是麻将，成熟的人认真较量的话，谁也不能说自己没在赌博对吧。我想围棋也是如此。”

冈仓低着头，两只手握在一起揉搓着。

“这件事我也是从围棋会所听说的，听说冈仓先生非常热爱学习，围棋节目都会一个不落地录像，重复观看多次，即使错过了大的比赛，只要跟冈仓先生说基本上都能借到录像。”

冈仓的手停止了动作，呼吸急促起来，肩膀一上一下地抖动。

“您录下的 DVD 录像，能让我看看吗？”

“为……为什么？我……什么都没干。跟我没关系。”

“您要问我为什么，我只能回答说为了案件调查，如果真的跟您没关系的话，给我看一下也没关系吧？只是给我看看而已。还是您有什么不能给我看到的内容呢？”

“不，没有……”

“那就好，请给我看一下吧——哎呀，是放在这里面的吗？”说着，小杉指了指电视下面的柜子。

“啊，不，那个……”

“是吧？请诚实回答我。”

“是的，但是，那个……”

冈仓把手伸向架子，“别碰！”小杉阻止道，然后给了白井一个眼神。

已经戴上手套的白井，打开了架子的玻璃门，小心地用手从一排 DVD 里取出一张，拿给小杉看。

“嚯，好厉害，上面还工整地标注着播放日期。看日期，播放日应该是前些日子……这不是福丸先生被杀的那天吗？这个 DVD 能借给我看一下吗？”

“您……您借它干什么？做什么用？”

“您不用这么紧张吧，不是什么大事。没什么问题的话，很快就还你。但是如果上面留有福丸先生的指纹什么的，那就难说了啊。到时候，我再找您详细了解情况。”

看着白井把 DVD 装进塑料袋里，小杉站了起来。

“打扰了，有机会再见。”

41

小杉决定一个人去里泽温泉滑雪场是在冈仓自首的一周之后。话虽如此，负责审讯的并不是他，而是搜查一课的主任。但是，南原也在场。因为目标锁定之后，建议逮捕冈仓的是南原。

逮捕冈仓的决定因素是之前找到的DVD。DVD的盒子上不仅检查出福丸阵吉的指纹，附着在光盘上的皮脂的DNA也和死者一致，冈仓再也无法狡辩逃脱。

那天，冈仓受福丸之托，把前一天的围棋节目录像带了过去。福丸很高兴，一边放DVD一边摆出了棋盘。见状，冈仓切入了话题。

话题就是冈仓向福丸索取金钱。

冈仓的日常生活很困顿，想着能稍微补贴家用，他加入围棋

赌博人群中去。

但是谁都没能轻易赢钱。不仅如此，最近还一直输，他已经没钱再支付赌资了。

他想着福丸为人热情，也有哥儿们义气，所以就期待福丸能帮助自己。

但是福丸的反应和预想的不一样。福丸生气地说，在借给你钱之前先把欠我的钱还上。因为之前，冈仓已输给福丸不少。

因此当冈仓求福丸无论如何要帮他的时候，福丸竟然说出了意料之外的话，他要给冈仓的儿子打电话。冈仓儿子的工作是拜托福丸找的。

他不想让儿子知道这件事。冈仓求福丸千万别把这件事告诉他儿子，但是福丸的怒火未消拿出了手机，好像当场就要打电话。

冈仓想，如果请求不管用，那他只能阻止——冈仓在审讯室说这句话的时候都快要哭出来了。

他说意识到自己杀了人之后，他非常害怕，脑子里只想着逃跑，之后的细节他已经不记得了。

小杉想，这话不可信啊。更换DVD，为了打掩护把教材放在桌上，这是非常冷静的做法。如果脑子一片混乱的话，不会想着偷完钱再跑。从冈仓家里搜出了被认为是从福丸家里偷来的二十万日元现金。

但是，他交代的大部分是真的吧。解决一些细节之后，整个案件就结束了。受到了科长大和田的表扬，南原非常开心。不知道是不是忘记了胡乱给小杉他们下命令的事，最近的教育使他们

的口头禅变成了“在所辖范围内根据自己判断采取行动就一定能有好的结果”。

小杉到达里泽温泉村的时候天已经完全黑了下来。下了出租车，走在路上，看着被清理的路边雪，想着虽然不久前刚来过这里，但却有一种很怀念的感觉。

小杉停下了脚步，因为他看到了眼前的牌子“木梨居酒屋”——这上面的字也让他感到怀念。

走进饭店，拉开推拉门。小杉想念的人就在吧台里面。“欢迎光临。”她一边说着，一边看向他，笑容明媚，“哎呀，你怎么来了？”

“休假，案件告一段落了。”

虽然店里有很多空桌子，但是小杉还是毫不迟疑地走向吧台。

“你说的案件是……上次那件事？”老板娘笑着小声问道。

“当然，是的。”

“真是太好了，那必须庆祝一下呀。”

“我就是这样想才来这里的。用‘水尾’干杯吧。”

“好的。”

老板娘一边拿出下酒的小吃，一边说道：“话说，真是奇妙的缘分呢。”

“什么？”

“其实今天他们也来了。被小杉警官一直追踪过的那两个人。”

“胁坂他们？真的吗？”

“带了很多大学的朋友来，还住在了我的旅馆里。要不叫他们

出来？”

小杉拿着筷子摆摆手苦笑着说：“算了吧。我是无所谓，但是估计他们并不想看到我吧。”

“我想不会的，但是既然你这么说了那就算了。”老板娘在小杉面前的玻璃杯里倒上了“水尾”酒。

小杉回忆着肋坂他们的脸，不禁苦笑。和那些年轻人的相遇，对于他自己来说也是一次意外事件。

当小杉听说是中条去带他们回来的时候，突然就想打那通电话。因为怎么想那个傲慢的优等警官都不会认真听学生说什么的。小杉对接了电话的中条说：“偶尔也听听被怀疑的人是怎么说的吧，因为可能他们比你聪明。如果不想日后难堪的话，就照我说的做。”

搞不清怎么回事的中条非常愤怒。不知道那通电话有没有帮到肋坂他们，但看来至少没有起反作用拖他们的后腿。

小杉一边喝着口感清爽的酒一边吃着小菜。不管是哪一道菜都是下了功夫，虽然看起来朴素，但是很入味。就像老板娘的行事风格一样。

回想和她度过的一天，虽然时间很短，但是充满了紧张感。在此之前他好像没有受到过别人给他的这么强烈的刺激吧。

小杉看了看放在旁边的旅行包。之所以鼓鼓囊囊是因为这次旅行买了很多东西放了进去。有滑雪服、手套、护目镜还有帽子。

他想重新挑战一下双板滑雪，只是并不想一个人滑。

关键是，怎么约她呢？小杉一边喝酒一边注意老板娘的一举

一动。她正在向店员交代着什么。

背后传来门被拉开的声音。“欢迎。”老板娘简单招呼。比起招呼小杉语气里多了些随意感，应该是这里的常客吧。

小杉悄悄向后看了一眼。进来的是一男一女。身材高大的男性好像见过。也是在这家店里见到的，好像是巡逻队的队长叫根津。那位女性感觉也见过。

两个人坐在小杉身后的桌子旁，点了生啤和毛豆。

“都做到那种程度了，足够了吧。”男性——根津说道。

“我说过了，那不是我们的。我说多少遍你才能明白？”女性提高声音说道。

“话是这样说，但是做这件事的是我们。”

“没有记录。”

“不是啊，宣传册上有写名字啊，推广的视频上也有。”

“模特儿说到底就是模特儿，只是穿了一下婚纱和礼服而已。”

小杉在想他们在说什么事呢。两个人好像在争执。

“话说，你有和你父母好好谈谈吗？不回去继承家业真的没问题吗？”根津说道。听起来像是扯开话题。

“你真是啰唆，都说了没关系了。昨天不是和你说了吗？我和莉央说了幼儿园的事，因为她之前就一直很感兴趣，所以由她代替我回去。我父母听说是我的朋友说可以信任，他们很高兴。”

“嗯，也是。我想千晶也不适合当园长。这样真是太好了。”

“你才是，有和父母进一步商量吧。仪式的日期什么的，怎么说的？”

“不是说婚礼就算了吗？举办两次算什么呀。”

“啷！”小杉听见敲桌子的声音，紧接着女孩说：“我想办一次真正的仪式。”

“之前的也是真正的啊，明明花了那么多钱。”

“不要说的钱好像是你出的一样好吗？”

“很豪华呀，婚纱和礼服也都很高级。”

“衣服是真衣服，但是我想说的是我们是假扮的。你到底明不明白，你这条章鱼！”

“你说什么？”

“好了好了好了。”小杉听到老板娘打圆场的声音。

虽然小杉一直竖着耳朵听着两个人你一言我一语地争执，但到底也没明白是为了什么。

42

到了山顶，可以看到乌云慢慢飘了过来。这样看来，下午可能就会下起雪来。“热烈欢迎。”龙实内心充满胜利的喜悦。不管下多少，都不会觉得太多。

下了登山吊椅的后辈们看着周围的景色，激动地提高了声音。

“好美的景色——”

“到处都是一片纯白。”

“远处的山可以看得清清楚楚。”

看到他们的反应，龙实很开心。是的，他们现在就在日本最高级的滑雪场的山顶。

“太好了，肋坂。”波川说道，“我们终于可以尽情地、没有任何担心地来这里滑雪了。”

“嗯。”龙实伸出手，紧紧握住了曾经和他一起共患难的朋友的手。“尽情滑咯！”

藤冈也走到他们身边，说道：“真好啊，这里。以后把这里定为我们社团‘Moutain Monkeys’常来的地点吧。”

“这我赞成，但是——喂，大家，听我说。”龙实用戴着手套的手放在嘴边做扩音器，喊道：“我绝对不允许你们在这里的滑雪场惹麻烦，绝对不能进入禁止滑行的区域，自己承担责任的区域可以滑行，但是也不要对自己太过自信。不要忘了如果发生意外，不仅自己麻烦，还会给滑雪场添麻烦。听见了吗？明白了吗？”

“是！”十七个成员一起回答道。所有成员都听说了龙实在这家滑雪场所经历的事。

“好，为了铭记这件事我们在这里合影留念。”

大家按照龙实的指示，集体合影留念。藤冈请路过的男性双板滑雪者帮忙按快门。

以远处的山岭为背景，大家聚在一起摆着姿势。

“感觉，其他的游客都用不可思议的眼神看着我们啊。”波川说道。

“那肯定啊，”藤冈说道，“因为我们这么多人都穿着一样的衣服啊。”

“有什么不好啊，看上去多么团结。”龙实反驳道。

“对你来说还有更重要的意义吧，这件衣服。”

“你要是喜欢的话，每次我都可以借给你啊。”

“你快饶了我吧，就今天仅此一次。”

那位双板滑雪者第二次按下了快门，纪念拍照结束。

“好了，开始吧。让我们去充分享受粉雪带来的乐趣！”

伴随着龙实的话，一群穿着白底红色大波点滑雪服的滑雪者集体冲向了斜坡。

如何教女朋友滑雪

什么？！竟然是那个人写的？！

令人“茅塞顿开”的滑雪教程！！

东野圭吾

他是作家，闻名遐迩。

所以不少读者感到奇怪，“为什么？”

因为，他也是一名热情的单板滑雪爱好者。

这是一部令人拍案叫绝的崭新教程。

作者曾成功指导多名初学者。

与以往的作品完全不同，

连专业运动员都忍不住点头称赞。

它能让女朋友更加喜欢你！

序言　如果邀请对方就要认真指导

人们一旦学会单板滑雪，便会产生想邀请女孩儿的冲动。有人想展示滑雪时的飒爽英姿，吸引心仪女生的目光；有人想让女朋友重新爱上自己。这些想法都特别好，所以，邀请她们吧。现在，立刻，马上。

但是，有件事想提醒你。如果对方也会单板滑雪自然没有问题，如果不会，又该怎么办呢？

她一定会这样说："我从来没滑过，你能教我吗？"

而你一定会干脆地回答"包在我身上"。在那一刻，你没有撒谎，你干劲儿满满，打算手把手地指导对方。

但是，请你回忆一下从前，你还是初学者的时候。

比你先学会滑雪的同行好友，最后还陪在你身边吗？他们是否耐心地、温柔地、不厌其烦地教你呢？应该没有吧？结局是不知不觉间，所有人都消失了，只剩你一个人在反复摔跤。

如果对方是喜欢的女孩儿，应该不会那样？真的吗？那么，

请你想象一下：你们已经到达滑雪场，雪势喜人，从昨天晚上开始一直下个不停，整个滑雪场被粉雪覆盖着；到处都是松软的雪堆，几乎可以埋住腰部以下的身体；周围的双板滑雪爱好者和单板滑雪爱好者一面发出欢呼声，一面争先恐后地向前滑去；在洁白无痕的斜坡上画出一条接一条的轨迹。四面传来“太棒了！”“简直是天堂！”的赞叹声。

这种情况下，你还忍受得下去吗？还能静静地陪着无法自如行动，只能在雪地上慢慢挣扎的她吗？

你当然忍不了，所以会问她：“对不起，我能滑一会儿吗？”

“啊？”她露出为难的表情，“那我一个人怎么办？”

即便如此，你还是不能抵抗粉雪的诱惑。

“没关系，随便滑滑总能学会。”

说完这句话，你从她的眼前离开，满脑子只想着在新雪上滑行。等你滑完后神清气爽地回来，却发现她的脸已变得很恐怖，正怒气冲冲地等着你。

怎么样，这种情况也不是不可能发生吧？你也觉得，自己很可能这么做吧。

我想说的第一点，便是“如果邀请对方就要认真指导”。倘若抱着玩玩的心态邀请，到了现场只会半途而废。与初学者同行时，请放弃享受滑雪的乐趣；相反，要学会享受教学的乐趣。

如果没有这份决心，就不要发出邀约。

经常听到人们这样与初学者交谈。

“只要去滑，自然而然就能学会。”

“只要你想转弯，总能成功的。”

“即使没人教，总有一天也能学会。”

听上去，这只是把初学者带进滑雪场后却疲于应付，最终说出的推托之词。如果不能照顾对方，可以把她送进培训班。如果连这点也做不到，那么打从一开始就不该发出邀请。

怎么样，看完我上面这些话，你还想邀请她吗？做好手把手教学的心理准备了吗？

若你做好准备了，接下来的内容就有阅读的价值了。

接下来要陈述的内容，简而言之，就是“单板滑雪初学者的教学方法”。但是，我的方法与市面上诸多教材中的方法截然不同。

我以业余滑雪者的方式玩了十年单板滑雪，虽然技术不怎么高明，但有一件事却颇觉自豪，那便是指导过许多初学者。我甚至遇到过这样的离奇事，一起乘坐贡多拉到达山顶后，对方才向我坦白自己是初学者，于是我只好一边教学一边从山顶滑下来。

教了许多人之后，我发现一件事：滑雪教练的教学方法过于

复杂。或许因为有教学指南吧，他们只照搬了教学指南，但教学指南本身似乎是有问题的。

所以，我想认真考虑一下“业余单板滑雪爱好者该怎样教导初学者”这个问题。最初，我劝 *Snow Boarder* 编辑部制作这样一个专题，对方却吩咐我“那样的话，就你写吧”。于是我被赶鸭子上架了。

就是这么回事，有空的朋友可以看一看。

第一课　装备

尽可能自带装备

滑雪是需要装备的。首先大家想到的是租赁，这是一个恰当且安全的选择。但是，我希望你想一想。既然邀请对方滑雪，肯定不是滑一次就结束。你也会希望她能继续滑下去。那样的话，我不太推荐租赁。每次去都使用不同的装备，对学习单板滑雪来说，无疑是巨大的阻碍。

穿脱不习惯的固定器要花费不少时间，靴子如果不合脚，痛得滑不了雪的话，可能会让人对单板滑雪产生反感情绪。

费用也是一个问题。比起需要多次租赁，直接购买反而要实惠得多，身为滑雪老手的你，应该很容易理解这一点。所以，请一定谨慎考虑。

从靴子开始

那么，我们要如何购买装备？毫无疑问，首先应该从靴子开始挑选。前文也提到过，大部分学习单板滑雪的人，中途放弃的理由都是“脚痛”。穿不合脚的鞋子要吃苦头，这个道理适用于日常生活，也适用于滑雪场。不要考虑设计或性能，要为她挑选一双合脚的靴子。比起店员的推荐，她本人的感受更重要。短时间内不好下判断，所以要让她试穿一段时间，确认是否有不适感。尽可能多试几双，精挑细选。在这个阶段，无论花费多长时间你都必须毫无怨言，绝对不能露出厌烦的表情。倘若你说：“行了吧，哪双都差不多。”到了滑雪场，她的脚却开始发痛，那么回程时，她或许就不愿意同你说话了。请想象一下那个场景。

定好靴子之后，接下来就是固定器。这里最需要注意的，是与靴子的适配性。请与买好的靴子搭配使用，确认是否能牢固地穿在脚上。固定器的种类很多，是否便于穿脱也是重要的考察点。可以参考店员的建议。

固定器也选好之后，最后就是滑雪板了。老实说，到了这一步，什么样的滑雪板都没关系。只要不是为专业选手设计的异常坚硬的滑雪板就行，仅需让她考虑设计和价格。也有人因

为滑雪板的设计老土而讨厌单板滑雪的。

如果商店提供为滑雪板打蜡的服务，那么尽可以拜托对方。请为她选择一个方便携带的收纳盒，用以放置滑雪板。最后，不要忘记垫板。

挑选滑雪服是一件愉快的事

去滑雪服专柜前，可以先买好护具，主要用于保护臀部和膝盖。有一种护具可以同时保护臀部和膝盖，但其护膝容易脱落，所以并不推荐，最好分开购买。我推荐打排球时使用的那种护膝。事先买好护具，是为了能在佩戴好护具的情况下挑选容易行动的滑雪服。

职业装也好，休闲装也好，滑雪服也好，世上没有哪位女性会讨厌挑选衣服这件事。请务必陪她慢慢挑选。平时购物只能跟在她身后转来转去的你，在挑选滑雪服时，应该能提供许多意见。事先浏览商品目录，有个初步的选择也不失为一个好办法。

买完滑雪服后，要准备好与之匹配的手套、护目镜、针织帽。许多女性是畏寒体质，所以最好去购买围脖和打底衣。值得注意的是手套的尺寸，过大的手套不利于固定器的穿脱。如果每

次穿脱都必须摘掉手套，那就太糟糕了。

你最好也劝她购买防晒霜。但是，“想让它守护你雪白的肌肤”这种矫揉造作的台词就没必要说了。

第二课 准备

时装秀

不知道你是否已获得进入对方闺房的权利，为了继续说明，先假设你们的关系已发展到这个程度。购物结束后，你可以要求她把所有装备穿在身上。

你帮她穿好打底衣，戴好护具，穿好滑雪服，戴好针织帽和手套，戴好护目镜……不，护目镜别在针织帽上就好。可能的话，最好让她穿上靴子，站在镜子前。如此一来，她就能记住着装的顺序。

除此之外，还有一个更大的目的，就是让她开心。滑雪之前意识到自己正穿着漂亮的滑雪服的话，她必然喜不自禁。

认真地赞美她吧，绝不要油嘴滑舌，请你发自内心地赞美。她会心花怒放。

Regular[①]？ Goofy[②]？

某出版社出版的教材上一本正经地写道，“让对方试试滑板”便能判断是 Regular 还是 Goofy。简直荒谬，会玩单板滑雪的人，还能不知道自己哪只脚更有力量吗？

判断站姿的方法有很多，例如“进入浴缸时，单足站立的脚是哪只”“踢球时惯用的脚是哪只”等。我推荐的方法是“让对方摆出预备跑的姿势”，即使是没踢过球的人，在小学体育课上也一定做过这个动作。摆出这个姿势时伸出的脚，应当是滑雪时的前足。如果她的左脚在前，就是 Regular。

调试装备

身为滑雪老手，你一定知道打蜡的重要性。商店提供的应该只是基础涂蜡。也就是说，必须涂上滑雪专用蜡。认真地给她崭新的滑雪板打蜡吧。

在她的房间里热蜡时，一定要当心掉落的蜡屑。涂蜡的碎

---

① 滑雪术语，左脚在前站姿，也是大多数人的站姿。

② 右脚在前站姿。

屑很难清理，如果有阳台的话，最好在那里操作。什么？你说很冷？别那么娇气。更何况，她如果看见在寒风中打蜡的你，是不可能不感动的，一定会帮你泡一杯热咖啡。

打蜡结束后，可以安装固定器。请配合靴子的尺寸调试好各部位。角度完全取决于她的感觉。千万要拧紧螺丝，以免在滑雪场松脱。然后绑好腿绳，靴子如果是附带金属环扣的类型，也请记得扣好。

贴好垫板之后，准备工作就算结束了。

热身练习

装备已经准备完毕，赶快开始练习吧。话虽如此，房间里是没法滑雪的。那么，要练习什么呢？首先是固定器的穿脱。请让她穿上滑雪靴，教她固定器的使用方法。必须让她重复练习好几遍，直到能一个人顺利完成。如果不熟练，花费的时间会比预想中多得多，这一点你应该清楚。为了不在滑雪场浪费时间，这点功夫还是要下的。我的熟人里，也有好几位因为穿脱固定器太慢，给同伴添麻烦，引得别人频频皱眉。

如果已经熟练掌握了固定器的穿脱方法，就让她一次性穿

上两个。此时，可以在下面铺上硬纸壳，以免滑雪板的板刃划伤地板。如果没有硬纸壳，可以使用滑雪板收纳盒。

两只脚都站上滑雪板后，请教她正确的滑雪姿势。尽量让她的双手轻轻张开，膝盖弯曲。仅仅是这样一个简单姿势，就足以让她兴奋，使她迫不及待地想冲向滑雪场。

决定目的地

终于可以和她一起去滑雪了。此时，你大概想尽可能去一个漂亮的滑雪场吧，一个非常受欢迎，就连从没玩过单板滑雪的她都听说过的滑雪场？

但是，这一次请你忍耐。你想一想，受欢迎意味着人多，尤其是面向初学者的斜坡，一定是人挤人的状态。在她学会滑雪前，最好先去一个人少又低调的地方。空旷的滑雪场，只有你和她两个人。怎么样？是不是光想想都觉得情绪高涨起来了？

第三课　到达滑雪场，开始练习

一字登坡

首先，要让她认真练习以滑冰的方式滑雪。两个人可以在平坦的场地上来回练习。现在告诉她后脚比前脚稍微往前伸比较容易移动还为时尚早。可以教她一些技巧，比如一鼓作气往前滑，后脚踩在垫板上，等等。

众所周知的难关——缆车

身为滑雪老手的你，应该知道对初学者而言，缆车有多么可怕。别说初学者了，甚至不少刚刚学会滑雪的人都无法顺利地从缆车上下来。称其为第一道难关毫不为过。

乘坐方法应该不是问题。要说有什么值得提醒的，大概就是直到升至高空前都要竖起滑雪板。这点常识，你应该能

教给她吧。

等她基本上学会了以滑冰的方式滑雪后，就可以找一个稍微有坡度的地方，练习如何从缆车上下来。自然和缓的斜坡是最理想的。

那么，该怎么教呢？某本教材上写着如下内容：

1. 抬起护栏，朝着缆车前进方向做好下车准备。

2. 鞋底接触到雪面后，后脚踩在垫板上，用后面的手轻轻撑住椅子站起来。

3. 边观察前进方向，边移动到安全地方。

怎么样？别人是不是这样教你的？我学习的也是这种方法。但我认为，用这种方法下车，十个人里面有九个要摔跤。实际上，我就摔跤了。

问题在于第二个步骤。这相当于让一个对滑雪尚不熟悉的初学者同时做三件事。不摔跤才奇怪。

问题最大的是“站起来”这个步骤。我想你应该明白，大多数初学者一不小心就会后仰。所以，显而易见的结果就是，站起来的瞬间重心向后，滑雪板向前滑去，屁股结结实实地摔在地面上。

我可以肯定地告诉你，下缆车时，初学者绝不能站起来。那么，该怎么做呢？接下来介绍我的方法。

两人先以俯视斜坡的姿势坐在一起。将滑雪板打横。在这个状态下弓腰坐着，简而言之，保持坐在椅子上的姿势。

“坐在缆车上时，就保持这个姿势。靠近缆车站时，要扭转身体，把滑雪板竖过来。”

你可以一边这么说，一边在坐着的状态下扭转身体，将滑雪板的前端对准斜坡坡底。

“缆车进站后，后脚要踩在垫板上。然后目视前方，屁股稍稍离开缆车椅子，呈悬空状态。”

保持坐在椅子上的姿势，后脚踩住垫板。下一步，当然是迅速地朝坡底滑去。在这个过程中，你可能很想直接站起来，但请将这个悬空坐姿保持到最后。否则，就无法对她起到示范作用。

总结一下，初学者下缆车时需要掌握以下三个诀窍：

1. 必须将滑雪板竖过来，绝不能打横。

2. 目视前方，直到最后。绝不能看脚底或其他地方。

3. 屁股只要稍稍离开椅子，呈悬空状态就可以。不要尝试起身。

以下两点是补充说明：

第一，不要期待缆车会拐弯或顺利停车。一般的缆车站都

会设计成允许笔直前进的模样。进站时最多会撞到雪地，但即使撞到也没什么大不了的。总而言之，大部分都是笔直前进的。

第二，最重要的是安全下车。具体来说，就是迅速远离缆车。远离缆车后，为了规避危险，也可以主动摔倒。重心放低的话，就不容易受伤。

只要面朝前方，感觉到滑雪板正在向前移动，渐渐地就会知道如何依据视线调整前进方向。在她还没有完全掌握诀窍前，请耐心地陪在她身边。

“落叶飘”百害而无一利

缆车也坐完了，终于到了练习滑雪的时间。在这之前，我想说一个问题。

知道我的兴趣是单板滑雪之后，许多编辑也开始陪我一起滑。他们中的许多人完全是零基础，一开始，我会手把手地指导。最近，我把这部分人送进培训班。但是，进入培训班之后他的进步速度却十分缓慢，往往要花上好几天才能学会转弯。他们到底在培训班学了些什么啊？我一直感到奇怪。

指导了好几位去过培训班的朋友后，我终于找到了问题的答案。万恶之源正是“落叶飘”。

在教这个名字听上去就不怎么靠谱的技巧时，教练一定会这么说："只要用这个方法滑，无论多陡的斜坡都能滑下去。"

简而言之，这是紧急避险时使用的方法，并不是单板滑雪本来的滑法。培训班或许是出于好心，不想让学员面对斜坡时手足无措。但我认为，这不过是为了避免学员抱怨"明明进了培训班，却什么也没学到"而准备的后路。

无论多陡的斜坡都能滑下去——这句话暗藏着陷阱。什么陷阱呢？就是"陡峭的斜坡"这个表述。什么样的斜坡是陡峭的，这一点因人而异。就算已是单板滑雪大师的你，在初学时，一定也会把和缓的斜坡看得无比陡峭吧。简而言之，一旦学会"落叶飘"，无论面对什么样的斜坡都会不自觉地依赖它，结果就是迟迟学不会转弯，陷入了只会"落叶飘"的恶性循环。

"落叶飘"的坏处不仅如此。零基础的学员原本就不理解单板滑雪究竟是怎么一回事，一旦学会"落叶飘"，便会误以为这就是单板滑雪。往右滑时习惯性右脚在前，往左滑时又习惯性地左脚在前。有人要问，这有什么不可以的？因为这些人中的大部分都不理解Regular和Goofy的意思。一旦养成了这个习惯，你就必须从头教导他们，无论往左还是往右，都应该把固定的那只脚放在前面，这才是真正的单板滑雪。后来练习转弯时，搞不清楚哪只脚在前的大有人在。

我想对全国的单板滑雪培训班大声地说一句，“落叶飘”百害而无一利，从今往后别再教这玩意儿了。

总之，让她滑起来

不教“落叶飘”该教什么呢？我们可以从双板滑雪上找找提示。双板滑雪的初学者不但会练习蛇形滑降术这种基本功，还会学习非常合理的避险法，即斜滑降和踢腿转弯的组合。具体来说，就是遇到斜坡时，慢慢使用斜滑降技术横穿坡面，滑到斜坡边缘后暂时停止，然后使用踢腿转弯的技术变换方向，接着继续以斜滑降的方式下坡。这似乎与“落叶飘”没什么不同，但理念是完全不一样的。在双板滑雪中，使用“落叶飘”意味着变换方向后，滑雪者要背对着斜坡滑下去。没有哪个滑雪者会用这种愚蠢的方法。从这一点，我们也该知道“落叶飘”是一种多么无用的技术——算了，不继续说“落叶飘”的坏话了。

我认为在练习单板滑雪时，也可以采取与双板滑雪同样的方法。简而言之，先教斜滑降。此时，不要让她滑长距离路线。可以先滑短短一段，比如几米到十米左右的距离。保持正确姿势，眼神锁定前进方向后，滑雪板便会朝着固定方向前进。想停止时，只需稍微抬高视线，上半身朝视线所看方向扭转，滑

雪板便会慢慢上抬，最终停下来。请让她记住以上感觉。教材上虽然写了重心移动之类的技巧，但初学者是不可能理解的。重要的东西只有两个，滑行时的姿势和视线。

但是，我想有一点你也清楚，许多初学者都爱看脚底，对于这样的人，最好给他一个具体的参照物。

“那边有一面有趣的招牌对吧，先朝着那块招牌滑。但是，如果一直盯着招牌看，最后很可能撞上去。所以滑到一半的时候，要一边盯着招牌上方五米左右的树，一边扭转上半身，使你的手指刚好能指向那棵树。如此一来，滑雪板应该能随意变换方向。”——差不多就是这种感觉。

学会用斜滑降的方式滑行和停止后，接下来就是转换方向。双板滑雪有一种便利的技术，叫作踢腿转弯。但是单板滑雪却不能这么做。那么，我们该怎么办呢？如果对方运动神经发达的话，此时只需让她跳起来转换方向即可。但是，大部分的女孩子很难做到这一步。所以这个时候，唯有采取蹲坐或四脚着地的姿势变换滑雪板的方向。请试着这样说服她。正如你所知道的那样，单板滑雪就是一个摔倒后再爬起来的运动，从让她习惯这一点的角度来看，这种练习也是十分有意义的。

顺利变向之后，接下来可以让她朝反方向斜滑降。滑到斜坡的边缘后，再变换方向。跌倒在雪地上的她，一定更能激发

你的保护欲。

慢慢学会让板尖对准坡底

当她使用斜滑降下坡，板尖朝坡顶停止后，可以教她在斜滑降的过程中慢慢地调整板尖的方向，使板尖朝下。与之前相反，做这个动作时，视线必须看向比前进方向稍低一点的地方。上半身朝那个方向扭转。此时，速度将变得更快，她可能会感到害怕。请这样对她说："没关系，慢慢来。要是害怕的话，就按照停止时的方法，视线朝上，扭转身体，就能恢复原状了。"

板尖稍微对准坡底，马上恢复原状——如此一来，她应该就不会那么害怕。这便是所谓的花环弯（Garland）练习法。

熟练了之后，可以慢慢地加大板尖朝下的角度。在学会将板尖完全对准坡底前，让她好好练习 180 度内转和 180 度外转。不过在这个阶段，她应该还不会转换方向。所以，她只能在雪地上多摔几次了。

恭喜学会转弯

因为每次转换方向都要在雪地上摔跤，她的心情可能渐渐

地没那么愉快了。

或许她会尖声喊道：“我为什么非要一直摔跤不可呢？”

这个时候，差不多该带她尝试转弯了。如果在花环弯练习中，她的板尖已经可以完全对准坡底，也就是说，已经学会了直滑降，剩下的事就简单了。接下来，只需交替进行180度外转和180度内转即可。

之前的步骤是180度外转斜滑降→直滑降→180度外转斜滑降，或者，180度内转斜滑降→直滑降→180度内转斜滑降。

现在只需换成，180度外转斜滑降→直滑降→180度内转斜滑降，或180度内转斜滑降→直滑降→180度外转斜滑降。如此一来，转弯就完成了。接下来，重复这套动作，就能实现连续转弯。如果她完成得很好，就应该毫无保留地夸奖。之后的事就交给你了。尽情享受二人滑雪的乐趣吧。学会单板滑雪后，她一定心情不错，或许会满足你提出的任何要求。这笔交易挺划算的吧。

问一问愤怒的你：“进行得还顺利吗？”

对，你说的没错。

一切或许不会那么顺利。不如说，不顺利的可能性更大。

对初学者来说，板刃的转换绝非易事。直滑降后，将板刃转换成相反方向是一件非常可怕的事。

因此，必须教她如何使滑雪板从停止状态变为横向滑动(Slide)，转换方向后再停止。这一步相当于转弯的敲门砖。掌握了这个技巧后，就能马上学会转弯，还能顺便学会如何停止，可以说是一石二鸟。

转换方向有两种方法：从180度内转变成180度外转，或者从180度外转变成180度内转。先教哪个都没关系。我比较推荐从180度外转变成180度内转的方法。为什么这么说？因为初学者通常害怕背对坡底，出于本能，会想方设法尽快转回来。全身往前转的动作会带动滑雪板，从而帮助自身转换方向。

首先，你应该给她做个示范。面朝坡顶站立，弯曲膝盖，张开双手，一边调整滑雪板，一边进行直滑降。然后迅速掉个个儿，以180度内转的姿势停下。接着对她说："我希望你照这样滑一遍。"做示范是非常重要的。所谓不擅长教别人的人，大部分都是没办法让对方理解教学意图的人。

做完示范后，可以请她试着滑一遍。让她面朝坡顶站立，弯曲膝盖，双手平展。保持这个姿势的同时，将身体大幅度地向左右两侧扭转。在这个过程中，一定要让她注意同时扭动肩膀和手腕。身体剧烈扭转后，她应该能感觉到滑雪板也在慢了

一拍之后跟着扭转了过来。如果她能感觉到这一点，接下来，请教她按照这个原理变换滑雪板的方向。

接下来，终于到了实践阶段。在这里，我们假设她是Regular站姿。让她面朝山坡站立，双手平展后，你可以这样对她说："双手保持平展的姿势，身体大幅度向左侧扭转，使视线能够往后看。滑雪板开始慢慢转动，最终竖过来之后，要加大幅度扭转身体带动滑雪板。滑雪板彻底打横之后，膝盖大幅度朝前方弯曲，就可以停下来了。"

当然，一开始不可能这么顺利。多数情况是这样，滑雪板虽然开始朝坡底冲刺，人的重心却还留在后方，免不了要摔跤。

请教她把重心放在前脚，如果是Regular站姿，就应该是左脚。基本上"重心应该在滑雪板正中间"，但初学者很难做到。所以请她尽量将重心放在前脚即可。

为了改善后仰姿势，必须让她本人意识到自己正处于这种姿势之中。请按住她的滑雪板，让她保持直滑降的姿势，再帮她纠正动作。

她可能会发出哀嚎："什么！身体必须前倾这么多吗？"这便是告别后仰姿势的第一步。

前文中也介绍过，我认为从180外转调整到180度内转相对简单。比较难的是如何从180度内转调整到180度外转，这

个动作要求滑雪者从面朝坡底变成背对坡底，所以更能引发人内心的恐惧。不要焦急，先让她在不那么陡的缓坡练习吧，只要成功一次，应该就能掌握诀窍。

表扬很重要

练习不顺利时，你的鼓励至关重要。

“感觉不错。”

“差一点点就成功了。”

“好像掌握了一点呢。”

以上话语能使垂头丧气的她重新鼓起干劲儿。绝对不能说的话有：“为什么做不好？”“你运动神经这么差吗？”“一般人都能学会啊。”一旦说出这些话，你基本就被判出局了。

或许，她也有可能说：“那个，我可以自己一个人练习，你去滑一会儿吧。”

这是她对你的体贴和关怀。此时，如果回答“啊”“是吗”“那一会儿见”，随后消失得无影无踪，那你的印象分一定有减无增。这种情况下，正确的回答是“那么，我们休息一会儿吧”，因为她一定也累了。

如果她完成了类似转弯的动作，一定要不遗余力地夸奖。

“我没想到你能这么快学会”这种话在令她心情愉悦方面十分奏效。或许你还可以加上一句“我当初练习的时候可没你那么顺利”。什么？你怕说了这话后她在你面前耍威风？拜托，你成熟一点好不好。

版权登记号：01-2020-5661

图书在版编目（CIP）数据

风雪追击 /（日）东野圭吾著；赵文梅，陈修齐译．—北京：现代出版社，2020.9

ISBN 978-7-5143-8686-8

Ⅰ．①风… Ⅱ．①东… ②赵… ③陈… Ⅲ．①长篇小说－日本－现代 Ⅳ．①I313.45

中国版本图书馆 CIP 数据核字（2020）第 122454 号

风雪追击

著　　者　【日】东野圭吾
译　　者　赵文梅　陈修齐
责任编辑　赵海燕　王　羽
出版发行　现代出版社
通信地址　北京市安定门外安华里 504 号
邮政编码　100011
电　　话　010-64267325　64245264（传真）
网　　址　www.1980xd.com
电子邮箱　xiandai@vip.sina.com
印　　刷　三河市宏盛印务有限公司
开　　本　880mm × 1230mm　1/32
印　　张　11
字　　数　197 千字
版　　次　2021 年 3 月第 1 版　2021 年 3 月第 1 次印刷
书　　号　ISBN 978-7-5143-8686-8
定　　价　59.80 元

寻找唯一的真相